和弗兰克在一起

BE FRANK WITH ME

〔美〕朱莉娅·克莱本·约翰逊 著

王臻 译

天津出版传媒集团

天津人民出版社

目录

序　幕

2010 年 2 月

　　因为面包车起火爆炸，我和弗兰克坐巴士赶往医院。我告诉他如果坐出租车，只需要一半的时间，弗兰克却说："我只和母亲一道坐出租车。你不是我母亲，爱丽丝。"

　　这，是条死理儿。这个孩子一旦认准一条死理儿，就别指望跟他扯别的了。"行啊，"我说，"咱们坐巴士。"

　　我们坐上巴士不久，弗兰克就发觉了——"他们都盯着我看呢"。

　　"那又怎样？你看着好玩儿。"这，也是条死理儿。同某些十岁的男孩子一样，弗兰克的容貌是那种天使一般的漂亮：通身的皮肤又粉又白又光滑，深色的眼睛大得出奇，睫毛也修长到不可思议的程度，一撮雀斑布满了鼻头。一头红色的头发，但不是电视广告里的那种傻傻的橙红色卷发——那一类的孩子四岁时就会入选、上镜；然而到了十一岁，一旦肤色不再红润，体态也显得笨拙了，就会被丢在操场上，再没了从前的宠爱。弗兰克的头发却是爱尔兰赛特犬的赤褐色，在现实中几乎看不到，又光又滑、密密实实，垂在额前，让你觉得他身边始终陪着位发型师，时刻保持

1

它的完美。在早期彩色电影盛行时，那些选童星的星探必定会为他着迷发疯的。

不过这些同车的乘客们并不是被他的容貌惊呆了，至少绝不会是在好莱坞这样的地方——这里，光彩照人的男孩女孩太常见了，就算在城市巴士里也比比皆是。不，众人盯着看的是，弗兰克的"扮相"。今早我们出门前，他给自己的头发喷了发胶，看起来就像迷你版的鲁道夫·瓦伦蒂诺；随后又穿上翼领衬衫，配白色领带和马甲，外罩圆角上装，下身是便捷晨裤和高筒靴。还有一顶高筒帽，我们乘车去医院的时候，他把它平放在膝盖上。这是因为公交车司机向他赞叹致敬的时候，解释道"一名绅士从来不在室内戴着帽子"。

不戴这顶帽子，对他来说是一种莫大的牺牲——个中滋味，我是整部车内唯一能理解的人。如果要出家门，弗兰克务必要极修边幅，从头到脚一丝不苟，倾全力为之。喜欢八卦、心理健康话题的人管这叫"与季节不相匹配"，时尚达人们则称之为"潮"。

"爱丽丝，你能不能让那些盯着我看的人别再看了？"他问道。

"不能，"我说，"闭上眼睛，你就看不见他们了。"

他闭上了眼睛，又把头靠在我肩上。我几乎就想伸出胳膊搂住他，却又及时制止了自己。他往我身上靠的那一刻，我闻到一股火的味道，或许是硫黄的气味吧。往常，弗兰克总是散发着一股薰衣草和迷迭香的气味，其中还杂着小男孩的汗味，所以我猜火焰已经燎上了他的衣柜。就算火苗没碰到他的衣柜，我也得把衣服全部拿去洗衣房，想必得需要到"友好"租一辆卡车才行。

"他们盯着你看，是因为整个车上只有你一个小孩穿着一身晨间校服。"我补充说。

"我选择这样的搭配，就是因为要'穿白戴孝'。" 他说着，坐直了，把脸朝向我，但是双眼还紧闭着。

"你母亲会没事的。"我说，同时希望自己没有撒谎。"纠正你一下，穿白戴孝（Mourning），是哀悼的孝，不是学生晨装（Morning）的校。两个词的拼写完全不同。"

"我的拼写不太好。"

"咱们都有自己的强项和弱项。"

"我猜想阿尔伯特·爱因斯坦的拼写也很差，"弗兰克说着，再次倚靠着我的肩。"拼写差，字写得糟糕极了。虽然有这些缺点，阿尔伯特·爱因斯坦还是在1921年获得了诺贝尔物理学奖。你觉得爱因斯坦的母亲会关心他的拼写和书法吗？"

"大有可能，"我说，"母亲都那样。对细节较真是她们的职业，你不觉得吗？"

弗兰克没了反应，我这才发觉他已经沉沉睡去。这是我乐于见到的。车程还长，他之前几乎没睡觉，一直没有。他一定困乏极了。我知道我自己也是。到了医院不论需要应对什么状况，困乏的身子都是帮不上忙的。火情之后，弗兰克的母亲已经在精神科观察室里住了三天了。

弗兰克的母亲是米米·班宁，是著名的文坛隐士。

在成名或者说成为名人的很久之前，弗兰克的母亲，也就是我的老板，还是十九岁的米米·班宁。当时，来自阿拉巴马州穷乡僻壤的她，从大学辍学，写了小说《投球》。米米·班宁刚满二十岁，这本书就为她赢得了普利策奖和国家图书奖。此书已成了"珍稀动物"——必定为数极少——因为它在初版三十年后，每年依然售出一百万本。《投球》的故事围绕一名英俊神秘的无名棒球手展开，主人公在全世界面前炫酷之后就发疯了。小说写得简短，结局是有人死去了。各种神秘的原因使它成了全美国每一所初中推荐阅读的固定书目。到后来，这本小说成了灾难情节的标配——悲情运动员或是苦难人物的片子，都用它做道具，主人公的床头柜如果放了一本《投球》，观众立即心有所感——"哎呀，不妙"。

众所周知，《投球》之后，米米·班宁就再也没写过一个字。

谁是弗兰克

2009 年 3 月

. 1 .

当时，米米·班宁正在写她久未完成的第二本小说。艾萨克·瓦格斯问我是否要去加州给米米·班宁打工，他还告诉我："米米可是个刺儿头啊……"

此前数年，我在纽约的那家出版社做艾萨克的助理。二十世纪七十年代末，正是那时，米米出版了轰动文坛的成名作。当时还是晚辈小编辑的瓦格斯先生，从一堆毛遂自荐的稿子里拣选出了米米·班宁的《投球》，从那时起，他就成了米米·班宁的编辑。不过话说回来，自打第一部小说以后，米米·班宁就没有更多的稿子给他了。他们二人之间甚至不再有太多的交流。所以在米米·班宁打电话给他的时候，瓦格斯先生同米米·班宁的上一次谈话要追溯到我出生之前。

"米米正处在紧要关头。她必须写成这本小说，还必须赶快写。"瓦格斯先生解释道，米米需要一名助手，帮她搞定电脑，帮她打理家务，直到书稿完成。"她需要聪明能干的人，能够信赖的人。我想到了你，爱丽丝。"

有许多头绪需要消化。《投球》一向是我母亲无以复加的最爱。我闭上眼，可以想象少女时代的她拿着小说不停地翻阅着。那本平装的书在她手里被把玩得太多了，以至于封面磨得非常软，如同布料一般软。泛黄的书页已经变硬了，有些页面缺了三角形的角，那是由于她折叠以后折痕变脆，于是折角脱落了。封底的宣传语是这样写的：作者有惊人天赋，富有绝妙视角的敏感之作；一代人乃至几代人的最强心声。一经上市，就成经典！

广告词下面是一张青年米米·班宁的照片。一头胡萝卜色的短发，一双巧克力色的大眼睛，配着一副男性化的厚重眼镜，一件宽大的羊毛开衫几乎把她吞没了——她看着不像二十出头的青年女子，倒像个青春期将至的豆芽菜小男生穿上了父亲的衣服。我母亲绝对是她的"铁粉"——她上初中期间，每个万圣节都会偷了我外公的羊毛衫和眼镜，这样她就可以扮作米米·班宁的样子去搞恶作剧或请客社交。我猜想，我上初中那会，如果不是父亲不在我们身边了，她恐怕也会偷了父亲的毛衣和眼镜，给我扮上吧。

"哈！"听我讲了我母亲的故事，瓦格斯先生应道，"最搞笑的是，米米当初借了我的眼镜和毛衣才拍成了那张照片，当时替她备下的时髦衣服，她一件也不喜欢。她对那位发型师兼化妆师说，给她来个贴着头皮的寸头就好。发型师对她说：'你想要的是个小妖精造型？'米米说：'不，我想要的是个作家该有的形象，而不是那种被选出来给同学聚会当主持人的女孩子，她们只能用来陪衬舞会女王，让女王显得更漂亮。'后来我告诉她我很喜欢那张照片，米米说：'你知道谁会讨厌它？我母亲。我觉得最得意的就是这个。'"

"她母亲讨厌这张照片？"

"我认为她妈妈从来就没见过照片。"瓦格斯先生说着，一边划拉着下巴上的胡子茬，一边望着窗外。"听着，你妈妈的这些事一点儿也别告诉米米。她同'粉丝'之间的关系挺复杂的。她和她母亲的关系也很复杂。我猜想她有时候会希望自己压根没有写过那本小说。说到这儿我想起来了——我有没有告诉你米米现在有一个小孩了，名叫弗兰克？我首先听说的是他的事情。想想看。"

我在机场书店买了最新版的《投球》，打算在去加州的飞机上重读一次。这一版的序言里，学者们用许多理论解释这位"一代人最强心声"的作家为何会沉寂多年——米米·班宁讨厌写作；她爱写作，讨厌评论家；骤享大名，太突然、太多泡沫，于是感到窒息，乃至不愿再动笔；她已经暗藏了宝藏一般的书稿，打算死后再出版，到时候就不用在意别人怎么想了；从最开始就没写过书——其实是她那位已经过世的、天才的哥哥写的，是他超长版的自杀记录。

她独自抚养一个神秘的小孩？这不是自愿的选择。

我还在书店买了一本笔记本。没有太多供选择的样式，所以我只能将就选了一本粉色的，封面印着独角兽，还有一包蜡笔，用尼龙搭扣粘在一侧。我却把蜡笔留在机场起飞大厅的座椅上，也不知道是哪个小孩查着了。"谁是弗兰克？"候机的时候，我在第一页的顶端写了这一行字。

话说到这里，谁又是米米·班宁？她的名字和她的书一样虚幻。瓦格斯先生告诉我，米米·吉莱斯皮是她成名前使用的名字，当初出版社认为它不够庄严，于是她凭空想出了"米米·班宁"，这是个性别模糊的名字，更适用于某位银行总裁，而不是大学的辍学生。书出版了，随即畅销，"米米·吉莱斯皮"就彻底消失了。唯独瓦格斯先生还记得它，也记得她成名以前的样子。

　　　　• • • •　•

　　米米·班宁住在贝尔埃尔。我此前只会在杂志上看到这种地方——石质的正面墙体被棕榈树环抱，对着街道，除此之外，房子的其余部分都是玻璃。我要是万一成了名人，如果整天被隐私问题困扰，绝不会买一幢这样的房子。我琢磨着，米米·班宁某天一早醒来，她会不会有时候找不着北，搞不清自己怎么会来到这个地方？

　　照瓦格斯先生的说法，定居洛杉矶从来不是计划中的事。瓦格斯先生告诉我，米米·班宁二十二岁的时候，为了监督原书改编电影的事宜，已经离开了纽约。"我就去几个月。"她说。

　　起初一切顺利。电影版的《投球》赢得了众多学院奖，其中一项是奖给电影剧本的，而她是剧本的顾问。扮演投球手的希望之星把她揽在臂弯里出席了颁奖仪式，他是个名不见经传的小演员，形象精致，名字叫哈尼斯·富勒，在影片里时时会光着膀子出现。媒体把他们称作"今日的亚瑟·米勒和玛丽莲·梦露的组合"，因为她穿着毛衣戴着厚眼镜，仪表平庸到令人吃惊，而他却始终高高地挺着胸脯。

　　二十三岁时，她嫁给一个电影明星。二十五岁，他们离婚了。她没回纽约，搬进了玻璃房子，隐遁起来，或者说是试图隐遁。然而还没等她打开行李箱，米米·班宁的疯狂"粉丝"就已经一路寻踪追来，把脸贴在玻璃上向房内窥看。"我读了你的书。我能感到你的痛苦。出来吧，把好戏继续演下去吧。"

　　米米·班宁筑起一道泥灰墙，安上铁丝网，把自己同公众世界隔离。"粉丝"和狗仔摄影师依然会在围墙外探头探脑——"什么？隐士小说家要出来为一件雪人摄影作品背书吗？""她会不会有一天太寂寞了，于是把狗仔偷窥者请到屋里去，然后他们成了最好的朋友？"

　　机场出租车把我在大门口放下，那时周围没有窥视的望远镜，我感到释然，于是在键盘上敲了进门的密码，"2122000"，大门弹开了，我突步钻了进去，然后扛着行李，气喘吁吁地爬上了私人车道的陡坡。我在旁门口站了一分钟，玩味着脚下门垫上反讽意味的"欢迎"二字。母亲如果未曾不幸过世，她要是知道我来了此地，恐怕也会兴奋得死去。

　　"洛杉矶是地球上的天堂，爱丽丝，"还在纽约的时候，瓦格斯先生一边在便条贴上写下进门密码，一边说着，"人们都为它着了魔，你不能责备他们。你去过那儿吗？"

　　"没。"我答。

　　"人人都该去一次。"

　　"你去过几次？"我问。

　　"一次。"他说，"听着，我知道米米有个不容易相处的名声，但是如果我不喜欢她，我不会送你过去的。如果她过了自己心里的坎儿，她会喜欢你。同时，别让她把你吓跑了。"

　　我在门垫上蹭着自己的鞋底，又摆正了双肩。"别让她把你吓跑了"。我练习着微笑，一副公事公办的样子，但又不能像电影《飞越疯人院》里的护士长，要保持足够的热情。我嘟囔着练习在飞机上编好的台词。"没有人比我更了解单亲母亲是怎么回事。那就是我和我母亲的成长经历……""哦，不，我挺好的，我在飞机上吃过饭了，谢谢。""来一杯水就行了，我自己来吧，告诉我在哪里……""哦，这就是弗兰克吧！才九岁？你看起来老成多了。"

　　我有点恍神了。

　　我多半是站在门前太久了，因为不等我按动门铃，隐士女作家自己开

9

了门，斥道："你是谁？从你走进大门我就一直在监控里看着你。"

我大吃一惊，以至于喘着气大呼："米米·班宁！"就像一个小孩儿，要是他撞见一个穿红衣服、戴假胡子的家伙，在购物中心外面悄悄抽着烟休息，他就会大呼"圣诞老人"。讲老实话，如果我在街上与米米·班宁擦肩而过，我不能确定能不能认出她。自那本书封皮的照片问世起，经过这么多年，她的头发已经留长了，梳成了棕灰色的马尾辫，她的双眉间已经长出了一道皱纹的深沟，下颚的曲线变得柔软。然而她的双眼依然是深不可测的棕色，颜色深得瞳孔和虹膜都难以分辨。她一如从前，还穿着毛衣戴着厚眼镜，不同的是，毛线开衫让她看起来不像个作家，而更像个中年的图书馆馆员。这位怒气冲冲的图书馆馆员挥舞着手提电话。

"你最好就是艾萨克·瓦格斯派来的那个女孩儿，"她说，"要不然我就要按打给警察局的快捷键了。"

• • • • •

我并非始终是米米·班宁的"粉丝"。

八年级上英语课的时候，我读过母亲那本破旧的《投球》。我承认我没读懂那是什么乱七八糟的东西。"我讨厌那个男的只有一个'投手'的称呼，"我对母亲抱怨说，"为什么他没有名字？"母亲说她猜那是为了让整个故事更有普遍性，有助于读者把他想象成自己的兄弟或子侄。"我没有兄弟和儿子，"我说，"这只能让我把他胡乱想象成一个带手柄的水瓶。"可怜的母亲，她最爱的书，被自己唯一的孩子当作垃圾。我又能说什么？初中生的爱丽丝更偏爱杰伊·盖茨比，还有他百万美元的微笑、豪宅和那些美丽的衣衫。

大三修二十世纪文学的时候，我重读了《投球》，当时母亲意外过世不久，死因是诊断不出病原的心脏疾病。对我而言，那已经是完全不同的一本书了。那段时间它使我万分痛苦。我承认读完之后我在课堂上哭肿了眼睛。

"你现在懂了吧，"我的教授漠然地发出评语，"消磨人的不是青春岁月，而是文学。"

· · · · ·

当时，米米·班宁给瓦格斯先生打了电话，他们谈了几乎一个小时。他几乎没说什么，除了"哦哦，哎，哦"，就是"哦，不"，再不就是"我好遗憾，米米"。谈话的大意是她的钱财被一个坑人的投资顾问骗了，当年的三月份，这个骗子因为在美国屡屡诈欺富翁和超级富翁而被判了无期徒刑。到了六月，米米已经走到了悬崖边缘，几乎就要失去房产权和著作权了——因为她把这些都抵押给了一些高利贷大鳄，这些人号称自己是理财大师，专门替富人和笨人分忧。

"他们在比弗利山庄的罗迪欧大道有办公室，"她告诉瓦格斯先生，"他们给我派了一辆车。他们有体面的办公室家具。我愿意相信他们能救我。"就是她的这句话让瓦格斯先生的心软了。

"我老婆的肿瘤专家也有体面的办公室家具。"瓦格斯先生告诉我。我开始为瓦格斯先生工作数月之后，他妻子因为胰腺癌去世了。当年秋天，他的女儿卡罗琳离家去了西海岸的一所昂贵的私立大学就读。与此同时，他从始至终为之效力的出版公司被一家媒体大亨收购了。接到米米·班宁的电话，瓦格斯先生告诉她，新公司通知他，他的出版机构被精简了，他的人手只有预计的一半。反而，他迎来了米米·班宁的第二本书。是好是坏，抑或不好不坏，总之这会是本畅销书。瓦格斯先生的职业生涯有救了，至少眼下有救了。想想看，竟然是她打来电话向他求救！当时米米还不自知，然而她的确给我们抛来了救命的缆绳。

"好吧，你的状况怎么样？"他问。我感觉瓦格斯先生像在询问一位刚刚怀孕的孕妇。

"眼下还没写出一个字，"她说，"不过开头和中段已经在我脑子里了。"

米米·班宁坚决地提出了两个具体条件：一大笔预付款，以及一名助手，出版社掏钱，瓦格斯先生亲自选人。因为她告诉他："我是个很严肃苛刻的裁判。这是你从前对我的评语。"

"她的遭遇也有可能发生在任何人身上。"瓦格斯先生告诉我。

这不可能发生在我身上，这是我的第一反应。我太谨慎了。我大学宿舍里的某些人或许会认为我很乏味，不过一旦出事了进了警局，她们倒是最愿意找我为她们保释，这样最保险，她们的父母保证不会知道女儿喝高了被抓的事情。粗心大意的人都知道我是个冷静、清醒、爱学习的主儿。乏味的秉性让这些人屡屡幸免于难。

瓦格斯先生大笔一挥，记下了米米开出的对助手的要求：

常春藤学校或英语专业的免谈

会开车、烹调、打扫卫生

电脑门儿清

对孩子好

安静、谨慎、理智

在为瓦格斯先生工作之前，我有过一串雏鹰初展翅的工作经历——当时我那个年纪的孩子，在做好准备走向计划中的职场之前，都会选择那一类的工作。我有个会计学的学位，但是在那样一个阶段，自己还没调整好状况，走上那个专业的路。我做过宠物饲养，发过宣传单页，在吧台调制过咖啡，在中央公园给游客画过像，做过穿着黑衬衫的餐饮服务生，在幼儿园里当过助理。与瓦格斯相遇时，我在一间电脑店里打一份周末工，因为私立学校里做数学教师的工资不足以支付房租、吃喝和保险。在店里，我必须头戴一副塑料招牌，上面写着："嗨！我是天才！有事都问我吧！"我花了一个小时向他展示如何以快捷的方法打理他的信息世界，紧接着瓦格斯先生便告诉我："你的确算得上天才。"又问我愿不愿意为他工作。"你给我的工作会不会提供保险和病假福利？"我虽然这样问，但其实从来没有在工作中缺勤过一天。答案是肯定的。那个年月，虽然不是太久以前，自己支付保险贵得惊人；而且，那些听起来光鲜炫人、美梦成真的工作从来不会为你上保险。这份工作，有保险、能请病假，每年有两周假期。瓦格斯先生一开口我就应了。没二话。

如此这般，一路走来，我踩在了米米·班宁的门垫上，接受"一代人最强心声"的严厉斥骂。我抖擞精神，趁她还没报警，说道："我就是瓦格斯先生派来的女孩。"

她把电话放进了毛衣口袋里。"那好，"她说，"你要是盯着我看够了，那就进来吧。"

. 2 .

"他的名字叫弗兰克。"

米米·班宁和我坐在客厅的沙发上，望着她儿子在室外的烈日下玩耍。这孩子穿着一件破旧的燕尾服和一条晨间正装裤，配着一双赤脚和一张邋遢的小脸，看起来就像是《雾都孤儿》里的流浪娃，似乎是从狄更斯笔下的伦敦穿越到了洛杉矶，前一天晚上又在路边的阴沟里过了夜。

我说弗兰克在"玩耍"，具体说他是在用一根黄色的塑料棒球棍敲打一棵桃树，仲夏的青色果实被震得撒落在四处——似乎大伙儿今后就得靠它们充饥活命一般。

"他始终穿成这个样子？"我问。

"会有不同版本的。"

"太妙了！大多数的孩子不会这么在意他们的衣装。他们只要有T恤衫和一条短裤穿就很开心了。"母亲总是说，你要想和一个做母亲的沟通感情，最好的办法就是夸她的小孩。我在私立学校教书的时候这一招很管用，就算牵强附会地说些溢美之辞也胜于说人家的孩子是"小小的蠢家伙"。

"我知道。"听她口气，倒像是生我的气，而不是受了我的奉承。

一击不中。我又试着说："弗兰克看起来活力十足。"

"我被他弄得累极了才睡，"她说，"一醒来还是累。"

听听。到这会儿也不问问我是否一路鞍马劳顿。她对我太客气了。

弗兰克朝那棵树走去，这次是用慢动作的、日本歌舞伎的姿态——摇摇摆摆、扮潮扮酷，脸上犹如戴了面具。我决定再试一次。"哎，那是不是安全棒球的球棍？"我问，"我在私立学校教书的时候曾经做过安全棒球的教练。"

"那你一眼就该认得出来它是不是。"

她可不是个会拉家常的人，瓦格斯先生警告过我。不是开玩笑的。我放弃了，坐定了看着孩子打下了树上最后一颗未成熟的果子。刚刚见面就坐在离米米·班宁这么近的地方，这感觉真别扭，但是客厅里的家具有限，没有太多选择余地。这里仅有张白色沙发套的沙发，我们此刻就坐在上面，此外便是一架黑色儿童款的自动演奏式钢琴。从我一来它就一直在播放着一组活泼的拉格泰姆音乐。还有一张钢琴凳，但我觉得坐在那里会感觉怪怪的。房间里没有地毯，但门厅那儿倒有铺满地面的地毯。我母亲听说了一定会感兴趣，她一直觉得地毯铺满整间房间是最俗气的事——尽管我们住过的公寓多半也都铺满了。钢琴上没有摆照片，墙上没有挂画。不过，墙上留着方形的痕迹，显然是最近摘下来的。环视一番，你会觉得米米·班宁和她儿子近期才搬进这座房子，又或是很快就要搬离。

"弗兰克应该是个有趣的孩子。"我大着胆子做最后的努力。

她摘下眼镜，揉着鼻子。"他是个了不起的孩子。"

室外，弗兰克撇下了儿童球棒，溜达到了车道边，同停在那里的那辆黑色奔驰面包车说上了话。他和车上的行李架达成了某种理解，他解开皮带，把它扣成一个圈，然后打开了车门，一边站在车门内的门槛上，一边把皮带的一端系在行李架上。

米米·班宁跳起来，走向玻璃移门。她使劲拉门，但是门卡住了拉不动。

"来，我来帮你。"我说。

"我一直打算找人把它修好，"她说，"但是我认识的那个男的不在镇上了，我又讨厌陌生人来我家里。弗兰克在外面干什么呢？"

这孩子张罗着他的活计，他把一只手腕套在皮带的圈里，然后一边跳下车，一边把门关上，又小心地抬高手臂，不让门夹住皮带。接着，他向后蹬腿，摔到车门倒下，再踢腿，再摔，同时用腾空的一只手比作手枪，朝行李架射击，同时还得回手撩起燕尾服的后摆，让它飘在身后。我想到了当年放学后看过的黑白版的西部电视剧。"我认为他是在抢劫一辆马车。"我说。

米米·班宁将一只手放在胸口，从玻璃门前退开。"是啊。他在玩。他没事。修门的事不急。他挺好的。稍安勿躁吧。"她似乎不是在对我说话。

"甭担心。"我说。依着我本身的脾气，不会把"甭担心""慢用"这类轻描淡写的客套话挂在嘴上，但是我发现，对付一些最棘手的人（比如某个富裕家庭的焦虑母亲，某一位等着送餐的、饥饿难耐的曼哈顿素食者），最好的办法是用一种空无一物的平静漠然处之，然后自己忙自己的事。我继续摆弄着移门："只不过是从滑轨里跳出来了，就这么简单。"我奋力一晃，它就回归了轨道。"要是卡住了，你就这样。"我向她演示了抬起来再推回去的动作。"我说，等你的熟人回来了，你得让他把玻璃换了。"我一边说着，一边在巨大的玻璃板上沿着一条长长的锯齿状裂痕查看。"这可是个事故的隐患哪，怎么弄成这样的？地震了？"我本不愿意去想象地震，但是在洛杉矶，又怎能不想。反正，我所住过的每一个地方都有它标志性的灾害——内布拉斯加的飓风、纽约的抢劫。我猜想在我厌倦人生的那一副厚厚的伪装下面，应该是一个渴望着大冒险伴着大成就的女孩子。

"是弗兰克的脑袋把它震裂的。"米米·班宁说。

"哎哟。这种事出乎你的意料，却又每每发生。玻璃擦得太干净，孩子没有注意。你应该在孩子视线的高度贴上不干胶，这样他在出门去玩的时候就知道门是关着的。"

"既然你这么清楚该做什么，你倒说说，如果是他发现玻璃门脱离了轨道，因为打不开就气急了，用头撞门，你的那些不干胶会不会管用呢？"

"哦，"我说，"要是那样的话，就别提什么不干胶了。看来我得告诉他怎么把门推回轨道才是。"

"这个你去做吧。"她说着，又把门关上了，再拉开，再合二。"至于不干胶，呵呵，你不是纽约人，对不对？"

"我来自内布拉斯加。"

"怪不得你来自内布拉斯加。所谓的不轻信之州嘛！"

"我记得那是密苏里州。"

"那些中部的州都一样的。"她说着，再一次拉开门，叫道："过来，弗兰克，快点。"她关上门，只用了小拇指移动着它，同时隔着玻璃向外窥着。"这可能得等上一阵子。"她说着，看了看表。

"这就来了，妈。"弗兰克嚷道。他从自己做的圈套里解脱出来，然后重新系上皮带，把想象中的那把左轮枪插回"枪套"。他在院子里绕了一圈，停下来连着一截花枝揪下了一朵玫瑰，然后认真地擦拭花瓣，大夫诊病一般地嗅了嗅，再把它插进胸前的口袋，将花瓣捏成装饰手帕的形状。他穿过一组柠檬树和一大片薰衣草的边界地带，沿着一排常绿树的树篱来来回回跑着，一边用手指尖扫着树顶。他将双手反扣在背后，身体朝着光秃的桃树倾斜下去，跟着便是一个夸张的丑角式跌倒，伴随着兔八哥的口哨、爆炸声、尖叫、呻吟，一并响成了一团。声音大得隔着玻璃门依然听得见。这一阵闹过，弗兰克在地上躺了一会儿，先是装死人，接着又用手指在浮尘上画花样。

米米·班宁再次看了看表。"五分钟，"她开了门喊道，"弗兰克，快，趁我们还没变老。"她又看着我说道："趁我们还没变老，说到这儿，你多大年纪？"

"二十四，快二十五了。"

"你看着才十二。"她的语气并非全然是恭维，"我从前一贯看着年轻，直到真的不年轻了。我在你这个年纪买了这幢房子。那是当时市场上最贵的。哦，我忘了你的名字。"

"是我的错。我早该介绍自己。爱丽丝·怀特里。"

"爱丽丝·怀特里。我觉得你在我眼里不像爱丽丝。你像'潘尼'。"她的读音好似"皮尼"。

"为何是潘尼？"

"我不知道。潘尼不是一分硬币嘛。我都不怎么喜欢潘尼。我还小的时候，如果把它们埋在地下，它们会变绿，含在嘴里味道差极了。啊。这个糟糕的味道是你忘不掉的。爱丽丝、爱丽丝、爱丽丝。我会尽力记住它。我不太擅长记人名。"

"要是管用的话，我可以用记号笔把它写在脑门上。"我说。

这下她笑了，一声短促的干笑，并无喜感。"你需要见见弗兰克。他也许会喜欢你。他喜欢年轻的金发女性，倒不在乎她们是不是漂亮。"

听着确实刺耳，不过她说的不错。我不漂亮。我的长处是井井有条和勤奋能干。我没什么可抱怨的。我从十六岁就开始工作了，大多是一些让人生厌的行当，其中最大的裨益是教会了我拖拖拉拉是最没出息的，而面对那些买你面包圈的顾客，要忽略他们的侮慢。我没有长发公主的长发，不过我的头发浓密金黄，光可鉴人，直垂到腰际，而且从不脱发——我的两个曾祖父，名叫瓦尔德和托森，一听这北欧名字，你就想象得出了。不过，我对你讲句悄悄话：像我这样的头发是一种负担。我扭头的时候总是担心面孔会消失在头发里。可话又说回来，我再怎么蠢也不会为了惩罚它而把它剪了——这可是我身上最好的一部分。

外面，弗兰克在地上找到了一颗青桃，他用桃皮上的绒毛擦了擦自己的脸颊，又将桃子在双手间抛来抛去，最后把它抛上房顶，还目光追随着抛物线，几乎想要跟着它一道飞上去。这一节闹完了，他螺旋转了几个圈，盯着天空看了一阵，然后溜溜达达来到车道上，踏上一块滑板，一路滑行到了门廊，双臂向两侧伸展，燕尾服的后摆在身后翻飞。他跳下滑板，摆出一个假装戴了橡胶护膝的姿势，然后跳着华尔兹的舞步从我们两人面前掠过，似乎我们根本不存在。

"你在面包车那里干什么呢？"米米·班宁问他。

"哦，你说的是那辆马车？我在劫持它呀。所以我才管你叫'Ma'，为了还原历史的真实。在马车的时代，人们管母亲就叫'Ma'。"

"你要是不介意，我还是不要当'Ma'的好。'Ma'是老太太，可我满口的牙一颗也不少。"弗兰克在他母亲身边晃悠，却被她一把抓住肩膀，头被扭向了我。"打住，牛仔。发现什么了没有？"

"门又能开了。"

"那还有她呢？"

"就是那个她？"他用诘难的姿态指着我的方向，却又似乎没有把焦点放在我身上。我疑心他是该配副眼镜了。"她是谁？"

"她是谁？她是潘尼。"

"爱丽丝，"我说，"我的名字叫爱丽丝。"

"谁是爱丽丝？"弗兰克问。他把目光对准了自动演奏的大钢琴，或许是认为"爱丽丝"是个隐形人，正在操弄着琴键。

"我是爱丽丝。"我说。

"她在这里做什么？"

"我以后没时间做的一切事情她全都要做。"

"你的员工？太棒了。如今要得到得力的帮手太难了。"弗兰克双臂一伸露出了肮脏的袖口，我看见袖扣是银色的，形状如同《喜剧和悲剧》中的面具。他想伸出一只手掌，似乎要抓住我的手亲吻它的样子。

"弗兰克，看看你的手有多脏。去洗洗，用肥皂，清一清你的脏指甲缝。洗完后立刻回来。我刚才说什么来着？"

"弗兰克，看看你的手有多脏。去洗洗，用肥皂，清一清你的脏指甲缝。洗完后立刻回来。我刚才说什么来着？"弗兰克重复着这句话，吵嚷着奔进客厅。

"你能相信吗，他上午刚洗过澡呢。"米米·班宁说。

我耸耸肩："他是个孩子。"

"咱们这位儿童版的诺埃尔·科沃德[1]可从来不是个孩子。听听他讲的笑话吧。里面有不少富兰克林、罗斯福呢。"

"你说笑吧。"

"我倒希望。有一次我带弗兰克和他班里的另一个男孩一起去迪士尼玩。我们经过高速路边上一处贫民区，那个孩子指着街上一个毒贩模样的男人，说道：'看，一个黑社会！'弗兰克应道：'在哪儿？是不是吉米·卡格尼[2]？'《歼匪喋血战》[3]是那段时间弗兰克最喜欢的电影。有一阵子，他找乐子的办法就是悄悄溜近我，大喝一声：'搞定了，老妈！

---

1 诺埃尔·科沃德（1899—1973），英国演员、剧作家、流行音乐作曲家。

2 即詹姆斯·卡格尼（1899—1986），美国演员；代表作《国民公敌》《歼匪喋血战》《胜利之歌》等。

3 《歼匪喋血战》（*White Heat*），詹姆斯·卡格尼主演的黑帮电影经典作。

盖了帽了！'见我一脸懵懂，他补充道：'这是一枪崩了他的那个警察上场前吉米·卡格尼喊的台词。弗兰克用了几年时间才看厌了《歼匪喋血战》。我很高兴看到他的兴趣转向了《百老汇旋律1940'》。里面有弗雷德·阿斯坦[1]、埃利诺·鲍威尔[2]，她让弗兰克迷上了《我的高德弗里》[3]和其中的威廉·鲍威尔。弗兰克把他想象成埃利诺·鲍威尔的哥哥。接下来上演的变成了派克大街的腔调。"

"我在纽约教书的那所私立学校里，孩子们都住在派克大街，可说起话来都像在和街边的小贩讨价还价。"

"我猜你这是在劝我往好处想事情吧。弗兰克又去哪儿了？我最好赶紧找到他。"她疾步走过客厅，把我撂在了一边。

我很高兴能借此缓一口气。此时自动钢琴抛弃了斯科特·乔普林[4]，开始演奏《蓝色狂想曲》。我坐在琴凳上，正望着鬼魅般的弹琴假手指着迷，弗兰克突然出现在我腋下一侧，让我吃了一惊。他身上散发出肥皂和生发油的气味，这是我小时候去老人院看外公时闻到过的。

弗兰克的脸庞放着光，他戴着一条领巾，穿着晚间便装，配着一条法兰绒睡裤，裤子上还印着火箭的图案。"我的钢琴老师度假去了。"他说。说这句话的时候，他似乎是将我的左侧手肘当作了谈话的对象。

"我知道了。"我说，"弗兰克，你刚才在院子里好像玩得很不错啊。"

---

1 弗雷德·阿斯坦（1899—1987），又译作弗雷德·阿斯泰尔，美国电影演员、舞蹈家；代表作《鬼故事》《欢乐时光》等。

2 埃利诺·鲍威尔（1912—1982），演员；代表作《百老汇旋律1940'》《影舞者》等。

3 《我的高德弗里》（*My Man Godfrey*），1936年美国上映影片。

4 斯考特·乔普林（1868—1917），美国黑人作曲家、钢琴家，被誉为"拉格泰姆之王"。

"我喜欢跟自己玩。这台钢琴也是自己给自己弹，你发现了吗？这也没什么不对。"

"我以为要得到自动演奏的钢琴，人们得额外付出吧，"我说，"我能请你坐坐吗？"我拍了拍琴凳。弗兰克爬上来，他坐得好近，以致连嘴里使用过牙线的味道都嗅得出来。我挪了挪，想在我俩之间腾出些空间，他却随着我一道挪了一下。

一阵尴尬的静默过后，我说："我喜欢这首歌。"

"这是我最喜欢的歌曲之一。"

"你会弹钢琴吗？"

"我会，"他说，"自然不像他那样弹。"

"你指的是你老师？"

"我是说格什温。这个电脑程序是根据格什温的一首钢琴曲改编的。他写过几十首钢琴曲，但是灌成唱片的却很少。"

"真的吗？"

"是真的。我对于史实很在行。我指的当然是乔治·格什温，不是伊拉。伊拉是他的哥哥，1896年出生。格什温生于1898年。伊拉是歌词作者，也就是说歌里唱出来的文字是他写的。乔治写音乐。朋友们认为乔治患有疑心病，直到1937年他突然在洛杉矶死于脑肿瘤，就在这里的斯达斯奈医院大楼里，现在那里归属于一帮科学会的教徒，他们认为自己是高人一等的新物种，从外星来的，就是来拯救人类。伊拉一直活到1983年。你熟悉弗雷德·阿斯坦吗？"

"我家就在奥马哈。"我说。

弗兰克竟然喘着气说道："对啊，弗雷德就是奥马哈的。"

"我知道，所以我才提起的。"

"当初我以为弗雷德来自英格兰，可母亲解释说有声电影时代演员要接受训练，必须那样说话。弗雷德在回忆录里说乔治·格什温临终前还念着他的名字：'弗雷德·阿斯坦。'就像查尔斯·福斯特·凯恩在影片《公民凯恩》里临死前说'罗斯布德'一样。我倾心所爱的是电影，对数学，就不那么感冒了。"弗兰克说话的方式挺逗人的——他似乎是隔着很长的距离在朗读电子提词器的内容。他把手放在我的手掌里，然后给了我一个孩童的微笑，熠熠生辉，充满信赖，愤青和玩世不恭者的心都会为之融化，就像那种广告片里的场景——他让人相信，是的，一张问候的卡片，就可以使世人重新凝聚，亲如一家。

　　他把脸挤靠在我肩上，我们的手握在一起，良久，我才再次开口说话。鬼魅般的假手从琴键一端弹到另一端，一曲阿斯坦式的踢踏舞曲终了，我趁着这个当口说道："这是乔治一掌的宽度吧。"说罢，我依着格什温的导引，把手从弗兰克的手里收回，撑开手掌，在琴键上比画出大拇指到小指之间的距离。

　　"不要！"米米·班宁的吆喝声从门厅传来。

　　我急忙抽回手，恰好躲过了弗兰克猛地扣下的烤漆琴盖。米米·班宁疾步跑到琴凳前，伸臂箍住了弗兰克的双臂，使他如同上了枷锁。"抓住你了，猴子。"她说。

　　"她想动我的钢琴，"弗兰克说，"我们还不怎么认识呢。"

　　"她还不知道咱们的规矩，弗兰克。"

　　"你和我已经互相有点了解了，不对吗，弗兰克？"我定了定神之后，立即说道，"我来自奥马哈，和弗雷德一样。你知道我的名字，爱丽丝。我还没告诉你我姓什么。我姓怀特里。"我再次向他伸出一只手——虽然它微微有些颤抖，但依然带着小小手指留下的感觉。"我希望你带我了解这里所有的规则。"

弗兰克转身躲开，把脸埋进他母亲的肩膀里。"妈妈，"他说，"她是谁？"

"她的名字叫潘尼。"

"爱丽丝，"我纠正道，"我的名字叫爱丽丝。"

"她什么时候离开？"他问道。

"你母亲一写完书，我就走，"我说，"我保证。"

"写完一本书要多长时间？"他问米米。真逗，我自己也在琢磨这个问题。"读完一本书不会花太久的。"他补充道。

米米·班宁隔着弗兰克的脑袋与我目光相接。这是她第一次真正地看着我。"如果你想要真正地对我们有用处，就得了解两件事情，"她说，"规则一：不许碰弗兰克的东西；规则二：不许碰弗兰克。"

"不许碰弗兰克？可他一分钟之前还抓着我的手呢。"

"他可以抓你的手，可你不能抓他的。"她解释道。

"那要是过马路可怎么办？"我嘴里问着，心里觉得不舒服，感觉自己像在生硬地编排一个关于朋克摇滚乐手的笑话。

"我拉他的手，这还用说。我是他母亲。我不用征求意见。"她的语气竟带着温柔，这让我吃惊。这才是她，那个瓦格斯先生喜爱有加的米米。

她是对的。我还有招儿。"好吧，弗兰克，"我说，"你熟悉吉米·卡格尼吗？"没有应答。"《歼匪喋血战》？"

弗兰克稍稍转动了脑袋，用一只眼睛看着我。"卡格尼凭《胜利之歌》[1] 赢得了奥斯卡奖。他演的黑社会绝顶赞的，不过那些还不是我最喜

---

1 《胜利之歌》（*Yankee Doodle Dandy*），1942年美国上映影片。

欢的角色。在轻歌舞剧里歌舞让他脱颖而出了，那些踢跳的步伐永远是最欢乐的。"弗兰克把轻歌舞剧读作"轻 – 歌舞 – 剧"。

"咱们找时间一起看看行吗？"我问，"我从来没看过《胜利之歌》。"

"这个，"弗兰克说着，从母亲的环绕里解脱了，再一次拉了我的手，"那就单独招待你吧。我已经看了许多许多遍了。再有，我是朱利安·弗朗西斯·班宁。你可以叫我弗兰克。你见过我母亲了。我有时候叫她母亲，最常叫的是妈妈，麻或妈咪偶尔叫叫。这些对你都不合适，当然。她的哥哥叫她米米，因为他年幼的时候觉得玛丽·玛格丽特太拗口了。"

"哦，"我说，"这就对了。瓦格斯先生叫你母亲米米。"

"这不意味着你可以叫。"她说。

"当然不。"我说着，不过从此以后我就这样叫了——只不过是在我脑袋里。

"葛洛丽亚·斯旺森[1]和鲁道夫·瓦伦蒂诺[2]上个世纪二十年代住过的社区就叫怀特里高地，"弗兰克说，"同你有何关系？"

"我认为没有。不好意思。不该动你的钢琴，再次抱歉。"

"你该说什么，弗兰克？"米米提醒他。

"你的头发本身就是这个颜色吗？"他问道。

---

1 葛洛丽亚·斯旺森（1897—1983），美国女演员；代表作《日落大道》《入侵者》等。
2 鲁道夫·瓦伦蒂诺（1895—1926），美国著名男演员；代表作《启示录四骑士》《酋长》《茶花女》等。

·3·

"她的那个儿子啊，"我出发去加州的那天，瓦格斯先生在纽瓦克机场对我说，"你觉得他是不是领养的？因为很多年前她撇开了那个荒唐的马里布·肯，就是我劝她别跟他结婚的那个人。"

我和瓦格斯先生的谈话通常没有这类的内容。于是我说："不知道。"听我的口气不对，他慌了，应道："我干吗不自己问她呢？"我只得说："瓦格斯先生，我是开玩笑啊。"

"我当然知道你是。是我该说对不起啦，天才。""天才"是瓦格斯先生给我的昵称，曾几何时，我们关系熟了，气氛松弛得可以互相开开玩笑了，他就开始这样叫我。他把双手伸进自己的口袋，似乎是想在其中摸索出自己的幽默感。他说，"几乎忘了。我有东西给你。"他递给我一个包装好的小盒。

"这是什么？"我问。

"也没什么，"他说，"挺傻的。上飞机再打开吧。保持联络，爱丽丝。照顾好你自己，照顾好米米。做好笔记。"

做笔记？还等不及我问瓦格斯先生究竟是什么意思，他给了我一个笨拙的拥抱，让我感觉如果你的父亲送你出门上大学，想必就是这种体验——如果你碰巧有个父亲，又刚好要送你出门上大学的话。"加油吧，大红队。"他说罢就撇下我，没有再回头看过一眼。我知道他没有，因为我一直看着他消失在人群里。

当我打开包装的时候，看到的是U形充气式旅行枕头，装饰着我母校内布拉斯加大学的校徽。我当初拿着全额奖学金主修了会计学，辅修的是影音艺术，学到的东西一点也不比在哈佛少，虽说这一点在纽约没有人会认同——唯一的例外就是纽约州立大学纽博分校1969届的瓦格斯先生。我们在电脑店里一拍即合，当时他把一颗栗子递给我，说道："你永远可以向哈佛出身的人倾诉点儿什么，可你有话永远得留三分。"

"加油大红队"啊，瓦格斯先生。就算他从来不看足球，也能记住你大学的球队昵称，仅这一条就很能反映出他是个什么样的人了。

平生头一次，我在飞机上睡觉了。当然，那一夜之前，我从来还不曾坐过飞机。

• • • • •

那晚米米带我看了我自己的房间，接着我就穿上了睡袍爬上床，用手提电脑给瓦格斯先生写邮件。"她的儿子，"我写道，"有一双棕色的眼睛，一头赤褐色头发，和她的一样，所以若说他是领养的，我表示怀疑。弗兰克英俊得妙不可言，但是……"

但是什么？我四下里张望着房间，一边思忖着下一个句子。见识过了客厅里漫不经心的装饰，这里的情形已经好过了我的预期。米黄色四壁，竹节纹的米黄色地毯，蓬松的白色双人床，亚麻色的衣柜，大壁橱，极简主义的写字台。唯一的一抹鲜艳：在亚麻落地窗帘面前，摆放着一座猩红色的双人小沙发。它的颜色鲜亮——是一种格外突出的红，红得犹如一个精致女郎唇上的口红。而那女郎又格外倔强地拒绝使用其他化妆品。整间屋里没有一张装框的照片，也没有一本书。所以我称之为"好"，所用的是衡量酒店房间的标准，而不是日常居室的标准。何况这室内太过安静。外面也一样。什么样的城市会在半夜里竟没有隆隆闷响？就算是奥马哈也比这里热闹。

接着我听见有人在客厅里磕磕绊绊地走动，又有柔和的嘟囔和钢琴声。我从床上爬起来，趴在门口倾听。我听见弗兰克哼哼唧唧，主要是他在说话，米米偶尔插话打断。我听不清她在说什么，但是从话语的节奏判断，我敢肯定她是想把弗兰克劝回到床上去。

我感觉困了，双脚也觉得冷，于是自己回到床上。我把"弗兰克英俊得妙不可言，但是"删去，按下了"发送"键，然后躺下，闭上双眼。还有什么要说的？他的指甲缝好脏？他是从时空连续的虫孔里跌进了我们的时代？我害怕他在我睡梦中把我切碎？

之所以想象到最后的一条，是由于米米向我道晚安时说的话："如果你饿了，就在厨房里随意自助。餐盘在水池边的柜里，餐具在柜子下面的抽屉里。如果想要切碎什么大块的东西，旁边的抽屉里有锋利的大刀。不过半夜千万别打开任何一扇外面的门或是窗户。我临睡前设置了警报器，明早之前我是不会关上的。"

我一直盼着能开一扇窗，让夜里的微风吹进来。连这里的空气都有富贵味道，茉莉和橙树花的香如同背景音乐，却没有垃圾和猫尿做和声。"这个社区会有危险？"我问道。

"是弗兰克，"她答道，"他会梦游。这个，也不叫'梦游'，应该说是在应该睡觉的时候却在家里四处游荡。"

我的天啊！有这么个活宝在房子里晃荡，挥舞着棒球棒，说不定还会抄起一把厨房里的尖刀，我怎么能睡得着觉啊？好吧，我承认，自从年纪大到可以看电视的时候起，恐怖电影就太多次陪伴了我的夜生活，而与此同时母亲却在键入法律文书，因为晚班的工资比白班高。等到我终于告诉她，我睡不着觉，她说："爱丽丝，你可聪明了，应付这些绰绰有余，僵尸、逃逸的精神病人之类的东西吓不到你的。"我猜她的意思是去学学空手道，而她却为我找来了工具箱和电钻。母亲教我如何给电灯重新接线，如何拧紧松脱的门把手，如何仔细检查损坏的东西，然后弄明白如何修好。她训练我收集零星散落的螺丝和纽扣，将它们收在罐子里，这样我就可以随时取用。此外，她又教我平衡她的收支，保管她的税务收据。后来，她会把我们的古旧电视机调到烹饪频道，锁定，将遥控器放进口袋，递给我一本油渍斑斑的《经典意大利菜烹饪精华》，然后上班去了。从那以后我就成了家里的厨师、杂工兼会计。所有的活做完了，我就会径直上床睡觉。太累了，再也没力气做别的事。

于是在加州的第一个警醒的夜晚，我打开了行李箱。刷了牙，用了牙线。列了一张下周可能为米米和弗兰克烹调的菜单和需要用到的食材清单。又读了些米米的书。在我的笔记本的第一页画了一张弗兰克的小幅搞笑素描——就在我此前写下的小标题《谁是弗兰克？》下面。我至此依然摸不清弗兰克是什么人，但在我的画里，他是个小学生版的查理·卓别林，只不过戴了不同的帽子，穿了不同的鞋，拿了不一样的手杖。

似乎永远不会停歇的哼哼唧唧停止了，我听见"咔嗒"一记关门声。我锁了自己的门，将笔记本同手机一起塞在枕头下面。

这一夜之前我睡过的每一张床，如果不是沙发床，便是儿童床，或是成对单人床中的一张。所以我深夜三点前后就醒了，对身体两侧的多余空间大感不适。既然睡不着，我索性起身，拉开了窗帘。在布鲁克林迷人的布什维克社区，我那迷你型的单身寓所临窗便是通风井——鬼气森森的砖墙离得好近，只要我足够疯狂，愿意探身出去伸手一试，就可以摸到它。此刻我来到了洛杉矶：夜景安详宁静，斑驳的霓虹灯招牌在各处闪闪烁烁；晚归汽车的红色尾灯拖曳着蛇形的尾巴——它们半夜三点才回家，令人们流连忘返的去处想必是令人兴致勃勃的地方。

我在双人小沙发上坐下，似乎要永远坐下去，只一味呆望，犹如这座城市里的移民老妪，她们戴着黑色的老太太头巾，粗壮的手臂上长着带汗毛的黑痣，把枕头放在自家窗台上，一整天坐在上面，望着眼前的新世界，望着人行道上流过的一切。从高处望去，有没有语言都不重要了。人流的旋涡比电视里的任何节目都好看，有线频道也一样相形失色，或许，唯有亚美尼亚语频道才是例外。

　　一想到这里，我开始琢磨，这间酒店房间一般的屋里会不会配了电视呢？我起身查看了橱柜，空的。于是我又爬上床，拿起手机，键入了关键字"百老汇旋律1940"。弗雷德的欢快艺术风格在一巴掌大的屏幕上体现不出来。我记得后来，弗兰克向我介绍电影《日落大道》[1]，家住怀特里高地的葛洛丽亚·斯旺森饰演一个被淘汰的默片时代明星诺玛·戴斯蒙。"我依然很大，"她在片中说道，"可是画面变小了。"

•　•　•　　•

　　次日早晨六点，我打开卧室的门，吓得差点尖叫。弗兰克就在门廊的地上，盯着自己的双手。"对不起，"他说，"我吵醒你了吗？"

　　"没，你只是吓着我了。我以为没有人会这么早醒过来。我现在还停留在东海岸时间呢。你在外面很久了？"

　　"大约一小时。"

　　"你妈妈呢？"

　　"没醒。你的门锁了。"

　　"你想要进我的房间？"

1《日落大道》（*Sunset Boulevard*），1950年美国上映影片。

"我先敲了门。你没应。我担心了。"

"为什么？"

"这一带的浣熊特别大，足可以翻过十尺高的墙，非常凶。另外还有草原狼。对宠物和小个子的人特别危险。"

"我来自中西部，"我说，"中西部的人没有小个子的。"

"再有，外面还有人呢，"他说，"疯疯癫癫的那种人。在我出生之前，其中一个曾经翻了墙来找母亲。所以在墙上才要安上锋利的铁丝。"

"这些疯疯癫癫的人，"我说，"你指的是你母亲的'粉丝'？"

"'粉丝'这个词就是源自疯子，"弗兰克说，"对一个人或一件事过分激烈的追随者。她有好几百万呢。也许有十几亿。母亲说她不喜欢驾车，因为从前只要她一开出车道就有'粉丝'冲上来堵住车。现在没有那么多了，可她始终还是不能安心。"

"我认为你母亲的'粉丝'不会伤害她，"我说，"他们多半只是想说说话，或是问她要签名。"

这话似乎也没给他带来太多宽慰。弗兰克的后脑壳上，顶着一顶硬草帽，两绺头发从两侧垂下来，形成了一对圆括号，箍住了他因为担心而皱着眉头的前额。后来我才意识到，这个扮相是从詹姆斯·史都华[1]的表情库里学来的，大约是来自影片《风云人物》[2]。我能看见他的袖口，今天配的是小小的银色和绿色的三叶草样式。他的蓝白色绉条纹正装的裤子同样皱巴巴的，裤筒挽了起来，于是漏出了蓝色配杂色菱形花纹的袜子。在他的纽扣扣紧的衬衫领口，半松半系地挂着一朵海军蓝领结，上面配着

---

1 詹姆斯·史都华（1908—1997），美国著名男演员；代表作《费城故事》《迷魂记》等。
2 《风云人物》（*It's A Wonderful Life*），1946年美国上映影片。

波尔卡白色小斑点。他看起来是一副一夜未睡的样子，要么是手持黄色球棒在四下里巡逻，要么是和朱迪·嘉兰 [1] 一道，一边唱着歌一边在街上扒上了一辆汽车的车尾。

"我多半还在睡觉呢，"我说，"我理解你的担忧。不过未经邀请不许进我的房间。永远不要。懂吗？"

想当初，我从私立学校的幼儿园岗位上调离，替补成了小学三年级的数学老师，因为一个漂亮的女教师和她的学生家长私奔了。在那期间我记不得应付过多少个倍受娇惯、毫无底线的孩子。有个姑娘在上课的时候跑到我的书桌旁，翻开我的钱包找止咳药水；八岁的孩子，居然理直气壮地在学生论文里作弊，让我惊得咋舌。他们当中任何一位要是最终进了监狱，我都不觉得意外。在那种地方，他们会突然发现，自己证券作伪和所得税欺诈的罪过不但败露，而且受到了惩罚；在大牢里，他们会好好反省自己在球场和社交软件上挥霍的光阴。那些对米米进行金融诈欺的家伙，要是谁的孙儿正好在我的学校里，我肯定不觉得奇怪。

我只是想说，你必须给这些富贵家的二代们立下规矩，不然等于毁了他们。

"是……"弗兰克坐直了身子，系紧了领结，动作出乎寻常的迅速而准确。弗兰克的目光还够不到我的脸，于是只能停留在我的膝盖上。他又一次看看自己的双手，然后极其迅速地瞥了一眼我的鼻孔，才吐出一句话的最后一节："爱丽丝老师。"那一刻我才注意到，他在左手手心写下了

---

1 朱迪·嘉兰（1922—1969），美国知名演员、歌唱家；代表作《绿野仙踪》《纽伦堡大审判》等。

我的名字"艾丽西"。他见我看到了，急忙把那只手缩进口袋。"作为家庭档案的保管员，我带了这些相册给你看。"他说。此前我还没看到，那是一本又一本旧式的皮革封皮相簿，斜靠在墙上，看起来一定超过了二十磅的分量。

"我很乐意看看，"我说，"你怎么知道我会想看？"

他拍了拍身边的地面："我可以请你坐这儿吗？"

我溜到墙边，坐在弗兰克身旁，他把一本相簿搁在我俩腿上，翻到一页，上面附着一张皱巴巴的报纸，报纸上印着一个青年美女戴着皇冠头饰身穿泳装，正在亲吻猫王埃尔维斯。

"你喜欢猫王？"我问。

弗兰克耸耸肩。"我不太了解埃尔维斯，只知道他的中间名是阿龙，还有就是他有个夭折的孪生兄弟叫杰希贾森，还知道他在录制唱片之前在孟菲斯为皇冠电气公司开火车，他的第一张唱片是张单曲叫作《没关系》。"他的口音里带有一点点米米的阿拉巴马腔调，于是将孟菲斯念成了"米菲斯"。他敲了敲照片上的女郎。"我对这位女士倒是有所了解。她是我母亲的母亲。"

"她是你外婆？"

"千真万确。"

"让我看看。"我屈身凑近照片，将标题读了出来，"龙虾嘉年华女皇和密西西比大学学生班宁·玛丽·艾伦欢迎埃尔维斯。哇！"班宁。我分不清自己的惊讶是因为米米的母亲是个美丽的学生女王，还是因为米米的笔名来自这位女王。

弗兰克的外祖母也许与米米并不相像，但弗兰克身上却有太多她的影子。"你见过她很多次吗？"我问。

"我清醒的时候见不着她。她死于车祸的时候我母亲还挺年轻的，不过也不是小孩儿了，却也不像你这么老。"

"太可怕了。"我说。我几乎想说，我都想象不出来，不过其实我当然能想象得出。"那你觉得我有多大？"

"我不知道。老得足够懂得更多？"

我笑了出来："千真万确。"

"那你一定有二十五了。"弗兰克说。

"差不多。二十四。你怎么知道？"

"亚布拉姆斯医生说，脑前额皮质通常就是在这个时候完成发育的。这个部分的大脑会控制你的情绪冲动。根据她的预言，到我二十五岁的时候，我就老得足够懂得更多的事了，如果我们运气好的话。如果不行，可能会推迟，到我三十岁的时候。或者，永远也不会了。有些人的前额皮质比别人成熟得早。主要是女人。比如，戴比·雷诺兹[1]演《雨中曲》[2]的时候才十几岁。看这个。"弗兰克停下了翻页的手，给我看一匹灰色马的照片。"它叫'西风'。它的主人是朱利安舅舅。我外婆说过，只要她还有一口气在，就休想让朱利安坐在汽车方向盘跟前。所以她让'西风'载着他去他需要去的所有地方。我也希望能有一匹马。在上一次冰河期之前，马是北美大陆的本土物种。西班牙征服者重新引进了它们，美洲土著们开始很高兴，到后来知道了马的坏处才改了看法。"

"马匹的坏处是什么？"

"西班牙征服者。"

---

1 戴比·雷诺兹（1932—2016），美国女演员；代表作《雨中曲》《愿长伴我君》等。
2 《雨中曲》（ *Singin' in the Rain* ），1952年美国上映影片。

"这可太逗了。"我说。

"什么太逗了？"

"你刚才说的太逗了。"

"为什么？"

"我还以为你会告诉我别的关于马的事情。我没预料到西班牙征服者会冒出来。"

"美洲土著也没料到。"

"观点不错。嘿，我在纽约的老板有个关于马的笑话，想不想听听？"

"想。"

"一匹马走进一间酒吧，对吧台侍者说：'嘿，哥们儿，为什么这么长的脸？'"

见我没有继续展开，弗兰克问："然后呢？"

"然后没了，这就是全部。'嘿，哥们儿，为什么这么长的脸？'"

"我不懂。"

"马的脸是长的。"我用双手帮忙，将自己的脸拉长了扮作马脸，下巴几乎垂到了肚子上。"懂了？"

"不懂。"弗兰克说，"如果我有匹马，我就给它起名叫托尼。"

笑话戛然而止。"托尼？"我礼貌地问。

"牛仔明星汤姆·米克斯的马名叫托尼。它的马蹄印就在曼哈顿中国剧院外面的水门汀上。我的外公外婆在院子里装了围栏，又把车库改成了马厩，给朱利安舅舅的马住。后来外婆开着她的车撞进了围栏。她开太快了，也没系安全带，所以从挡风玻璃里面甩出去，死了。'西风'也从围栏撞开的缺口跑了。第二天他们在镇上的另外一头找到它。它站在别人家的牡丹花花床上呢。"弗兰克又翻过一页，"既然他们说它在'床'上，那我想象'西风'睡觉的时候应该戴着一顶法兰绒睡帽，马是站着睡觉的，你知道吗？这是我朱利安舅舅。"他指着一个青年男子的照片，只见他穿着一条绣着图案的牛仔裤，戴一条珠串项链，没穿衬衫，耳根塞着一根香烟，坐在围栏上，我猜就是前面提到的那道围栏。他斜挎着一个工具皮包，露着胸肌，一头金黄长发，蓄着鬓角，犹如1967年"爱之夏"那会儿的流行发式。他还有一张光芒四射的俊脸盘，非常像弗兰克的外婆。

"哇，"我说，"他好英俊呀。"

"曾经是。他也死了。"

"怎么回事？"

"他去访问我母亲的学校，然后就从一扇窗户那摔下去了。"

"啊，"我说。哎哟，瞧瞧。"怎么会呢？"

他耸耸肩。"我不知道。他打算去的那所大学把他踢出来了，因为门门课不及格。他多半是在寻思着怎么向他母亲汇报这个事，然后忘了看地下的路，结果走到了楼梯的尽头。在我的脑子里，那情景就好像卡通片里的大笨狼闷头跑路跌落悬崖的样子。你不想看看我母亲的父亲的照片吗？如你所知，他也死了。"

他给我看了一张照片，上面的男青年身穿军装，样貌很特别。"我外公是个医生，他的名字也是弗兰克，也就是弗朗西斯的昵称。母亲给我取了外公和舅舅的名字，因为她说她一贯不太擅长和名字打交道。早在美国参战之前，弗兰克医生志愿做了一次大战的战地外科医生。后来战争就被称为世界大战。因为当时还没有人预见到第二次世界大战，所以德国在输了一战以后被国际社会强加了巨大的战争赔款，可话又说回来了，这么大的财政负担会带来憎恨，国际社会本来应该预见到的。"

"弗兰克医生后来怎样了？"

"脑溢血。用外行人的话说，他的头爆掉了。我妈妈的一大家子在一年的光景里先后死去，唯有她的父亲活得最长。他生于1894年，死于1976年。所谓先来的最后走。"

"1894，"我说，"他要是活着该115岁了。"

"他多半很庆幸自己没活那么长，虽然我希望他长寿。我猜想我们有很多地方很像的。"弗兰克翻过了一页页黑白照片：米米的母亲。她身上的两件套泳装，看起来犹如防弹内衣，她的头顶戴着手帕头巾，口红在照片里变成了黑色。弗兰克医生对他的妻子微笑着，将自己的婚礼燕尾服披在她的肩上，年轻的新娘直盯着照相机镜头，咧着嘴笑着。照片的旁边，平行附着又一张泛黄的剪报，没有图片，有标题曰："班宁·玛丽·艾伦与朱利安·弗朗西斯·吉莱斯皮成婚"，正文第一行是"古老面纱下的精致幻景……"我还来不及读下去，弗兰克已经翻页了。

接下来，幼儿版的朱利安和米米脸上沾着巧克力的残渍，手牵着手，眯眼望着一摊生日蛋糕的狼藉。将近青春期的朱利安和米米在一张圣诞卡里，背靠背坐在一匹马上，米米对着马头，朱利安对着马尾，二人一马都戴着圣诞帽。照片上印着一行字："这个圣诞我们已经乐得晕头转向啦！"

彩色照片的技术还不成熟。朱利安在一张拍立得的照片里，穿着棒球投手的球衣，站在投球区，头发和脸都褪色得绿里泛白。一张毕业舞会照，他穿着天蓝色燕尾服，头发和脸都泛黄了，一条领带套在头上，好像神风突击队的飞行员，他的臂弯绕着一片空白，那里一定是他的舞会女伴。米米所在的场合想必是她的中学毕业式，她身穿一袭黑色闪光袍服，头戴学士帽，神色有些焦虑。

弗兰克合上相簿，放在身边。"结束了。"他说，"除了我母亲，相册里的人都死了。"

“好吧。”我说，“谁饿了？”但是我心里其实在想，那你的爸爸在哪儿？他的照片呢？他的照片不在里面，是不是因为他还没有死？

这孩子似乎真有通灵感应，因为他立刻说道：“母亲在别处收着爸爸的照片，但她说他不属于这个家庭，所以照片不能放在这些相簿里。”

“因为你父亲……不是……没有……”我一时想不出一个妥帖的说法。

“死？我想没有。也许吧。我从来没见过他。”

“你见过他的照片吗？”我问。

“见过。但是我把他的照片藏起来了，免得母亲太过伤心。反正，我们也不谈论他。”弗兰克捡起相簿，夹在腋下。“我知道怎么做华夫饼干。我手艺很好，不会把蛋液溅出来的。”

“我喜欢华夫饼干。”

他伸手想拉我起来。根据弗兰克的“第二条规则”，我知道接受他伸出的手是允许的，因为是他主动伸手。“你当然会喜欢华夫饼干，”他一边拉我起身一边说，“你又不傻。”

“这你怎么知道的？”我一边跟着他穿过门厅往厨房走，一边说。

“学校里的孩子们说我傻，你让我想不起你和傻有什么关联。还有，有些事情我就是知道，例如，托马斯·杰斐逊在法国买过一副华夫饼的模具。”

“你有天分。我要是想知道什么事，必须去查书。你脑子里装了好多东西呀，弗兰克，我不知道你是怎么记住这些事情的。”

“我妈说我的脑子里装了太多的信息，所以就装不下细碎的小事了。我们的饼干模具是中国产的。我们用一个叫威廉姆斯·索诺玛的产品名录订购。它有一个对非常特殊顾客的大减价。”他把一个凳子拽到厨房台面，爬上去，踮起脚尖站着，伸手去够饼干模具——它依旧装在破旧的原始包装盒里，放在架子顶端。

"来，"我说，"我来替你拿下来。"

接下来的一切发生得太快了。弗兰克一边尖叫"不不不不不不"，一边将盒子拍打着朝我弹飞而来。我伸手遮挡住脸，缩身躲闪。盒子摔在我身后某个地方，我放下手臂，回头查看它在哪里。等我转回头，弗兰克躺在地毯上，犹如一具尸体躺在殡仪馆的停尸板上，他双眼闭着，双手攥成了拳头。他的硬草帽以慢镜头的节奏向我滚过来，犹如车祸后散落的车轮盖子。

"弗兰克？"我问道，"你没事吧？"

此刻米米穿着睡袍奔进厨房，脸上还留着枕头的压痕，两条发辫凌乱不整。她拾起他的草帽，迈过饼干模具盒子，在弗兰克身边跪下来。"他磕着头了吗？"她问道。

"磕着头？我认为没有。我不知道怎么回事。弗兰克有没有什么突发性的疾病？"

"不，弗兰克没有突发性疾病。看在上帝的分儿上。是你招惹了他。很明显。"

"可我什么也没做。"我说。

"她，"弗兰克说着话，眼睛依然闭着，举起一只死样活气的拳头，然后从中弹出食指，指向我的方向，"想要碰我的饼干模具。"

"我想帮一把手把东西拿下来，如此而已。"我抗议道。

"不许碰弗兰克的东西。我告诉过你的。"米米扶起弗兰克，帮他站稳，再次给他戴上帽子，"好了，你没事吧，猴子？"

"有一天也许会好的，"他说，"这是亚布拉姆斯医生的说法。"

等到米米把注意力投射在我身上，我才明白被汽车大灯笼罩的兔子会是何种感受。"我这里没有太多的规矩，潘尼。"她对我说，"你要是不能遵守的话，那还是走吧。"

"爱丽丝，"我说，"我的名字是爱丽丝。"

但她已经扭头走回了门厅。听着她摔上了房门，我把冰冷的双手贴了贴自己的热脸颊。别让她把你吓跑了，爱丽丝。

与此同时，弗兰克已从纸盒和泡沫中取出了模具，插上电源，然后打开了冰箱。"我喜欢在华夫饼上撒上巧克力。"他满怀激情地说着，嗓音犹如电话应答系统里的人工语音。他拿出一盒鸡蛋，迅即摔落，然后再查看着里面，说道："好，这次一个也没破。好好好。我猜今天是幸运的一天。"

.4.

"我们出门不多。"搬进来十天之后，我在独角兽笔记本里这样写道。当时我在洗衣房里，等待着烘干机转罢这一轮的最后几分钟，然后方能在趁着床单起皱前把它取出来，再将笔记簿藏在床单折缝里偷带回自己的房间。我同时留意着外面的弗兰克，只见他一边在一丛迷迭香树篱里钻进钻出，一边挥舞着一把塑料弯刀。弗兰克的精神科医生亚布拉姆斯整个七月都不在镇上。九月劳动节之前，学校都没课，这孩子也就没处打发。肉身和灵魂所需的一切——日用品、办公文具、弗兰克的衣物——全都经由快递的面包车递送进来。甚至饮用水也靠外卖，尽管房子里的每一处龙头都流淌着廉价而甘甜的自来水。没有什么充分的理由需要出门，所以我们就宅着。

"弗兰克是个非常特别的客户，"我写道，"至于米米，我从来见不到她。她总是把自己锁在办公室里。"还有一句我没曾写进去，却着实想写的是："因为她恨我。"

吃罢早餐，米米会立即把自己反锁进屋里，与世隔绝直到晚餐时分。晚餐后，她会给弗兰克读书，或是陪他玩《妙探寻凶》，这是他最喜欢的图版游戏；又或者他们会一道看电影，米米会同时整理一堆账单，一边还时不时地哼哼唧唧。每每我们不得不交谈的时候，米米的眼光总是躲开。我们之间的语言往来很难称之为对话。它更像是一种信息交换，甚至连这都谈不上。

不过，经历了饼干模具的那一幕之后，我和弗兰克倒似乎相处得不错。我向他道了歉，他说："没问题。你之前没有经验教训嘛。我不在乎别人怎么说，不过无知可不是福气啊。"

那以后，他一而再再而三地详尽解释了弗兰克·班宁大帝国的方针政策和法规。举例说，在他的洗衣房，我可以为他洗、折、收，不必得咎，然而一旦归入衣橱，禁止触摸。我可以在他的卧室里除尘清洁，但是在任何情况下都严禁用手触摸任何东西。有一次我一时疏忽，重新调了调他书桌和床头柜上的旧式闹钟，于是狠狠受了一场教训。之所以一时手痒，是因为两个钟都发出很响的动静，而且指示的都不是洛杉矶时间，也不是地球上任何一处的时间。那一刻弗兰克望着我，一语不发，连面色都没有变化，只管拿起两个钟凌空抛进房间。抛完，他随即把自己的前额当作一柄木槌一般往书桌上撞去。

"弗兰克！"我喘着粗气，"快停下！"说来也奇了，我居然记住了不要去碰他——这是第二条规则，于是我伸手遮住了书桌桌面以防他再撞。我猜想血肉做的额头敲打书桌的滋味一定比不上木槌砸木桩那般过瘾，所以他放弃了。他直起了身，我看见一个红色的硬币印痕在他的额上绽开了花。但愿它不要变成淤青才好。

"不要碰我的东西，"他用平实陈述的口吻说道，"第一条规则。"

"太对不起了，弗兰克。我的错。拜托你别再这样撞你的头了。我受不了。"

"大多数人都受不了，"弗兰克说，"尤其是我母亲。她说过，我用这种拙劣的演技来测试新来的权威人物，迟早会让我脑震荡的。"

"你在测试我？"

"按照母亲的说法，是测试；以我的看法，我在阻止我的脑袋发生爆炸。"

面对第二条规则我也挣扎过。鼓励弗兰克咀嚼时闭上嘴是可以的，用餐巾擦拭也不妨，但是未经获准就替他抹去沾在下巴上的鸡蛋碎屑就绝对不行。他的反应是瘫在地上做僵尸，跌下去的时候还把我也一并拽倒。

起初我怀疑他是个小鬼头，恶意制造了这起"事故"，为的是把我当作他假摔的肉垫子，存心取乐而已。然而为了对我的跌倒表示补偿，当晚他却给了我一个惊喜——在我的床头柜摆了一个盛满栀子花的玻璃杯。他解释道，如此我就可以在临睡前和早晨醒来后都享受怡人的芳香。于是我判定，这娃不是魔鬼，只不过是个笨手笨脚、懵懂无知的小男孩，而且还有一副纯良的小甜心。尽管送花后没多久，他就因为模拟芳香飘飞的弧线而直接打翻了花瓶，我还是确信他的意愿是良善的。只不过接下来我必须把床罩换了，免得整个床垫都被浸湿。

我们在一起的第一周快过完了，彼此已经建立起一套常规。早餐后，我会收拾打扫，弗兰克会在衣橱前选衣服。你必须得给他点个赞：也许他会不洗脸或是没人督促就不刷牙，可咱们的弗兰克却可以从头到脚把自己打扮起来。我每天生活的高点就是看着弗兰克化蛹为蝶一般从衣帽间里钻出来，展示他新生的翅膀。

而低点则紧随其后——那是因为我会看见他身后的地上散落着成准被他弃如敝屣的衣物。把那些被他弄得一塌糊涂的衣物各归其位成了一件繁重的工作。

"穿得像个绅士还不够，"我告诉他，"你的举止也得像。把褶皱的衣服扔在地上不管就是不尊重它们，这可不是绅士风范。"

"你可以把它捡起来。"他说。

"按第一条规则，我不可以。你知道的。"

"那我母亲会做的。"

"你母亲肯定不行。她在写书呢。"

如果他继续推脱，我就会把房里唯一一台电视的遥控器收进口袋，说道："我的电影课堂今日休学，除非你把这些衣服收拾干净。"在"无知非福"的精神驱动下，弗兰克已经做了我的电影赏析的导师。他最享受的过程就是给我上电影欣赏课，用这个来威胁他屡试不爽。

他也不是没抗议过。有时他会像《奇迹的缔造者》[1] 里的海伦·凯勒对阵安妮小姐，将抽屉拽出来，把衣物乱踢一通，弄得衣帽间一片狼藉，或者揪自己的头发，又或者用头撞墙；有时候他又会像《甘地传》里的男孩甘地，直挺挺躺在地上一动不动，弗兰克与外界的关联也就此切断。如果我对这些忽略不顾，这娃最终是会缴械的。但是，他这个人一旦钻进一个牛角尖，总得花点时间慢慢消化，在地上打打滚，自己对自己念念经，然后徐徐平复，我们的生活又可以继续了。

我母亲应对我的不良行为的时候，自有一套安详沉静的办法。我试

1《奇迹的缔造者》（*The Miracle Worker*），2000年美国上映影片。

着把它派上用场。不过那是一番劳神的工夫。我会在半夜里醒过来，想要琢磨出一些蒙台梭利的办法，以便发掘出弗兰克体内的潜能，也免得我不得不时刻警惕。有一晚我神游的时候突然想出一条妙计。弗兰克痴迷于电影。我们就去看看那两部自我控制的励志片，然后进行讨论，他是个聪明小伙儿，他一定一点就透。

"我有两部最喜欢的电影，咱们接下来一起看吧。"我一边说着，一边将刚刚快递来的《奇迹的缔造者》和《甘地传》的影碟递给弗兰克查看。

"但我没选过它们。"

"我知道。可我觉得这回该轮到我选了。"

他一脸狐疑："里面有舞蹈吗？"

海伦·凯勒的电影里会有舞蹈吗？就算是讲甘地的电影里，又怎么会有舞蹈？听起来好像一个格外没趣的笑话。"我不记得，"我说，"也许没有。"

"如果你不记得了，那它们不会太好看的。"

"我和你不一样，弗兰克，"我说道，"我会忘事儿的。"

我讲了讲情节。我说话的时候，他肃穆地听着，全神专注地盯着我的眉毛。等我说完了，他说："不要了，谢谢。"

我认输。我缴械。我们继续看这娃想看的东西。对于弗兰克来说，这意味着从看片花开始，他要看影碟或专辑后面的附加介绍片，里面讲的是影片的制作花絮、演员的曲折命运、入选角色的八卦故事，以及角色在片中为何要说某些台词，或是台词背后的心理活动。看过好几遍以后，我们才会开始进入正片。

弗兰克会从头到尾说个不停，他会解释某个演员如何在某个位置打开起居室的门，下一步却会踏入影片以外的现实世界，走到一个露台上，演员的对白都会被他的讲话淹没。他会向我解释，为什么某一型号的汽车或是某个演职人员会因为穿帮而出现在画面的一角，又或是剧本指导如何犯了个错误，导致某个演员在一个镜头里拿着一件东西，下一个镜头里手里却空了，紧接着又凭空出现了。他就这样说着，完全不顾我和他一样，都已经看过同一部"拍摄花絮"好几遍了。弗兰克有时候会侧身贴着屏幕，挤弄着五官去模拟演员的表情，提前半拍道出下一句台词，给演员做同声配音。

有这么多附加的活动伴随，我在许多场电影马拉松的进程中常常会跟不上影片本身的情节。弗兰克却不受影响。尽管他似乎对故事情节并不感兴趣，却依然对它了如指掌。在悬念揭开之前他会提前揭晓答案。我告诉他，就算是专业影评人，剧透也是恶劣行为，他却不信我的话。

"如果你能知道接下来会怎样，又为什么要拒绝呢？"

"因为出乎意外的效果就破坏了。"我说。

"可我不喜欢出乎意外。"

"好吧，可大多数人喜欢。至少喜欢电影里的悬念。所以你就闭嘴吧。"当时，我们正在看《日落大道》的片头，演职员的字幕还没有播完，听了我的话，弗兰克在我身边蹲下，摇晃着身子，一脸凄惶。他开始说话，我嘘声喝止了他，于是他脱松了鞋，又抡脚把它们蹬飞了，接着就开始扯袜子。他脸上的表情让我有点害怕。

"你在干什么，弗兰克？"我问道。

"我得闭嘴嘛。所以得用袜子堵住。否则我就忍不住要告诉你，葛洛丽亚·斯旺森会在情节展开前就射杀了威廉·霍尔登[1]，虽说她一把年纪了，早该知道这么冲动是不明智的。"

---

1 威廉·霍尔登（1918—1981），演员、商人；代表作《战地军魂》等。

接着，中了魔法一般，弗兰克松弛下来。或许因为他刚才还是个不折不扣的话痨，此时越发显得沉静。我想一定是在那一刻，我才理解要想让弗兰克做到守口如瓶是多么不可思议的事。在那颗巨大的脑袋里，存储了那么多知识，如果不能泄露一些出来，他的头也许会爆炸的，就像他的外公一样。

"啊，等等，威廉·霍尔登死了？"他自言自语。

"威廉·霍尔登死了。"弗兰克确认道，"我自己一开始被摄影技术弄迷糊了，因为威廉·霍尔登和电影的旁白员都变成了尸体。我说'威廉·霍尔登死了'指的是威廉·霍尔登扮演的角色乔·吉利斯，不是威廉·霍尔登本人。"

"那是自然。"

"威廉·霍尔登本人死于1981年11月12日，因为跌倒后脑袋撞在了一张咖啡桌上。"

"懂了。"

"我能继续吗？"

"请吧。"

"乔·吉利斯与诺玛·戴斯蒙见面的那个镜头，她以为那个男的会给她看死去的猩猩的棺材。当时摄影师问导演比利·王尔德，他想要怎样处理黑猩猩镜头的画面，据说王尔德的回答是，'你知道的，最标准的葬礼镜头'。有些嘴刁的老影迷认为那个镜头预示着乔·吉利斯的死。我不懂，你要是已经算定了他会死，何必还要什么预示？你能解释这个吗？"

"你来搜索吧。"

"搜索？为什么？你难道有一张写着答案的小纸条藏在口袋里？你是不是在那本笔记簿里写的就是这一类东西？"

"什么笔记簿？"我装傻地问道。难不成弗兰克看见了我在给瓦格斯先生做记录？

"就是那本你总在写的本子。粉色的，封面上有独角兽。"

我迅速转移话题。"搜索只是我的一个说法，意思是'我答不上来'，你要不要我替你把鞋捡起来？"

"可以，请便，谢谢了。"

我把鞋递给他，没再说一个字。他把鞋抱在自己胸前，他也是用同样的动作拥抱我的，真叫人难以想象。接着，他把头靠在我肩上。"你的骨头硌人。"他虽这样说，脑袋却靠在原处不动了。

· · · · ·

尽管"按律"我不能碰弗兰克，但这并不妨碍这孩子成为我的个人空间的"荣誉公民"。他尤其喜欢把脸贴在我的肩胛骨上，似乎那是一块可以向外看风景的玻璃板。

"别让他这样，"米米第一次见到他这种举动的时候，说道，"他需要学会尊重你的个人空间。"

然而事实却是，我并不在乎。我知道弗兰克挂记他母亲到了不顾一切的程度。他不理解，为什么一本根本尚不存在的书会把她从他身边夺走，尽管她在身边的时候，他会装出一副忽略她的样子，自言自语，对房间里其他人置若罔闻。在米米的工作日，如果他从我身边溜过，我就知道他一定会溜到她的工作室门口，双手把一个玻璃水杯端在眼前。一扇门隔开了他们两个人。

一天早晨，弗兰克把自己撂倒了，然后用脑袋磕着她工作室门口的地毯。我叫他起来，他置若罔闻。我又问我扶他起来是否可以，他依旧置若罔闻。我甚至认为他根本没听见我的话。于是我决定，依照没有立答即是默许的原则，赶在米米从里面出来，再次向我投射鄙视的目光之前，我必须有所行动。我抓紧弗兰克的脚踝，把他拖到厨房，然后拆开一条巧克力，在他鼻子下面挥舞着，直到他回过神来。

"我知道我们要干什么了，"等他的目光重新关注外面的世界了，我说道，"我们也来写本书吧。"

"好主意，"他的嘴里已经塞满了一整条巧克力，"这样我就能给妈妈提供博学的资讯而不是依赖那些半吊子。"

"啊？半吊子？"我说，"你知道我最喜欢你的什么吗，弗兰克？"

"我的领巾？"

"不是。呃，也是吧。我喜欢你的领巾，当然。但你知道那么多有趣的词儿，我最爱这个。现在能不能让我用湿毛巾擦擦你脸上和手上的巧克力？"我希望他会说行。否则他就要在我肩膀上用T恤衫做餐巾了。

"必须的。"他紧紧闭上眼睛，给他擦脸的时候还挤眉弄眼的，"我把读字典当作娱乐，因为随时可以停下来，没有前后文。我这样信马由缰地读书，希望能提高拼写水平，不过至今还没有成效。"

"我懂了。"我说，"你打算给这本书取什么名字？"

"因为《韦氏字典第三版》已经有人用了，那我们就叫它《我要乘坐潜水艇》吧。"

听闻此言我并不惊奇。这孩子最喜欢狭小的空间，同许多东西挤在一起。他对紧凑空间是格外偏爱的。他会把自己挤进起居室沙发的垫子之间，在衣帽间的地上玩《妙探寻凶》的游戏，又或把面包车的车厢当作别有洞天的游乐场。我们会爬到厨房桌子下面一起读书，他钻进睡袋，我挤在旁边，假装是挤在英国豪华列车的卧铺车厢里。

我们用我的手提电脑写书，就坐在厨房桌前。午餐时停笔。《我要乘坐潜水艇》按时序讲述了成年版弗兰克的历险，一名男子从事飘忽不定的工作，需要潜在海底，时时在东京和纽约两地的"百平方公寓"间穿梭。弗兰克用上了我的一款设计软件，不要我的辅导，也不用教学软件，自己画出了高大建筑物，紧密的小隔间，还有一个小小的人儿，身穿燕尾服，他把他嵌在文字中间。一切显得那么老辣，似乎是一件做惯了的活计。看着他做的一切，让我琢磨起真正的成年版弗兰克又会以什么工作为生计呢？平面设计？也许吧。某艘游轮上的领班？又或是詹姆斯·邦德的替补演员？

等他把整本书装订起来，我们仰面躺在厨房桌子下面，我为他读弓。

"我必须承认我从来没进过潜水艇。"弗兰克说着，把书从我手上拿过去，翻弄着书页。

"没关系，"我说，"虚构而已。"

"可是有一天可能就成了现实。"

"我猜会。可你得明白没人能预见未来。"

"卡桑德拉能，我母亲也能。"

"你母亲不能看到未来。"

"不，她能的。她总是告诉我，如果我不学好乘法表，我将来就会过着缺衣少食朝不保夕的日子。她搞不懂数字怎么会把我弄糊涂。我解释说，我会迷失在一连串数字里的，就像汉塞尔和格雷泰尔在森林里一样，因为鸟儿把他们身后的面包屑路标都吃了。她说这对我来说不在话下。我倾向于同意她的意见，因为我会用碎石做标记，而不是用随风飘散的面包屑。我喜欢选实用主义的灰色，也就是灰色法兰绒西装的灰，虽说我认为在森林的明暗配比里，白色小鹅卵石应该是更佳的选择。"

"你母亲说缺衣少食云云，不是认真的，弗兰克。"我说。

"也许不是吧。有时候她说我将来会去坐牢呢。不过通常那是在我打破什么东西或伤了什么人之后。"

"伤了什么人？"

"有一回我把出租车门一摔，就把她的手指头伤了。还有，有过一次不幸的事故，我在小学预科的时候，用一根跳绳让一个小姑娘飞到了操场的半空中，但是后来我得到了赦免。我一直也没明白那女孩子为什么恼火。不是每个人都梦想飞起来吗，艾丽西？"

他说话的方式让我觉得有些人也许真的不该得到赦免，我必须承认，弗兰克念错我的名字会让我感到紧张。"艾丽西"这个"名字"被他喊厌了之后，他会说"劳驾？"来引起我的注意。

"给你，"弗兰克说着，把书递还给我，"假装这本书就是母亲允许你碰的那本。今天你可以走了。你整理行李的时候我会叫出租车（台词）。"

我们的关系似乎不像我想象的那样有所进步。

• • • •　•

说到米米的书，很难确知她的进展情况。每日正午时分，弗兰克和我会一道进餐，然后我会将她的午餐装上一个托盘，弗兰克就到外面摘一朵花搭配餐盘。我们会将他的选择（往往是不太佳的混搭）插进一个玻璃杯，摆在托盘上，我一并端起送到她的工作间，放在门外的地上。我一直要求弗兰克保证，就留在厨房别动，等着我，然而他总会悄悄跟着我走进门厅，就像《捉贼记》[1] 里的加里·格兰特[2]。如果我偶然回头查看，他就

---

1 《捉贼记》（*To Catch A Thief*），1955年美国上映影片。
2 加里·格兰特（1904—1986），英国男演员；代表作《捉贼记》《美人计》《谜中迷》等。

侧身躲进门廊。放下餐盘，我会敲门，然后会听到一声撒欢的躁动，那是弗兰克撒腿跑回厨房的声音。我会数到十，限令他拿着书在桌子下面安顿好。接下来我们会享用曲奇饼。

不过，他并不是唯一想捉弄我的人。我抬手欲敲门的时候，我会听见里面传来一阵打字的声音——米米是不用电脑的——于是我会联想起有些人会在门铃处播放犬吠的录音，用以示警。我猜想她这是担心我会监视她的进度。话说回来，我也的确在监视。瓦格斯先生做了一张时间表，追踪她的进展；我要做的是确保她按时交一部分稿子，粗略地算，一周一次吧。按计划，接下来应由我来把打字机稿输入"米米的电脑"——这是一台被闲置的设备，据我所知，她只会用它来订外卖或是给弗兰克在易贝上买衣服。输入后，我应该用电子邮件传给瓦格斯先生。他不指望经过太多润色，甚至根本不要润色。只要一个故事的轮廓，完整，或者不完整，有总比没有好。

然而米米至今还没交过稿。

我给瓦格斯先生发短信汇报了情况，他的回答是两个字：耐心。

我们的冒险开始了

.5.

禁足宅着，在家里度过了六月份的大部分时间之后，我决定和弗兰克来一次"越狱"了。我在米米的午餐托盘上摆了一张字条，写道："我能借汽车钥匙吗？"我和弗兰克已经钻进奔驰车几次了，缩在里面用我的电脑看电影，假装我们到了汽车影院。但是，除了把它当作假想的历险平台，自我到此以来，还没有人真正碰过这辆车。车窗上积下的尘垢和车轮下堆下的败叶足以见证它有多久没有被开动过。"这家伙还能开吗？"我问弗兰克。

"能，但是不能靠它本身，就像我的自动弹奏钢琴那样。我会热情支持自动驾驶的技术，唯有一样不好，有了它，母亲给我买一匹马的希望就更渺茫了。"

我们吃午后曲奇的时候，米米从她的工作间里钻了出来。弗兰克从他的椅子上跳起来，因为动作过急跌在地上，随即跃入她的臂弯里。他使了好大力气，她向后趔趄了几步。

"当心，弗兰克。"她说，"你从哪里拿的黑胶带？"弗兰克身穿没有褶皱的替换装，燕尾服配着簇新的晨间正装裤；眉毛和上唇的位置贴着黑胶带，犹如格鲁乔·马克思[1]一般。

"什么黑胶带？"他问道。

"我藏起了黑色电工胶带，就是为了不让你再往眉毛上贴。记不记得上回撕下来的时候有多疼？"

"哦，那个黑色胶带啊，"他说，"你可以拿回去。"他开始动手把它从唇上细细地撕下来。

"你需要去哪里，潘尼？"米米问。

"爱丽丝。"我条件反射地回应，犹如听到人打喷嚏会说"上帝保佑你"一般，"我不需要去什么地方。但我认为弗兰克会喜欢出去走走。我琢磨着咱们可以找一个游乐场，弗兰克可以在那儿同别的孩子玩儿……"

"不！"弗兰克与米米异口同声喊出来。

我的脸一定是惊异的表情，因为米米迅速解释道："弗兰克不喜欢排队等着荡秋千。"

"排队不是一件开心的事，"我对弗兰克说，"但是如果你打算和别的小朋友好好相处，这就是一件生活里必须做的事情。"

"我必须做的就是，如果有人要我排队等候，我就会忍不住用脑袋撞铁柱子。"弗兰克说道，"我也没打算和别的小朋友相处。不去了，谢谢。"米米闭上双眼，做了个鬼脸，由此我猜想他们已经经历过几次这样的场景了。

"好吧，要不这样？"我说，"弗兰克和我可以开车出门，感受凉风吹在脸上的感觉。呼吸一下有咸味的空气。如果到了秋天我还要开车送他上学，此刻先熟悉一下外面的世界也是好的。"

---

1 格鲁乔·马克思（1890—1977），美国喜剧演员、电影明星；代表作《胡闹》等。

"我想试试风吹在脸上的感觉，"弗兰克说，"我最好把这些假眉毛撕下来。"他蹦蹦跳跳地穿过了客厅。

"我拿不准主意，"米米说，"你不熟悉周围的情况。你会迷路的。"

"我不会的。海滩就在山下。"

"山谷也在山下。"

照她的语气，这好像是件坏事。"不错，"我说，"我还有GPS呢。"

她面无表情地看着我。

"全球卫星定位系统，"我说，"这是……"

"我知道什么是GPS。"她说，"我在想，弗兰克到了外面有多么难缠，你还不知道。"

"我曾独自一人带队，领着二十五个三年级的孩子去布朗克斯动物园野营，安全回来，现在还能用来做谈资。所以我不担心。"

米米用手捂着嘴，认真地琢磨着。我注意到她的指甲被狠狠地咬过。"以前我和弗兰克经常出去历险，"她终于开口道，"他是最可爱的小男孩儿了。我特别担心有人会绑架他，我还想过要雇保镖。不过那时赞德经常就在身边。"

"赞德？"我问，"谁是赞德？"

她似乎根本没听见我的问题，继续说道："弗兰克的儿科大夫也不知怎么听到风声，知道我担心有人会抢走弗兰克，于是她给了我一张精神科医生的名片。那是个专治焦虑症的大夫。给我？！倒好像我担心有人绑架我的儿子是发疯的想法。我猜想她多半是个不读书的，不太熟悉我的书，太忙着救死扶伤了。"

"我也没读过你的书。"我说。我也不知怎么会说出这么一句。

她在开口回应我之前盯着我看了怕有足足一分钟："你来为我工作之

前就没打算读一下？”

“让你说中要害了，”我说，“我以为你不愿意我走进你的脑袋里。”我的上帝啊，我祈祷着，但愿米米别走近我床头柜的抽屉。如果她打开它，就会看到一本破烂的、沾着食物污渍的《投球》。那是我在纽约机场买的，在飞机上读了两遍；后来，每每在记完笔记感到恼火的时候，又许多次靠它来打发睡前的光景。

米米从前总是不用正眼看我，此刻却盯住了我。那眼神好似我母亲，在我穿了睡袍站在她面前的时候，她会要求我回去洗澡，因为我之前只是站在浴缸里，蹚蹚水，对着镜子做几个时装模特的表情，估计时间差不多了就会走出来，然后骗她说已经泡了澡搓了身体。米米莫非看出来我在撒谎？反正我母亲总是看得出。

“这是我听过的最傻的话了。”她说。

我耸耸肩：“我主修会计学的。再者，我想我不太擅长读书。”

“我不信。艾萨克怎么会雇一个不读书的助手？”

“我电脑用得好。”

“电脑用得好。如今有这一条就够了，对吧？”好笑的是，她似乎没有生气，反而挺高兴。“车钥匙在门边挂钩上。如果弗兰克咬了别人，或者揪自己的头发，或者用脑袋撞什么东西，就立即把他带回家。”她走到吧台边，在便笺纸上写着什么，一边写一边紧紧皱着眉头。她写完了，扯下便笺纸，递给我。“把这个带在身边。”

她写下了亚布拉姆斯医生在海边住宅的电话，以及她的急诊室和弗兰克的儿科医生的联络方式。“弗兰克不太会游泳，所以如果你们在海边逗留，就待在车里。”她将手机丢给我，“拿着。我的手机也带着，万一你把纸条丢了，里面存着所有的号码。"

"我不会丢东西的，"我说，"你自己要打电话了怎么办？"

"我会给谁打电话？"她问道，"拿着吧。"

我转身穿过门厅，去接弗兰克，走到一半，米米在背后叫道："爱丽丝，谢谢你。"爱丽丝，不是潘尼。

* * * *

弗兰克将胶带从眉毛上撕下来之后，他钻进衣帽间，然后焕然一新地出来了。现在他这一身行头更适合午后的出车兜风了：白色帆布罩衫配黄色丝滑斜纹裤和白衬衫，飞行员皮帽配风镜，脖子里围着真丝围巾，还挂着一副古董款学生望远镜。塑料弯刀别在裤带里，遮阳头盔帽夹在腋下。"你呢？就穿现在这一身？"他问道。

"有何不对吗？"我穿着一件T恤衫，一条百慕大短裤，配网球鞋，纽约加内布拉斯加风，这是我心中最标准的南加州日装了。

"全都不对，"弗兰克说，"我知道你需要什么。格子呢！我把我的格子图案领巾给你。"

"不必吧，"我说，"我和格子纹不搭的。"

"你怎么了？"他嗔道。他开始长篇大论，骈四骊六，主题是阐明格子纹自古以来在大英国就是家族的符号，在它的基础上延伸出了各大学用来标识赛艇队的条纹领带。他停下来喘了一口气，我也跟着哼唧了一声，心想这一场恐怕还要继续一阵子。然而弗兰克缓过一口气之后，却道："众将官，发动你们的引擎吧！"接着他从皮带里拔出弯刀，向面包车发起了冲锋，左手举着遮阳帽，犹如一块盾牌，右手弯刀舞成了风。

他对出门兜风的激情令我惊讶，然而吃惊过后我很乐意见到他外出的渴望。当然，车是开不动的。"为什么？"我问扑面而来的臭氧臭气。

弗兰克替臭氧传话："电池坏了。一辆汽车如果几周或几个月不发动，电缆应当断开，避免漏电。但是，母亲不许我实施必要的操作。她说切断电池电路是无耻投降的行为。而且我会把手上沾满油泥的。"

"无耻投降？对什么投降？"

"向她不驾驶的行为投降。"

"她没开过车？"

"有时几周或几个月不开，开车本身也就罢了，更糟的是，抵达目的地之后你还得找个地方停车。就算你谢天谢地找到停车位了，可来以后却总是找不到。等你好容易找到了，停车票又不见了。就是这样。活见鬼了。早知如此，你干吗出门呀？还是宅着吧。这是我母亲的说法。"

"那你们就不出门啦？"我问道。

"出，"他说，"乘出租车。"

经历了漫长的洪荒岁月之后（至少我的切身感受是如此，我聆听了弗兰克的演讲，绝对是长篇的，论述了内燃引擎的技术细节，又延伸吕尼古拉·特斯拉的交流电引擎，我不知道别人知不知道这回事，据他说这项技术实现了远距离输电的革命，狠狠挫败了头号劲敌托马斯·爱迪生的直流输电技术），一个道路救援人员出现在大门口，他凭着一个手提箱大小的蓄电池，重新启动了引擎。

"再次熄火之前至少开着你的车跑半个小时。"他干好了活儿，便立即说道。

"这不是我的车。"趁着他摘除电池上的电缆，我在文件上签了字，"不过别担心，到达伯利兹之前也许我们都不会停车呢。"

那个男的对我俩打量了一阵。"也不是你的车吗？"他朝弗兰克点了点头，问道。

"不是，"我说，"我是司机。"

"这个组合不错。"他说，"好好玩。别忘了涂防晒霜。"

大门在那个男的身后合上了，弗兰克才说："我认为如果你带我去伯利兹，母亲会不高兴的。"

"我开玩笑的。"

"你的玩笑不好笑。你想开玩笑的时候，我希望你说'敲敲门'，这样我就知道你在讲笑话了。"

"好主意。"我说，"听着，弗兰克，今天我会带你去一家博物馆，不过今天已经晚了，所以我们会沿着海滩兜风，但是不能下水，明白？"

"也罢。救生员说我游起泳来像个溺水者。我不知道这有什么问题，只要我不是真的溺水不就行了。"他把遮阳帽递给我。"这个给你，爱丽丝。霍华德·卡特爵士去国王谷的时候没有用防晒霜。"

小小的举动，我视之为又一个大飞跃，标志着班宁家对我的接纳。"谢谢你，弗兰克，"我说，"你真好。咱们把战刀留在家里吧，好么？"

没有抱怨和犹豫，他一甩手径直把弯刀抛向了空中。我一缩身，双臂护住了脑袋——我知道那是塑料的，不过这家伙看起来好重。它没有落地，于是我往空中望去，怀疑它是不是进入轨道空间了。不过还好，它落在了一棵树的枝杈间。我这才留意到，在树叶和枝杈的遮掩下，那里还挂着其他的物件：有一双儿童跑鞋，鞋带系在一起，我简直没法想象弗兰克曾经穿过它；一个呼啦圈，一支网球拍，一根跳绳。

"我们应该拿把梯子，把那些东西拿下来。"我说。

"不要，"弗兰克说，"这是艺术。我和母亲有时候会手拉手看看它们。我们喜欢那份随意自然。"

• • • • •

　　我们从巨大的班宁家的大门驶出，向南到森赛特，然后向西，穿过那些华丽的街区，穿过一座座都铎风的豪宅，意大利风的宫殿，仿诺曼式样的农舍。一路上棕榈树成团，柠檬树成林，还有一片片草坪和一座座玫瑰园。有些地方高墙深院，你只能看见一处门楼和一尖塔楼从树篱后面探出头来。这样的巨宅，许多都贴出了"出售"的牌子。我想象不出什么样的人能有那么多钱，买得起其中任何一座，然而我们一路巡游，想必已经看到了十几座了。

　　车行至太平洋海岸公路，我们折而向左，把手机里报出的马里布撇在身后，朝洛杉矶市驶去。我时不时偷偷望望右手的一边，在海滩的方向，我能看得见单车手、玩滑板的，还有紧挨着公路撑起来的排球网。在更靠近海水的地方，我看见色彩鲜明的海滩阳伞，蓝色的救生员把凉棚撑在高架上，白灿灿的沙滩；更深处便是蓝灰、冷调的海水。触目之际，我有些吃惊。此前我还没近距离地看过太平洋，原想她应该是蓝色透亮的，就像孩童蜡笔画出来的热带天堂。

　　在一侧的倒视镜里，我能看见坐在我后面的弗兰克。他对沙滩上半裸人群的活动浑然不觉，自管将身子探出窗外，享受着风掠过睫毛、眉毛、手指尖的感觉。他的围巾啪啦啪啦地被风甩在身后。

　　"当心你的围巾。"

　　"伊莎多拉·邓肯 [1] 于1927年9月14日香消玉殒，就是因为她的围巾缠

---

1 伊莎多拉·邓肯（1878—1927），美国舞蹈家，现代舞的创始人，是世界上第一位技头赤脚在舞台上表演的艺术家。

进了她自己驾驶的敞篷车里。"

"这听起来可不是闹着玩的，对吧？"

"不好玩。谢谢你了。"

"那就当心你自己的围巾吧！"

弗兰克把围巾塞进了夹克衫，又摇上了车窗。此后我们默不作声地开了一段，穿过了桑塔莫妮卡码头和一座小小的游乐园。那里有一处摩天轮，一座微型翻滚过山车耸入半空。

"你知道什么是最好玩的事？"就在此时，弗兰克说道。

"钱全都算在我身上。"我说着，心想他可能指的是游乐场里的项目。

"什么算你头上？"

"没什么。告诉我最好玩的事。"

"到那座小机场，有古董飞机在那里起飞。就在这一带，但是从我很年轻的时候起就再也没来过。"

"如此说来你现在已经很古董了。"我应道。

"我不古董，"他说，"五十年或五十年以上的东西才可以视为古董。三十至五十年的东西可以视为'珍藏品'。所以我连珍藏品都远远不算，不过你倒是迅速逼近了。"

"谢谢。那你算是什么品呢？"

"我是个孩子。我母亲，她倒是个古董。"

"呃，咱们别对她说这个，好不好？"

"为什么不？真的是。"

"有许多真话说出来都是不礼貌的。如果你不确定你想说的话是不是粗鲁的，最好还是闭嘴。这就是你母亲常说的那种策略，顺便告诉你。策——略——有策略，意思是知道什么时候该把想法藏在心里。"

他没有回嘴，于是我从镜子里查看，发现我把他弄得很紧张。他的脸，当然是一如既往的冷漠无感；肩膀却耸了起来，一直抬到了耳边。我当时就知道，这是弗兰克发呆无语的第一个征兆。"你刚才说什么，我们去找那座机场吗？"我忙不迭说着，唯恐他受了伤，挫败感作祟，再次用脑袋撞后座椅背，把自己弄伤。

"我想再去看看。"他说。我把车停到路边，用手机找到了那个地方。

我们来到了机场，我把车停在车位上，弗兰克爬到了前座，借着挡风玻璃宽屏，观看着众多螺旋桨和喷气式私人机起起落落的全景。最终我们下了车，那是因为有一架明黄色的双翼机不断升空再飞回降落。弗兰克先钻出了车，站在外面，风镜推到了额头上，望远镜紧贴在眼前，一直追踪着它，直到最终飞去，消失在视野之外。弗兰克站在原地，风撩起他的外套和围巾，有一种心酸的意味，我忍不住走下车，用我的手机给他拍照。

心念一动，我觉得应该用米米的手机也拍一张。于是我从口袋里摸出来，速拍一张，接着，我做了一件莫名其妙的事情。我拉动滚动条，查看了她的通信录。这是一种不大光彩的冲动，就好比一个人在使用别人卫生间的时候，想要翻看抽屉，看看人家药盒里有些什么储备。在那一刻之前，我一直以为自己的格调比这个要高些。然而我还是做了，一路浏览，翻过了几个医生、急诊室，再翻了两页，"家""医院"一栏也出现了几个不同的选项。

她递给我的是自己的手机吗？又或是她在订阅周刊的时候赢来的免费赠品？她的人呢？那些张三李四王五，那些真正紧挨着你，在你排队买杂货的时候真真正正愿意打电话告诉她的人呢？难不成她把所有那些最关乎紧要的名字都删去了？在我自己都料不到我会这样做的时候，她就早有预见我可能会窥看她的人脉？

我翻看了整个名单。我对自己说，最终一定会有瓦格斯先生的名字，找到了他也就等于肯定了我的价值，因为我是瓦格斯先生唯一相信，委以重任，派来给米米·班宁做助手的人。

有了。艾萨克·瓦格斯。此后还有一个名字。一个我听到过的名字。赞德。

"你在做什么？"弗兰克说。他已经蓦然出现在我的胳膊旁边。我大吃一惊，电话掉在地上。

"没什么，"我说，"我刚刚用你母亲的手机给你拍了张照。瞧。"我麻利地捡起手机，退出了米米的通信录。所幸还有弗兰克的照片这样单纯无辜的东西给他看，这让我获得了强烈的如释重负的感觉。

弗兰克审视着照片。"我看起来像书里的小王子，"他说，"我还是小孩子的时候曾经和母亲一道读过那本书。"

"你当然像小王子。"我说。孩子们的世界，早在我为幼儿园工作的时候我就留意到了。某一天，孩子们会把他们最喜欢的书带到教室，远远望去，你就能看到《长袜子皮皮》和《帽子里的猫》《灯芯绒小熊》。我通常称之为"命中注定的睡前读物"。眼前的情况却颇有不同：咱们的弗兰克是另类小演员，而且是情绪波动型的、爱系围巾、不守牌理；他是我们这个世界的年轻访客，来自自己的怪异星球，一个属于他自己的小小世界。

那我又是谁？"小侦探哈里特？"当然。

.6.

回到车里，我们决定取道高速公路，对道路交通做一番全面的体验。

于是我们以明信片风景画一般的群山为背景，朝着锯齿状的洛杉矶市中心驶去。但是，我的"驾驶"经历却更像是感恩节大减价那天，把车停在奥马哈的第72大街，等待着商店开门。高速路堵得好厉害，似乎全世界所有地方的所有车辆都挤到了这里。

"这里的洛杉矶到了冬天不会特别冷。但是远处山里就会铺满了雪。"弗兰克说着，朝前座的方向倾下身子，指给我看。

"弗兰克，听着，绅士不会对人指点点。不过，我想指点群山应该没问题。因为群山没有人的感情。"

"你不应该指点人么？那你的眼睛怎么找到他们？"

"不能像那样的指法。没有人喜欢别人直愣愣地指着他们或者盯着他们。"

"对啊。这个我知道，我的切身经历就是这样。"

"你有没有到那上面去玩过雪？"我问。

"那上面？没。我能从学校里望见它。快放寒假的时候，他们会把一卡车的雪运过来撒在操场上，用来准备我们的冬令节庆。那样会更便捷些。"

我暗自想想还真有些吃惊，这些人怕是连饮用水都不用愁了。"听起来挺好玩的。"我说，"在奥马哈，我们要玩雪只能靠老办法。等着它从天上落到身上。"

"在这儿，如果起了山火，灰烬就会那样落下来，像下雪。又像是电影里做假雪用的土豆泥粉。去年夏天烧了一场大大的山火，当时没有风，所以整整一个星期，地平线上就像悬挂着一朵大蘑菇云。"

"好像原子弹的蘑菇云？听起来怕怕的。"

"就是那种蘑菇云，一模一样的。确实怕怕的。就在山谷里。"弗兰克说"山谷"的语气，似乎它远在天边，而不是再经几个高速路出口就能抵达的地方。"你知道爱因斯坦的一个遗憾吗——你知道爱因斯坦的,对吧?"

"那位$E=MC^2$先生?谁不知道他呀。"

"人人都认识他?"

"不是朋友的那种认识。你知道,他已经死了。"

"是的。卒于1955年4月18日。爱因斯坦的遗憾是在一封写给富兰克林·罗斯福的联名信上署了名,这信是一个名叫列奥·西拉德的科学家写的,他警告了纳粹发明裂变式原子弹的危险性。很多人都把原子弹同爱因斯坦的著名方程式联系在一起。这种炸弹能够实现超乎想象的大杀戮。爱因斯坦是位和平主义者,他感觉西拉德的这封信把构想中的曼哈顿计划同他自己关联起来了。"

"就是那个在纽约市建造更便宜的公寓楼的计划,对吧?"

"都不知道你在说什么。"弗兰克听起来是被惹恼了,就好像一个人没留心地上的窨井盖子没合上,一头跌了进去一般。

我又怎么会知道那是什么?"敲敲门。接着讲啊。"

"曼哈顿计划,导致美国发明了原子弹,并且投掷在广岛和长崎,终结了第二次世界大战。你知不知道,艾诺拉盖号轰炸机,就是投放原子弹的那架,就是在1945年在奥马哈制造的。"

"我不知道。"我说,"好吧,弗兰克,你一定很喜欢上学。你比我认识的许多大人知道的都多。"

"别的孩子都说我智障呢。"

"我以为他们会说你疯疯傻傻的。"

"这个他们也说的。"

"他们多半给逼疯了,因为你很聪明,分数太高了。小孩子就是那么蠢的。老师一定都喜欢你,对不对?"

"我告诉你，我妈对我说的话：老师都不喜欢什么，"弗兰克说，"不喜欢被纠正。"

嘿嘿！"你不会去挑老师的错吧？"

"只有他们犯了硬伤我才会。"在镜子里，他的肩膀没有耸起来，但是他的风镜再次遮住了眼睛。"温斯顿·丘吉尔六年级时没及格。"他补了一句。

"真的？"

"母亲在她的床头柜抽屉里保留了一张单子。如果你有时候信不过我，你可以去看看它。"

"我相信你。"

"我现在想回家了。"

"听你的。"我说着，从下一个出口出了高速路。余下的旅程中，我俩谁都没说话。当我再一次从镜子里偷眼看弗兰克时，他已经睡得像个婴儿，风镜摘下来，套在脖子上，脸蛋贴着车窗。

我们开进家里车道的时候，透过一扇开着的窗户，我能听见米米在一台打字机前奋力敲打着书稿。我一关上引擎，弗兰克醒了过来，随即像一只受惊的兔子一般奔向房里，身后似乎有一只猎狗紧追不舍。我在米米的卧室门前找到了他。他蹲在那里，摇啊摇地，犹如坐在一张肉眼看不见的摇椅上。

"你没事吧？"我悄声问道。

"我就是想在这里陪她坐一会儿。"

这个，我懂。要是能陪自己的母亲坐一会儿，我愿意放弃别的任何事情。"没问题。只是在她工作的时候别烦她，好么？"

他点点头，我决定相信他。我来到厨房，像丢烫手山芋一般将米米的手机从口袋里掏出来，扔在台面上，好让她一眼就能看见，那样的话我也能尽快得到解脱。接着我将紧急联络人的名单从另一个口袋里拿出来，将他们全部输入我的手机，如此就可以再也不用烦扰她了，省心。

抱着负罪感的活儿全部了结，接着，我查看了信箱里取回的邮件，将没用的垃圾邮件和账单区分开来。她的信箱里极少有太多东西，除了有时候会收到"粉丝"的邮件，往往是手写的，贴着传统的邮票，一眼就能认出来。或者，更不牢靠些：邮票都没有，只在皱巴巴的信封上写着"米米·班宁"，明显是狂迷她的人直接从门前信箱里塞进来的。每回我把这种封在信封里的一颗真心递给米米，她读也不读就丢进了垃圾筒。

但是今天，有一张明信片。上面有一间小屋，里面尽是毛绒玩具——就是你参加游园会赢了奖品，还会充满遗憾拖着逛一天的那种。卡片上满是指甲印，犹如装修粗陋的墙面。我把卡片翻到背面，猜想着这是某个装修公司的广告或是抑郁症诊所的体检邀请函。卡片是写给弗兰克的。我没打算读内容，然而字数很少，我的眼睛不由自主地把它们扫了进来。

"盐湖城外。赞德。"

又是赞德。谁是赞德？字面朝下，我将卡片放在了米米的手机边上，然后从水池抽屉里拿出一把大菜刀，开始收拾同番茄酱搭配的罗勒香草。我煮上一壶水，在一口炖锅里倒了些橄榄油，撒了蒜末，又加了车厘子小番茄。等我把面条捞出，拿到水池沥干，弗兰克恰好走进厨房，说道："我饿了。"

"你运气好。"我说着，将一盘意大利面放在他面前。

"我能在沙发上吃这个么？"

"要说'请问我可以在沙发上吃么'。不行。绅士是不会坐在沙发上吃东西的。"

"为什么？"

"因为人类千折百转才发明了桌子，为了保全裤褂不受污渍蹂躏，所以沙发也该受到同样的保全。"

"极为合理。"弗兰克说。又道："她从来没出来过，是么？"

"她会出来的，她也得吃饭呀，瞧，有你的明信片。"

弗兰克忽略了卡片，他紧张捕捉着面碗里的小番茄，浑然忘我。等他搞定了，我把卡片推到他眼前。

"瞧，有我的明信片。"他说。

"是么？真棒。谁寄的？"

"赞德。他在大陆大分水岭的另外一边。"

"谁是赞德？"我问道，竭力保持着漫不经心的口气。

"他人在这里的时候，是我的钢琴老师。"

"哦，是么？你上钢琴课多久了？"

"从我小的时候起，断断续续的。"

"你知道，我从来没听你弹过。"

"我不太喜欢弹。我更喜欢听。"

"那你干吗要上课？"

"因为母亲说我的天分不应该被浪费了。再有，赞德是我的朋友。从我还没出生起，他就来这里弹钢琴了。他曾想要叫我母亲弹。她说她太老了，学不了了，可是她喜欢赞德，赞德又喜欢我们的钢琴，所以她给了他我们家的钥匙，这样他就可以随时进来弹琴了。"

我必须把头扭向水池，免得给他看见我脸上热切好奇的表情。倒不是怕弗兰克能慧眼读懂我的表情，只是心里的那个见不得人的"爱打听事儿"若是被人看到，我的玻璃心终究会感到羞愧。"所以，赞德会住在这儿？"

"有时候。他在镇上的时候。他是教钢琴赚钱的。他也在餐厅里弹，也喜欢在百货商店里，然后拿着一叠现金回来。然后他到处游逛，直到钱花光了为止。在我的美术馆里，已经攒了一集他的明信片，足够开回顾展了。你要看吗？"

我有幸给这幢房里的每一寸地方吸过尘，除了米米工作室是禁区，自认为没有不知道的地方，却想象不出这个"美术馆"会在哪里。弗兰克领着我穿过滑门，冲过树枝间的装置艺术，径直来到车库门前。这间车库我见过一万次了，然而至今也没有关注过，甚至从来没琢磨过为什么汽车没有停在里面，从来没有。同房舍不同，这里是木瓦盖顶，瓦上长青苔，再上面有桉树树荫遮蔽，没有法式落地窗，只有整面的石膏墙。我猜想，从地面到天花板，多半都塞满了垃圾。

弗兰克用一只手升起车库门，然后向室内鞠躬行礼，犹如神话里阿拉丁一般欢迎我来到洞天福地。然而此间既非山洞也非垃圾场，这里同房里大不相同，我为此大吃一惊。墙面都刷了白浆，固定墙板的螺钉露在外面，后墙面是一排窗户，窗外紧邻着灰泥的外院墙。大部分采光透过屋顶的一组天窗倾泻下来。水泥地面一定是涂了一层密封漆一类的东西，因为它光可鉴人，如同大理石面，而且地面既无油渍，也没有散热器里流出的液体的痕迹。最奇怪的是，地面上什么东西也没有，没有旧自行车，也没有旧玩具或是生锈的工具，或是废弃不用的纱窗，甚至连水管和花园的钉耙也没有。我平生从来没到过如此清洁的车库。而且，它是最大的，足够停满一打拖拉机。

"看看这里多好啊，"我说，"你可以就着地板吃东西啦。"

"身为绅士也可以吗？"

"不行，绅士不行。我并不是当真说你在地上吃东西。这话就是用来形容地面真的好干净。大多数车库都好像达格伍德的储藏间，一打开门就看见到处都散满了垃圾。"

趁着我说话，弗兰克打开了灯。"费伯·麦克基德也有一个那样的储藏间，但是因为那是个广播节目，所以他们必须用声音媒介来表现室内塞满了东西。母亲不像我这样擅长管理档案，而且她不热衷于收藏旧东西。她说你的东西越多，将来丢得也越多。所以她要是用不着什么了，还等不及你说'费伯·麦克基德储藏室'，就已经丢掉了。来，美术馆就在这上边。"弗兰克爬上了一架固定在一对螺钉上的木梯。屋顶有一扇活门，他推开了爬了上去，又回身从门框里探出头，看着我往上爬。"小心，"他说，"那个老妇人从梯子上跌下去过，她当时可远没你这会儿爬得高呢。"

"老妇人？"

"母亲从老妇人手上买的这幢房子。这是她年轻的时候盖的。车库同最初的建筑是一起的，她没拿到新建车库的许可证，所以就没有把这间屋推倒。她把它改成了绘画工作室。"

我爬进去看了一眼，就知道老妇人是个业余选手，因为她把艺术家梦想中的配置全买齐了，而真正的艺术家绝少有能买得起的。这里不仅空间大光线好，还有宽大的橱柜，配着专门放画纸的浅抽屉，靠墙摆着些带凹槽的架子，用来挂画布，还有一个画架，旁边有洗笔的水池、台面，台盆下面还有许多抽屉。一张黄色的桌子周围，摆着几张向日葵色的直背椅，谁要是一觉醒来，面对这样的摆设，想必是最美好的画面——就在旁边，一张木质仿古床配着一个床头柜。

"这简直是阿尔勒的梵高，遇见了芭比娃娃的梦幻屋。"

"是的，"弗兰克说，"或者说是梵高买了好多便宜的黄色颜料。

瞧，这是洗手间。"他打开一扇门，向我展示一间微型的洗手间：茶杯一般的铜质浴盆，咖啡杯一般的水池，还有一枚古董版的马桶，水池悬在高处，垂下一条手链，我忍不住拉了一下。马桶抽水的声音犹如喷气机从航母甲板上起飞。弗兰克堵住了耳朵，做着鬼脸。

"对不起，"我等他把手从耳边拿开，说道，"我真的是从来没见过像这样的厕所马桶。"

"梵高也会忍不住拉一下的，"他说，"他也没见过。还有这些。"在水池边，有个物件看起来好像垂直摆放的一组抽屉，他拧动了顶部的一个把手。这家伙整个弹了出来，一眨眼间——从一个微型冰箱里飘出了一团陈腐食物的寒气。拉开冰箱边上的另一个抽屉，露出了一双小小的电磁炉灶台。

"哇，"我说，"你可以在这里长住了。你母亲常来这儿吗？"

"不怎么来，她怕梯子。老妇人被儿子接走后，留下了她所有的东西，瞧。"他打开另一个抽屉，向我展示那些画笔——笔杆上还有风干的颜料，显示使用过的痕迹，然而笔毫经过精心保护，依然柔软而完美，似乎还在店里没有出售过。里面还有一管管颜料，一支支蜡笔，铁丝球和夹子，钉子和锤子，还有许多蓝色的铁皮杯子，盛着不同颜色的大头钉，全都井然摆放在抽屉里，犹如巴黎商店的展示橱窗。我这么说，倒好像自己去过巴黎了。我没有，只是在电影里见过，或是梦见过。

"我不知道把它们搬走是不是太麻烦了，又或者是带着它们会让老妇人太过伤心。她不肯卖掉房子，但是她的儿子却巴不得她离那座梯子越远越好。母亲说她不忍心把东西都扔掉，因为老妇人把一切整理得太漂亮了，她都快要死了，可她的东西还那么鲜活有生气。后来，当然就有了我了，我还不到三岁，母亲就确定我有朝一日会因为某种原因变成一个名人。因为那个某种原因之一就有可能是画画，她就把一切都照原样保留下来。从那起，母亲自己也买回了不少艺术品，但那些都没有了。但是老妇人的这些东西都在，多亏了我们；老妇人就算死了，我们还有可能重新拥有这一切。"

我伸手去拿一支画笔。"哦，别碰。"他说。

"对不起，我忘了问了。它是你的吗？"

"我告诉过你，这些都是属于老妇人的。"

"我还以为她已经死了。"

"她多半是死了。博物馆里有许多东西，它们原先的主人都死了，可还是不许你碰它们。我给你看看这里我最喜欢的东西吧。"他穿过房间，一头冲到一只大金属丝篮子前。篮子本来放在一道齐腰高的栏杆顶上。栏杆外面的楼下，就是相距十几英尺高的车库地面了。他把篮子扽出了栏杆，我惊呼起来。"别担心，它连着这个滑轮呢，瞧见了？你买了杂货或是有别的东西就可以从这里拉上来，因为爬梯子太危险了。"

我来到栏杆边，朝下探看。"挺高的呢。你要小心。"我说道，"你要是摔下去，会摔断脖子的，所有的骨头恐怕都要摔断的。"

"我摔不下去。这个太高了。我得跳上去才行呢。"弗兰克将两只手肘抵住栏杆顶端，朝下看去。

"连想也不要想，"我说，"求你，别靠着它。万一松动了呢？"

"母亲也这样说。她不喜欢我到这上面来，因为她断定我是有本事把自己像朱利安舅舅那样摔下去的。所以只能在她看不见的时候悄悄管理我的藏品。"

哎哟呵。"等等。你是不是不准到这上面的？"

"我不是不被准许。只是我如果独自上来，就会受到强烈的阻挠。

话说回来，你不是在这儿吗？现在请往这边走吧，去美术馆。"他转身走开，双掌朝上，手指抖动，好像一名导游。一路来到库房的一个角落。在这里，他收集的大头钉派上了用场——背面附满了明信片，傻傻地固定在墙面的螺钉上。他从旁边墙上的钩子上取下一个放大镜，递给我。"用这个，"他说，"仔细品味细节。"

我依言照做。其实，也不得不照做。每一张四乘六英寸的卡片上有太多的细节，如果整体远观，很难欣赏。有一张马赛克拼图的蒙娜丽莎像，放大了一看，竟全部由纽扣构成。一座塔，完全由一片片疯狂而破碎的材料构成——自行车零件、生锈的床用弹簧、废弃水箱、扭曲的水管，没有四肢的玩具娃娃、破旧扫把——全是些城市废弃物。有一座多层树屋，由零碎木柴构成，窗户是玻璃瓶底和水晶大钵，门是一块高速公路标志牌做的，上写着：休息区，本出口，下一个出口，四十七英里。我一张一张地看下来，对一张赛过一张的大尺度大为吃惊。最后我放下放大镜，从墙边退开一步。"好一段旅程呀！我想见见你的赞德。"

"算了吧，"弗兰克说，"他只会令你失望。"

"他怎么会令我失望？我都还不认识他。"

他耸耸肩。"母亲也是这样说赞德的。她还说，他在太多事情上都太优秀了，所以才什么事情都没做成。"

我正打算催他吐出更多细节，可他却伸出了一根手指。"嘘。"

专注倾听了一阵子后，我说："我什么也没听见。"

"她停止打字了。"他说着，爬进地板上的活门，爬下梯子，一阵风一样跑出车库。我疾步追上他，将车库门安置妥当，随即听见弗兰克的喊声："妈妈！"这是全副的欢乐，浓浓的甜蜜，纯粹的爱意，一个女性如果自己还没有孩子，听了这声音，子宫都会泛起痛楚。米米刚刚踏出滑门。她朝着弗兰克微笑，看着他穿过庭院。弗兰克一跃钻进了她的臂弯。

这是一股无法想象的力量，带着杀伤力，犹如一辆动力机车的冲力——一个九岁的轻盈男孩，却以光速运行，撞上了娇小的、五十出头的母亲。因为正在扭回身关上滑动门，她失去了平衡。他的速度太快了，足以冲破那面古早的门玻璃，将它化作数以百万计的细碎钻石。

我平生也见过许多血，但从没有这次那么多。

.7.

弗兰克和我已经在急诊室里待了几分钟，听着病房里的交响曲——那是由悄声耳语、连在米米身上和其他病房隔间里的各种监控设备嘀嗒、嘟嘟声构成的。事急从权，我撒了个小谎，称自己是米米的女儿，弗兰克是我弟弟，这样他们就可以放我们一道进去看她了。我很担心弗兰克会大嘴巴戳穿我们的伪装。

"她睡着了吗？"弗兰克问道，并未压低了声音。

"嘘，瞧那边。"

一名急诊护士疾步经过我们。"别担心。她没事。只是累了。"

米米看起来并不像没事——一边的眉毛被刮去了，那个地方的皮肉被重新缝合，她的脑袋被重重的绷带裹着。弗兰克戴上了他的风镜，紧握着我的手，似乎那是他在天地间唯一能抓得住的东西。

"你还好吧？"我问。

"妈妈。"奇异而呆板的嗓音竟掩不住满满的焦急迫切。米米的眼睛一弹，张开了。我抓紧了他的手，就怕他再次急冲过去。"你穿着个什么东西？"

"到了这里以后她们给了我一件干净的长袍，"米米说，"我其他的衣服都弄脏了。"

"你管这个叫长袍？我得检查一下你脑部受了什么损害。"

"什么？"急诊室护士此刻再次出现了。

"有一位邮政快递的小哥曾经教过弗兰克如何检查脑部受损。"我说。

"他给了我这个特殊的小手电筒，瞧！"弗兰克说着，从他口袋里抽出一支笔状小手电，摊开小小手掌向众人显摆。"他说我是个纯天然小哥。他还特喜欢我的外套呢。"他依然穿着白色的棉质防尘罩衫，如今已沾上了米米的血。

"真不错。"米米说。她听起来很平静，以至于我怀疑扎进她左前臂的针筒里注射的是吗啡而不是盐溶液。"拜托你好好查查我有没有脑受损，猴子。医生也许会漏掉了什么呢。"

弗兰克把他的风镜递给我，将访客专用的椅子挪到了米米的床头，又爬上床去，好让他的位置足够高，然后用电筒自上往下照着她的瞳孔。

"护士，"他说，"靠近些。让我来告诉你这是怎么回事。"

我原打算提醒弗兰克，或许护士早已经知道了，但是她带着随和的微笑走到弗兰克了身边，由此我猜想她此前有过不少这样的经历——某位身穿带血污白褂子的人，想要向她示范她已经知道的事情。

"我这样一来，她的瞳孔就缩小了，你看到了吧？这是个好征兆，"弗兰克说，"如果脑部受损，对手电的闪光就会失去反应。要是两个瞳孔的大小变得不同了，那我们可就有麻烦了。这回我们受的伤是轻微的。头骨浅表骨裂，红肿淤青，也许有脑震荡。接下来的二十四小时咱们得密切注意，确保她不要出现颅内出血。"弗兰克跳下床，没有碰翻任何东西，也没有把床前的帘子顺势扯下来。真是如释重负啊。

"就是这些了？"护士问着，一边朝我眨眨眼。

"这是急救人员说的。"弗兰克说。

"几乎是一字不差的原话，"我补充道，"弗兰克记忆力超群。"

"也许弗兰克应该去上医学院。专科护士说这孩子给她讲了好多十九世纪伦敦爆发霍乱疫情的故事。"

"通过对1854年伦敦宽街水井的追踪，约翰·斯诺证明了那是一种通过水传染的疾病，"弗兰克说道，"他取下了水泵的把手，数日内疫情就停止了。我能检查一下你有没有脑损伤吗？"

"当然。"她说着，在弗兰克搬来的椅子上安坐了。

手持小电棒，似乎使得他可以更便利地审视她的脸。"你看起来像小仙女。"他说着，按亮了电筒。说得没错。她有一双蓝眼睛，俏丽的鼻子，粉色唇膏，配上浓密金发挽成的一个精致发髻。

"谢谢，"她说，"是不是说我可以长生不老永远年轻？"对她的问题我并不感到吃惊。她有一双光滑而无忧的眉毛，比她的双手看起来更年轻。

"我只是想说你的脑部没有受伤。"弗兰克说。

"好吧，如果我不能长生不老，那还是回去工作的好。"她查看了给米米的胳膊输液的袋子，又在表格上做了记录。

"我父亲是医生，"米米说，"弗兰克会喜欢医学院的，不过首先他得上完小学。"

"温斯顿·丘吉尔六年级没及格，"弗兰克说，"诺埃尔·科沃德……"

"弗兰克，"我说，"护士小姐很忙的。"

"哦，不要紧，"小仙女说道，"我没事了。好吧，弗兰克，为了你进一步确定你外祖母的脑部状况良好，我们要把她送到楼上做个MRI，意思就是核磁共振成像。这个技术可以用来给脑子内部拍照，看看里面究竟怎么样，又不用给头骨穿一个洞。"

"我的外祖母？"弗兰克说，"我外祖母死于1976年。你可以通过她的眼窝一直看到她的脑颅内部，用不着在头骨打洞，不过我怀疑你在里面也看不到什么东西。"他将双手插进了自己头发里，似乎想要确认他自己的脑子依旧安然摆放在里面。

"没那么严重，弗兰克。"米米说。随即又对小仙女说："他是我儿子。"

"哦，"小仙女的眼睛一闪，掠过米米、我和弗兰克，"我还以为……别管什么以为了。不要紧的。"

这会儿工夫弗兰克已经把一簇头发拔了下来。我从他手上拿过来，悄悄放进了我的口袋里，然而动作不够快，依然被众人看见了。"别这样。"我嘟囔着说，学着我在教堂摔破膝盖时，母亲呵斥的语气。我不想搞得太大惊小怪。

"我得去查查在核磁共振检查的表格里我们排在哪里。"小仙女说着，将米米的记录表在床角处挂起来，带着格外明媚的微笑悄步离去。

"你们俩应该走了。"米米说。

"我不要把你一个人留在这儿。"我说。

"这事儿没商量。你和弗兰克该撤了。马上。"

"你不和我们一起？"弗兰克问。

"大夫今晚需要仔细观察我。爱丽丝需要你待在家里。她一个人会害怕的。"

"对啊，"我配合道，"我会怕黑的。"

"在黑暗里没有什么可怕的，"弗兰克说，"黑暗在外面，我们在里面，只要我在你身边，你就安全了。"

"有了你我太幸运了，弗兰克，是吧？"我说。

"是的。"他说。

"我也是，"米米说，"我爱你，弗兰克。"

弗兰克没回应。我能看见他的肩膀耸了起来。"我们得走了，弗兰克，"我说，"你听见你母亲说的？"

听了这话，弗兰克垂下了肩膀，然后潇洒地做了个行礼动作，说道："行，行，爱丽丝！告诉我，你有没有拿那张愚蠢的停车票，又或者我们又抓瞎了？"

• • • • •

"你要不要我飞过来？"第二天晚上我打电话的时候，瓦格斯先生问我，那时米米已经出院了。当时纽约已经接近午夜。我固然希望他还醒着，可是从他昏沉的声音判断，他必是已经睡着了一阵子了。

"不，别担心。一切尽在掌控中。这么晚打电话真不好意思，可我就是想警告你一声，就怕万一消息走漏了。"

"有没有人认出她来？"

"我认为没有。"

"她没事吧？"

我正琢磨着怎么回答，米米问道："你在跟谁说话？"我当时正在客厅，本以为只有我一个人，正透过玻璃门上我用胶带补上的洞，望着夜色笼罩的城市。弗兰克居然睡着了，实为奇迹，而且是从当天下午米米从医院回家后一直睡到现在。

至于咱们的病号儿，我已经说服米米，让她换下了去医院时穿的带血渍的羊毛衫和牛仔裤，穿上了我的一身运动服。根据我执掌洗衣房的经验判断，米米应该没有自己的运动衣。她睡觉穿带蕾丝的白色棉质睡袍，我担心绷带渗漏会毁了它。米米毫无问题地答应穿我的运动服，令人吃惊，但却拒绝我帮忙给她换衣服。不过，她允许我扶她上床，掖好了被子，随即昏睡过去。然而就像《圣经》里的拉撒路，她睡而复起，出现在我的身后，双手缩在超长的运动衫袖子里，目光空洞，裹着绷带的脑袋藏在灰色的兜帽里。猩红的"内布拉斯加"字样横穿她的胸口。一眼看去，我几乎晕倒。

"是瓦格斯先生，"我说，"我不想让他担心，生怕万一你受伤的消息传出去。护士嘱咐我给你准备冰袋，敷在针脚上面的红肿上。现在你醒了，我正好去弄。"

"把电话给我。"

我扶米米在沙发上坐下，双手颤抖着，把一只软垫放在她后背，又盖住她的腿，挡住胶带补洞的地方漏进来的凉风。接着，我疾步奔入厨房，从制冰机里舀了冰块，放进弗兰克前一天替我找出来的冰袋里。那是个粉色格子的袋子——苏格兰格子——顶端有个金属螺旋盖子，看起来好似多莉丝·戴电影里用来治宿醉的玩意儿。"你怎么还会有这个东西？"我当时问他。

"我六岁生日时要来的。"

"为什么？"

"那年天气很热。我用一条爱马仕头巾把它绑在头上去学校，头巾是我外婆的。要我把围巾也拿来？"

"我认为不需要它我们也能搞定。"我说，"不管怎样，谢谢！"

我站在水池边，一边往袋子里加些水，以便它更服帖地贴住米米的脸，一边盯着外面夜幕初降中闪闪烁烁的洛杉矶。东面，我看见空中有烟火绽放，那是在好莱坞上空，又或是道奇体育场。我原想那是场演唱会或是什么球类比赛，但我接下来又看见桑塔莫妮卡附近海滩上空也有烟火，接着在西边，马里布山上空也放了起来。我这才意识到那是在庆祝七月四日。

等我回到客厅，米米已经打完了电话，眼泪在她脸上流下来。我迅速放下冰袋，急忙拿来纸巾盒。

"弗兰克在哪儿？"她问道。

"睡着了。"我说，"你还好吧？"

"睡着了？这么早？怎么可能？"

"我用被子把他裹紧了，把他放在起居室地上，我用一叠沙发垫子挡在他头顶，把电视调到了韩国语的频道。有什么不对吗？你哪里痛？"

"哪里都痛。"

"这是你的冰袋。我看看时间，看看要不要再吃一粒止痛药。"

"不是那种痛，"米米将运动衣的兜帽掀了下去，将红肿绞轻的一只眼睛对准了捧在两只手上的冰袋。"这是弗兰克的，"她说，"他过生日的时候向我要的。我给他买了一个蓝色啫喱的，就是你放在冰箱冷冻格里的那种，他特别失望。花了好久时间才找到这个。我几乎不打算买了。'粉色有什么不对？'弗兰克见我很犹豫，他就问，'粉色可是印度的海军蓝呢。'"她从盒子里拿出一张餐巾纸，擦脸。"我忍不住地想，要是我出了什么事，弗兰克会怎么样。"

"可你没事，"我说，"医生说的。这里还有我呢。"

"现在。我现在没事了。你也在。"她瘫在沙发背上，"我有钱的时候，没那么担心弗兰克。有钱人家的小孩总会有人接纳的，哪怕这孩子是个怪人。"

"我不会离开。你还会再有钱的。弗兰克不是怪人，他有点儿不同。"

她哼了一声，随后畏缩着将冰袋压在眉毛上。"总算你没用'特殊'这个词儿。艾萨克对你的评价太对了。你是个盲目乐观者。"她说这话的口气不像是在奉承。有时候我实在搞不懂为什么瓦格斯先生这么喜欢她。

　　"话说回来，昨天晚上情况怎样？"她问道，"从医院回来的时候，我太累了，都没问你。"

　　"没什么可抱怨的。"

　　不知为什么她听了就又哭起来。不过，这回没有泪水涟涟。极痛楚的抽泣。"你想让我给谁打个电话吗？"我说，"亲戚？弗兰克的父亲？"爱丽丝，打住，我心想着，立时闭上了嘴。

　　她尽力平复下来，说道："我的亲戚都死了。弗兰克的父亲也是不可能的。"她把冰袋放在大腿上，轻轻地擤了鼻涕，然后呆呆地盯着原本是滑动门的那个破洞。她一动不动，我几乎看不到她在呼吸。我甚至有点担心，怕她的魂已经溜走，就像电影里那样，一个魔咒催动她去找一面镜子放在鼻子下面，她正在奋力与咒语相抗。终于，她说话了："焰火。"

　　"是的，"我说，"放得比墙还高，这里也能看得见，多好啊。"

　　"我就是为了景观才买这幢房子的。你能相信吗？而且我知道我母亲一定会讨厌它的。"

　　"真的？"

　　她把冰袋放回自己眉毛上，叹了口气。"我买房的时候她已经死了。但是每天我都能听见她在为什么事儿抱怨，所以她就好像始终在我身边。现在我在这里住了快半辈子了。我现在比我母亲死的时候还要老。"

　　她似乎期望我有所回应，于是我咳嗽一声："好吧，既然你在这儿住了这么久，那一定很喜欢这里。"

　　"我讨厌这里。买下这个地方太傻了。地产商向我展示的时候，我笑了出来。'我太有名了，如果一幢房子里该是墙的地方却开了扇窗，我没法住在里面。'当时我就这么说。他认定这幢房子适合我，因为车道太陡了，而且三十年前门前的道路在地图上都找不到。'如果你还是电影明星的太太，你的隐私或许是个问题，可是没有人在意作家。你没事的。'哈！我不知怎么就听了他的。"她再次把冰袋拿到了眉毛上，"不是所有的人都关心作家，但是对那些关心的人来说，再陡的车道也不算个事。"

"你为何就住下来了？"

"我不想让我母亲觉得她是对的。"

"当时她不是已经去世了？"

"是啊。总之，我给那个工作室打了电话，他们派了一队人，不到两周那面墙就完工了。谁要是说罗马不是一天建成的，那是因为他没来过好莱坞。"她放下冰袋，摸索着又拿了张纸巾。"漏水了，你没有把螺丝拧紧。"她把冰袋照我的头丢过来。

我接住，检查了盖子，用我的衬衫把它擦干。"没有漏。是冷凝水。"

"就是漏水。"她坚持道，随即支撑着从沙发上爬起来。我想要扶她一把，可她把我推开了，消失在客厅另一头。医生已经很明确地指出，使用冰袋对她的快速康复是很重要的。但是还等不及我追上去开口说话，米米已摔上了门，开始打字了。如果淤肿不尽快消退，那可糟了。我又不是她妈。随她去吧。

.8.

如前所述，我不是倾诉的对象，所以也没机会告诉米米我和弗兰克单独相处的一晚是怎样的状况。我们一起的那一夜大致是这样的：

那天很晚了，我们累极了，于是回了家。我们从门上的破洞钻进去，然而刚走到客厅的沙发，就瘫倒了。

"上床之前你得先洗个澡。"瘫倒了漫长的一段时间，我才开口道。我希望眼下这个表面上的小孩子能战胜他身体里那个永不疲倦的弗兰克，然后两个家伙一道滚到床上沉沉睡去。

"为什么？"

"因为你很脏。"我们去医院之前我给他擦过脸和手，但是我们两个都懒得换衣服了。我们看起来好像《德州电锯大屠杀》[1] 里的逃亡者——这片子，我从未看过，而且祈祷上帝，愿弗兰克也没看过。

"我不想洗澡。"他说。他把手伸进防尘外套的口袋。"香烟？"

"什么？"我生怕自己是听错了，然而他果真拿出一个玻璃纸包的长方形纸盒，上面贴着法语的标签。等终于读到了"巧克力"的字样，我气得几乎暴跳。"你哪里来的这个？我还以为巧克力香烟已经停产了呢。"

"我用它们换'特别通行证'的。"

"《卡萨布兰卡》[2] 里的通行证。"我说。

"我认为这是一段美好友情的开端。"

我从盒子里抽出几只。"就看你的了，孩子。"

"我们会永远拥有巴黎。"弗兰克看起来感到快乐。他把盒子一晃，甩出一只"烟"，用中指和无名指夹了，然后将它凑到面前。快乐，我留意到，几乎是他脸上最自然而然流露的表情。恐惧、不适、困惑——这些

---

1 《德州电锯大屠杀》（*Texas Chainsaw Massacre*），2003年美国上映的一部恐怖影片。
2 《卡萨布兰卡》（*Casablanca*），1942年美国上映的一部爱情影片。2007年，美国好莱坞编剧协会评选了史上"101部最伟大的电影剧本"，该片排名第1位。

会使他拉下窗帘，锁上房门。如果你要问我，我认为这很能反映弗兰克的本质。这么说吧，如果只能选择一种情绪你能够轻易地传递给他人，我想我也会选择传递快乐的。

"你知道我一直在琢磨什么？"弗兰克说，"为什么会有人要加入法国外籍兵团。我非常喜欢那些帽子，想自己也有一顶。我有一顶土耳其毡帽。"

"这我并不吃惊。"

"费兹毡帽的名字来自费兹镇，摩洛哥的一个镇子，垄断了这种帽子的生产。"

"啊啊，"我说，"等等，我不记得《卡萨布兰卡》里有什么角色是法国外籍兵团的人。"

"没有。但有我父亲。"

"你父亲在《卡萨布兰卡》里？"天啊，他父亲莫非有一百多岁了？也许就因为这个米米不愿意谈论他。

"不是在电影里，"弗兰克说，"在法国外籍兵团里。"

我坐直了身子。"你的父亲在法国外籍兵团里？"

"我想象他有可能是。否则，他为何不来看我们？"

"哦，你没向你母亲问问这事儿？"

他吐出了一团想象中的烟雾，点点头。"她怎么说？"我问道。

"没说什么，"他说，"哒哒、卟卟、滴滴哩、孜噗、子路、子奇……"

"我懂了，弗兰克。"我说。

"一堆虚头巴脑的词儿。"弗兰克说，"爱没有意义。"

"这话不对。"

"对。你父亲是什么样子，爱丽丝？他是你常说的那种绅士吗？"

我把"烟"凑到鼻子跟前，好像在嗅一支哈瓦那雪茄。"不。我是说，我不知道我父亲什么样子。我八岁那年他就走了。"

"他死了吗？"

我撕开香烟上的纸。"不。也许吧，我不知道。他只是——走了。"

"也许他也在兵团里和我父亲一起。"

"也许他出去买一包巧克力香烟，然后再也没回来。"我说。我原没打算谈论我父亲。

"有人会这么干吗？"

"我想象着，他们会的。现在赶紧钻进浴缸洗澡，然后穿上睡衣，上床。"带他去浴室的路上我吃掉了香烟。弗兰克站在那里，入了迷境一般，望着龙头里泻出的瀑布。"脱衣服，"我说，"我要把你的衣服连夜泡起来，否则污渍就洗不掉了。"

他扭脸躲开眼前的水流，看着我的胳膊肘。

"你还等什么？"我问。

"需要隐私空间。"他说。

"我不会看的，"我说，"来吧。衣服递给我。"

"请求你，"他说，"要是不介意的话。"

我叹口气。"好吧。把头洗了，指甲刮干净。如果需要我，我就在外面。"

我在门厅的走道处躺下了。他一个人在里面应该没事。只要能听见水声哗哗我就知道他还活着。除非我聋了，又怎么会听不见他呢。那声音好像在浴缸里同鳄鱼肉搏一般。

但是躺下来是我犯的第一个错误。门厅铺了地板，所以不消说我睡了过去。

・ ・ ・ ・ ・

我认为是太安静把我弄醒了。

我的第一个想法是弗兰克逃出去了——趁我打呼噜的时候，从我身上迈过去，从客厅的门洞里钻出，跳墙越狱，此刻正躺在山脚下，遍体鳞伤。流着血。流血还算运气，因为我们刚从急救人员那里学过，人在流血就说明还没死。

不过弗兰克这样的孩子是一定会留下足迹的——湿脚印、巧克力手印、墙上的磨损、摔坏的东西。然而他的走廊里没有任何痕迹。天哪，不要！我猛力拉开浴室门，几乎原地晕倒。

弗兰克完好无损的在里面。衣服穿戴得周全，风镜勒在额头，玩具潜水艇抱紧在胸口。眼睛紧闭，脸色苍白无生气，蓬松的头发好似天使的光环。我立时联想到儒勒·凡尔纳，天使号海难的罹难者。天使，意味着许多事情，其中就意味着他们是死去的人。让我怎么告诉米米，说她在医院卧床期间，我让她的儿子在浴缸里溺水了？

我腿一软在浴缸边跪下去。"啊，弗兰克，"我喘着气说，"不要，不不不。"

他挤开双眼。"已经早晨了？"他睡意惺忪地问。

我一阵释然伴着晕眩，跌坐在自己脚后跟上。"我几乎吓出心脏病了，弗兰克，"我说，"以为你死了。你穿着衣服待在浴缸里做什么？"

"睡觉。我以为把衣服和自己一起泡起来就可以替你省下工作了。"

"你疯了吗？"不过我立刻后悔说了这话。

"没，"他说，"瞧，我先把靴子脱了。"他用风镜遮住了眼睛，然后潜入水里。他看着我的下巴，我眼看着水渗进他的风镜。

"这个可不是防水的。"见他上来换气，又将风镜推上额头，我说。

"我知道。我只是确认我此前做的研究。"

"听着，弗兰克。对不起，我不该说你疯了。"

"你没有说我疯了。你问我有没有。一个是结论，另一个是问题。再说，你不是第一个问我的人。"

"好吧，"我说，"你得从浴缸里出来。我把这条大毛巾撑起来，给你隐私。我要你脱下这些湿衣服。然后把它们放在浴缸里继续泡着。这是个好主意，顺便告诉你。这也是我想要做的，虽说我原本打算把它们先拿出来。然后，咱们得把你擦干，给你套上睡衣。"

"咱们从这些湿衣服里钻出来，然后一头钻进干马提尼里吧。"他说，"罗伯特·本奇立的台词。"

我笑出了声。他没死，我感到好释然，随便怎样我都会笑的。

"我等了一辈子，就等着用上这一句呢。"弗兰克说，"罗伯特·本奇立是个著名笑星，他曾属于一个爵士时代作家团体，名叫阿岗昆圆桌。你也许不知道的是罗伯特·本奇立的孙子，彼得·本奇立，他写了《犹太人》，书以及剧本。"

弗兰克站起来了，衣服里的水倾泻下来，那声响简直像尼亚加拉瀑布。如果毛巾另一侧传来的哼唧嘟囔可以作为参考的话，想必从衣服里挣脱出来是一件艰巨的大工程。"要帮忙吗？"我问。

"不，谢谢。快好了。阿基米德就是在浴缸里发现了测量不规则形状物体体积的方法，这个你知道吗？水位上升的程度同他身体的体积是成正比的。他看到这个，太兴奋了，于是尖叫'尤里卡'，意思就是我发现啦！然后裸体跑到大街上。我还从来没因为什么事兴奋得想要那样做。"

"我也一样。"我说。

又过了一阵，弗兰克拿了毛巾，把自己裹起来，犹如穿了一袭长袍。"现在我要去穿上睡衣了。"他说，"爱丽丝，把你的也穿上，好不好？我一直都想办一个睡衣派对。我以前都没有可以邀请的朋友。"

　　我一分钟也不想让弗兰克独自一人了。但我又不打算拒绝这邀请。于是我一个冲刺回了自己房间，换上衣服冲回厨房。那一刻，弗兰克已经穿着睡衣，身在早餐吧台前了，鸡尾酒音乐从自动钢琴里飘出来，两杯斟满的马提尼酒杯摆在他面前。弗兰克向我递过了其中一杯。

　　"谢谢。"我说着，以手掌擎起杯，提鼻嗅嗅。是夜总会苏打水。

　　"马提尼酒杯是我过九岁生日时要的，"弗兰克说，"于是母亲给我买了一副塑料的。"

　　"你母亲是聪明女人。"

　　"你应该握住酒杯的高脚，像这样，瞧见了？"弗兰克演示着。"如此，你手上的温度就不会破坏鸡尾酒冰醇的美味了。"

　　"我的手现在还没把它捂热。这里还是冰凉的。"

　　"那是因为我们的门破了。"

　　我看着曾是滑动门的门洞。"我们得盖住它，对不对？咱们可以用毯子，如果家里有的话也可以用一大块塑料布。"

　　"干洗用的袋子，"弗兰克说，"我储藏间里有许多。"

　　我知道这话不假。"我们把它们粘在一起，"我说，"你去拿袋子，我去找胶带。"

　　对厨房抽屉一番洗劫之后——无功，但我在洗衣房抽屉里找到了包装用的胶带。等我再次出现，弗兰克在厨房地上，羁绊在干洗袋堆里。他很享受地玩着最喜欢的游戏——在被子里打滚，只不过这回是在透明的"被子"里，而且有危险性。

"打住。"我说着,把它从塑料袋的束缚中解脱出来。"你在干吗?"

"玩。"

"你不能用干洗袋玩,弗兰克。这不是玩具。你瞧,这上面写得明白,'本品非玩具'。你可能会窒息的。而且我们也没法用了。你把它们撕坏了。"

"我还有更多。"

"这不是重点,"我说,"重点是,你是个聪明孩子,如果这样闹出事故就太傻了。请你,跟我来。"我驱赶着他来到储物间,去取更多袋子。"别碰这些袋子。听到我说的?不要碰!"

"那我能做什么?"

"你拿着胶带。我去拿皮尺。在客厅和我碰头。"

等我回来的时候,弗兰克正坐在地板上,表现不错。我测量了洞的尺寸,然后将袋子铺在地上,我们得把它们拼成足够大的一张,然后才能把洞盖住。"过来给我搭把手,"我说,"拜托了。"

"我不能。"

"为什么?我说拜托了。"

"看看这回我干了什么。"他说。我定睛一看。这孩子的双手被胶带捆在一起了。几乎被扯到尽头的胶带卷从他的手腕上垂坠下来,犹如一个手镯的装饰符。

"这下你可怎么办?"我问。

"用我的牙齿,"他说,"开始很容易,后来就难了。"

"我相信你。我再去拿些胶带。我离开的时候什么也别摸了。"

"就算我想,我也办不到了。"

"好。"我跑回洗衣房,带着第二卷胶带和一把儿童安全剪刀回到客厅，打算给弗兰克松绑。

"法兰西万岁。"松绑之后他说道。

"法兰西万岁。"我跟着说，"现在把塑料袋拿稳了，我把它们粘起来。"等我拼好了一张足够大的，我拿起它，站在门前。"我太矮了，"我说，"我需要一个东西垫高一点。"

"我知道有个东西刚好。"弗兰克说。他消失了一分钟，滚来了他母亲的瑜伽橡胶巨球。

"你拿我开心吧。"我说。

"你可以站上去，"他说，"我做过。很刺激。"

"我不要刺激，弗兰克，我要稳妥。"

"为什么？"

"因为我烦那一套。听着。给我搬把椅子过来。拜托。"

塑料袋贴上后，我对弗兰克说："现在上床去。"

"我还不困。我冷。"

"你在床上会暖和起来的。"

"我会暖和，但是会睡不着的。"

我回想起那么多次听见弗兰克半夜折腾的情形。"好吧，"我说，"咱们点个篝火吧。"

弗兰克眼睛一亮。"哪里？"

"壁炉里呗，小傻瓜。"糟了，我立即意识到。我困了。"对不起，我是傻瓜，不是你。"

"我知道，"他说，"我的智商高过99.7%的美国民众。由于某种原因，我告诉他们这事儿的时候，学校里的同学笑话我。你能解释这里边的笑点吗？"

"没有笑点。有些孩子笑话比他们聪明的孩子，好让他们觉得自己很傻。"

"毫无道理。他们为什么会认为笑了我，就会让我觉得自己傻？"

"因为他们很傻。"我说。

我以前还不曾在有壁炉的地方住过，所以我带着一种与成年人不相符的兴奋，将女童子军的训练项目派上了用场——从壁炉边的壁龛里取了木柴和树枝，将它们摆放在壁炉里的一叠皱巴巴的报纸上。"现在拿火柴，"我说，"你母亲把它们放哪里了？"

"我希望我知道，"弗兰克说，"她藏起来了。"

这话我信。"蜡烛有吗？我可以去灶台点一支蜡烛，用来做火种。"

"这个她也藏起来了。"她当然会。我从来也没见过，从来没有。就连用过的生日蜡烛也没有。"你可以给她打电话问问。"弗兰克说。

"你母亲住院呢，"我说，"我不会打电话的。让我想想。你知道不？我们可以用炉灶点燃一根小树枝，然后……"

"你不可以端着一根点着的树枝，穿过房间，"弗兰克说，"母亲叮嘱过一百万次。"

我还是忍不住，但我也知道，弗兰克犹如一枚一点就着的小爆竹，我不该在他面前做个坏榜样。他绝不会恶意告我的状，却一定会一见到他母亲就把实情和盘托出的。"这样的话咱们就不能点炉火了。"我说。

"我有个主意。"弗兰克说着，消失在门厅的尽头。我追过去，只见他笔直冲向洗衣房的抽屉——"尤里卡！找到啦！"——他找到了一个九伏特电池和一卷导线。接着他奔回客厅，在那里他从浴袍口袋里拿出了圆头剪刀（他什么时候藏起来的？），又剪下了两段导线，将每一段的一端绕在电池的一个电极上，然后将导线的另外两端碰触在一起。接触后产生的火花点燃了报纸。

"你是个天才，弗兰克，"我说，"你怎么想到这个法子的？"

"噢，我在自己房间里经常这么干。"他说。

* * * *

我们眼看着火焰将木柴烧成余烬，然后是灰烬。我真的生怕自己瞌睡过去，几乎想用胶带粘住眼皮，不让它们合上。可惜胶带都用尽了。这是我生命中最漫长的一天。如果米米的每个夜晚都是如此，她是怎么摆平的？弗兰克呢？与孩子单独相处的一夜，我也如木柴般被消磨成了灰烬。

弗兰克开腔了："我现在困了。"我一个激灵从椅子上弹起来，犹如一个母亲听见宝宝说："我要拉臭臭。"

"那就上床去。"我说着，强行把他赶上了床。

"我在自己屋里睡不太好。如果你想让我睡觉，把我放在母亲厌上吧。"

我叹了口气："好吧。"

在米米的房间里，我用毯子把他紧紧裹住。"快睡。"我说。

"你要离开我，是不是？"

"要不要我坐在这里等你睡着？"想到还得支撑着不睡觉，我就想哭。

"我还以为我们要开睡衣派对呢。你必须在这里陪我睡。"

"没经过允许我不能睡在你母亲床上，不礼貌。"

他的脸色变得空洞。应该说是更加空洞了。想必与我一样困，我看着都替他难受。"要不这样？"我说，"我睡在娱乐室的沙发上，如果你想说话，我离得足够近，可以听得见。这样睡衣派对也就名副其实了，你知道啰。随时可以找到人说话，直到你睡着为止。"

"这样也许行。可你也许没有认识到我入睡很困难的。而且我睡着以后也容易醒。而且我在浴缸里已经睡过一会儿了。"

　　"弗兰克,"我说,"这些我知道。闭上眼。闭上嘴。睡觉。"

　　我从米米的卧室爬出来,敞开着门,开着门厅的一盏灯。我躺倒在沙发上,昏睡,过了也许十五分钟,也许十五天。当我再次睁开眼睛,弗兰克的脸在我头顶飘忽,离我的脸只有几寸。我太乏了,连吃惊的力气都没有了。"怎么了,弗兰克?"

　　"我是,"他说,"我睡不着。"

　　"我想也是。现在怎么办?"

　　"我们可以看个电影。"

　　"太晚了,没法看。或者说太早了。现在几点?"

　　"凌晨四点钟。"

　　"你一直是这个样子?"

　　"什么样子?"

　　我努力思忖着合适的词语,以免伤害他需要保护的小心灵。"夜行人。"这是我最终吐出的字眼。

　　"夜行?这就是说我白天睡觉?可我白天也不怎么睡觉。母亲说我的脑子缺少'停机'的时间,这是智能异常的征兆。"

　　"异常,"我说,"呃,呃。"我揉揉眼睛,直坐起来,打了个哈欠。

　　"你困了,"他说,"继续睡吧。我坐在这里看着你。要不把你手机借给我吧,我可以拍一个你睡着了的视频。就像安迪·沃霍尔[1]。他的第

---

1 安迪·沃霍尔(1928—1987),摄影师、导演、艺术家,被誉为20世纪艺术界最有名的人物之一,是波普艺术的倡导者和领袖。

一部电影就叫《睡》。它是关于……"

"关于睡觉！我听懂了。我来加利福尼亚不是来拍电影的。咱们再看一遍《卡萨布兰卡》吧。"

弗兰克耍了一个温柔的小花招，却产生了出奇的魔力，使我重新落入他的掌控。他平生还从来不曾离开母亲过夜，可怜的孩子。她此刻没有和他在一起，因为他的拥抱变成了一起球场冲撞，害得她头部缝了二一九针，躺在医院里。他睡不着，你不能责备他。可你会忍不住琢磨：以前的一个个夜晚他会找出些什么借口来熬夜呢？

弗兰克将影碟滑入影碟机，我们俩裹上被子，肩并肩又各自独立地缩在各自的"影院蚕茧"里。影片演到一段伤感的旧情节：里克和伊尔沙以为伊尔沙的丈夫已经死了，又回忆起当年在巴黎公寓里的时光。这时弗兰克睡着了。而我清醒着，一直看到了影片结尾。

阿波罗姿态

2009 年 8 月

·9·

感觉像过了六个月那么长，不过七月份终于过去了，也就意味着弗兰克要再度每隔一个星期去见一次精神科医生了。米米和弗兰克坐在医师外间诊室的两张椅子上——两张？他的父母不曾同时来过？——我懒懒地靠在墙上，不知道作为司机，自己是应该留下来，还是回到车里去等。医生来接弗兰克进入内间诊室的时候，她的眼睛朝我闪了一下，然而米米完全没有为我们介绍的意思，于是我也什么都没说。

弗兰克全副武装，不遗余力，上身穿三件套格兰花格子呢正装，领结、胸花齐配，金袖口闪闪，怀表链子露在背心外面，横过胸口。克莱伦斯·丹诺[1]的派头。米米包上了一副头巾，想必是从弗兰克的储藏间里偷的，又或者是葛洛丽亚·斯旺森的；与头巾搭配的是一副巨大的黑色太阳

---

1 克莱伦斯·丹诺（1857—1938），被誉为美国历史上最伟大的辩护律师。

镜——在好莱坞极年轻或极老的女性最喜欢的那种，这类人往往体重不足一百磅，手袋上还爱用雅皮狗做装饰坠子。

"你怎么啦？"亚布拉姆斯医生问米米。因为即使是巨型的拉风眼镜也还是不够大，不足以遮住把她的颧骨都坠下来的乌青肿块。

"眼睑美容。"米米说。

"啊。"亚布拉姆斯医生说，"好吧，弗兰克，来吧。我喜欢你的套装。"

"谢谢你。母亲用电脑给我买的。"

"是吧，你母亲的电脑品味特棒。你有没有开始打算一下，准备回学校了呀？"

"你看见我的袖口了？我的朋友赞德送我的。它们代表希腊神话里的戈尔迪之结，就是……"他们关上了身后的门。

"准备好上学？真搞笑。"米米嘟囔着，"对弗兰克这样的孩子来说，别的同学都是魔鬼。"

要么是因为米米也有看相的本事，要么就是因为我和弗兰克待久了，已经懒于控制面部表情，米米看了我一眼，居然说："我没有告诉亚布拉姆斯医生我出了事故，因为这的确不关她的事。她不是我的心理医生。坐吧。看看这本杂志。我像你这么大的时候喜欢这个。"她递给我一本《儿童文萃》，她自己拿起了旅游杂志。她噼啪翻页，犹如在找寻着买果冻的优惠卷一般。天哪，六个月前她就曾经在另一辑里拼命翻找过，似乎那是天下一等大事。"我不需要什么心理医生。"她补充说。

犹如一名驯良的男仆，我闭嘴不答，手里玩着儿童拼图，只要足够仔细，缺失的画面总是能找得到的。

"这就是赞德为什么管我叫'危险抢答'。"四十五分钟后，他们二人从内间走出来的时候，弗兰克这样告诉亚布拉姆斯医生。

"因为你知道所有的答案。"

"是。还因为我一出现就会有危险。这就是所谓的一语双关，在法语里，指的是'一个词语，可以有两种解释'，如果仅仅想说明我的知识面广，赞德就会管我叫'竞答秀'了。"

"你和亚布拉姆斯医生聊了些什么？"米米在电梯里问弗兰克。

"巴斯特·基顿[1]，"弗兰克答道，"还有赞德。"

· · · · ·

为了不打扰米米，整个八月里，弗兰克和我反复造访洛杉矶的各个景点——在从前他和米米的好时光里，这些是他们共同历险过的地方。我们俩都憋坏了，所以一心盼着出门历险。不过有个条件：我可以随时抓弗兰克的手，不必事先征得同意。

"你为什么需要这样做？"他问。

"我会害怕的。"我说。这是我想到的第一个念头。

"门口有没有疯子？"隔三差五，每当我们出门游逛的时候，总会遇到一个或更多个米米的忠实粉丝，候在院墙外。通常是大学生，或者是更年长的男男女女，想必是母亲的同龄人。我确定他们不会害人，可那样做毕竟是偷偷摸摸的行径。他们几乎不说什么话，这一条就足够让人害怕的。如果他们要说点什么，往往是："噢，这是个小角色。"我这辈子，

---

1 巴斯特·基顿（1895—1966），演员、导演，以"冷面笑匠"著称；代表作《福尔摩斯二世》《将军号》等。

做个小角色是最让我释然的事了。

"是，是些疯狂的人。"我说。不过以前我低估了这些人对弗兰克造成惊吓的程度。直到有一次，开车进大门的时候，我伸手去键入进门的密码，不小心把写着进门密码的字条落在了窗外。弗兰克看见了，放声号叫起来。花了好一阵子才安抚他平静下来，向我解释原由——原来他是害怕疯狂"粉丝"在街上找到密码，会穿墙而入找到我们。我理解了问题的严重性，于是一路追上去，又念叨着"1""2""0"三个数字一路气喘吁吁地回到车道，返回房内。在厨房安坐好之后，我让这孩子考问我密码，等我准确地背出"2122000"之后，我把便条纸当着他的面吞掉了。我希望这样能逗乐这孩子。不料想，他严肃地道了谢。

弗兰克对城市文化热点的介绍不适合"玻璃心"的人。洛杉矶县艺术博物馆和相邻的焦油博物馆，继而是现代艺术馆，诺顿·塞门博物馆，它会引着我们继续访问西方文化遗产博物馆，随后是贝尔埃尔社区和马里布、亚当·姆森瓦房、赌博屋、好莱坞传统博物馆、好莱坞明星大道、彼得森汽车历史博物馆。接下来是阿曼森剧院、格芬当代美术馆、陶乐丝·钱德拉帐篷剧场音乐厅、迪士尼大厅、好莱坞碗体育场、布拉德伯里大楼、希腊剧场、格里菲斯天文台、加利福尼亚科学中心、洛杉矶自然历史博物馆。谁会知道，在好莱坞标牌和海滩之间竟填塞了这么多东西？

我曾斗胆建议，咱们，我是说，我，也许会太累的，弗兰克一听，喊道："乱讲话！！"当天，我们造访洛杉矶县艺术博物馆，他依旧全副武装，一身泰迪·罗斯福的粗莽骑士装扮：骑兵制服、夹鼻眼镜、绑腿、马靴，一丝不苟。一天下来，他精疲力尽。夹鼻眼镜的横梁已经松了，已经好几次滑落到地上。午餐过后，他不慎踩在了眼镜上。我屏住呼吸，担心他会晕头转向一番。然而弗兰克捡起镜架，甩掉碎玻璃，将它重新架在了鼻梁上。"啊，这样就好些了，"他说，"没有手指印啦。继续！"我用事先备好应对紧急状况的餐巾将剩余的碎玻璃收拾起来，然后依从他的话，继续。随着我对弗兰克愈发熟识，我越来越喜欢在口袋里预备一些零碎的东西，一边藏一边心里想着："万一遇到紧急状况。"然而或迟或早，我自己也会成为《周末事故榜》榜单上的人物。

· · · · ·

我原以为弗兰克会在博物馆、美术馆里虚掷光阴，只知道盯着每一行解说词和每一条夸张的线条。出乎意料，他从一间展室蹿到另一间，认真观看整部展览，连我都跟着琢磨起墙上的画作来。最绝的是，他居然把所有的展出内容都消化吸收了。我知道，因为我考了他。一个孩子在三十秒或更短的时间里能吸收那么多东西，真的是令人难以置信。

"你怎么回事嘛？"我一个箭步追了上去，问他，"你快得像一阵风一样。"我害怕把他丢了。我想要时刻抓着他的手，不过首先，我得逮得住他。

"如果我慢下来，我就会离得太近，如果我离得太近，我就想摸东西。所以我没法参加学校的出游活动，除非我妈也一道来。有时候有我妈陪都不行。博物馆保安不喜欢人摸东西。"

"那还用说。"我应道。

米米警告过我，弗兰克如同一只雀鸟，对一切吸引他注意力的东西，他都会去抢去啄，然后叼走。早些时候我的头发刷子消失了，我吃早餐的时候，头发犹如用枕头梳的一般。

"发型不雅，请见谅，"我说，"我的头发刷子找不到了。"

"我会再给你订购一个。"她说。

"你不用买新的。弗兰克多半拿了。"

"他为什么要那样做？"

"他的手很闲。不过他的心理医生喜欢称之为'贪婪的好奇'。他一看见不太熟悉的东西，就会拿走做深入研究。"

"可他以前肯定见过头发刷子。"

"当然见过。可从来没见过你那一把。但凡是贵重一点的东西，你都要藏好，如果你还想再见到它的话。"由此，我决定把瓦格斯先生的笔记簿从床头柜抽屉里转移出来，改藏在我的手袋里。

"往好的方面看，"米米补充道，"与弗兰克住在一起逼着我整洁有序。"

不过，说实话，她对此似乎也并不十分开心。

• • • •　•

我们的文化之旅开始两周后，一次，一个糟糕的梦境把我弄醒了，我怀疑，它是由我的脚痛引起的。在梦中，我在马里布的盖蒂博物馆把弗兰克给弄丢了。他被人变成了一个鬼里鬼气的白眼睛黑色塑像，置身于院中众多塑像之中。但是哪一个是他呢？我疾奔着从一座人像冲向另一个，对着每一个的脸说着那个一点也不可笑的"敲敲门"的笑话——最后一句是："橙子，你很高兴我不再说香蕉了？"

我不愿意再次滑入那个噩梦的梦境，于是，我从床上爬起来，到厨房找宵夜吃。

当时我撞见了米米，她穿着那件少女版的白色睡袍，站在门厅镜子前，挥舞着一把大号的厨用刀。

你可以想象那一幕会带来怎样的乱局。

万一你想不出，就给你描摹一下：我尖叫，她也尖叫，刀落在地上，从门厅的某一角，弗兰克也开始号叫起来。我们两人都向声音的方向冲过去，在奔向他的时候又不小心撞在一起。"没事的，小甜心。"米米说着，将弗兰克揽在大腿上。"我吓了爱丽丝一跳，就是这样。她看见我正打算割自己的头发。这么乱的头发，我一分钟也忍不了了。"她侧过头，展示了一下因为缝针而剃光了一半的脑袋。

"你想用切肉的刀割你的头发？"我难以置信地问道，"你没听说过有剪刀吗？"

"我找不到我的剪刀。因为我把它藏起来了，你知道的。"米米朝弗兰克点点头，"我需要找一个能看得见自己的地方干这个活儿。我不想把自己弄伤。"

一个念头再次闪过，为什么刀具没有一并藏起来？再者，为什么一个厌恶在众人面前露脸的女人，居然连房子入口处的天花板都安装了镜子？那道门廊令我发疯。每次经过，无论转向哪个角度你都无法回避地看见自己。弗兰克，毫无疑问，喜欢这个。他会在那里从每一个角度察看自己给自己搭配的套装；在那里自问自答，往往是最令他快意的事。

"你为什么就不能等到早上？"我问米米，"我还可以帮你割。"

"我立刻就想解决它。看起来我也不会把它弄得更糟。"

弗兰克从她腿上滑下来。

"你要去哪里？"米米问。

"卫生间。"他说。那天晚上他睡觉穿的衣服是一身猩红色链衫裤，上下身在后背处用纽扣连在一起。"你需要帮忙吗？"我和米米异口同声问道。

"我又不是小宝宝。"他说。

他走后，我和米米呆坐对视。"我哥哥才十几岁的时候，他决定用猎手的砍刀给自己剃胡子，就像西部拓荒时代那样。"她说。

"后来结果怎样？"我问。

"受伤缝针。不过当时我父亲在家，所以当场就在厨房给他缝合了。他是个医生，你知道的。"

"对。弗兰克告诉过我。"

"他说过？他还告诉你什么了？"

"还有，以吝啬著称的古怪亿万富翁J.保罗·盖蒂故意衣衫褴褛，于是众人都不会知道他很富有，他还在他的豪宅里安装了需要付费的电话，专给他的客人使用。1957年，据说盖蒂曾说：'亿万富翁不是他从前的样子了。'"

"我是1957年生的，"米米说罢，停了一阵子，又说，"弗兰克的心理医生说那是家族里流传的。"

"什么东西在家族里流传。"

"弗兰克的这种状态。亚布拉姆斯医生说他的怪癖是基因的成分造成的。"

就在这一刻，弗兰克从卫生间回来了。双手在身后忙着收拾衣服，多半是在系扣子。米米说："我没听见你冲水。"

"我没有用厕所。"他说。

"那你在做什么？"

他把双手从背后拿到前面，右手里拿着一把剪刀，左手是我那把被劫走的头发刷子。"在我的脏衣服篓子的底部，我颇为意外地发现了这些。"

我昨天洗过衣服，当时这些都不在里面。

米米叹口气。"好吧，我猜是我没有找遍所有的地方。"

.10.

"他在这儿。"弗兰克说。

"谁在这儿？"

"赞德。"

那天，我把一身泰迪·罗斯福骑士装束的弗兰克留在了洛杉矶县艺术博物馆的女卫生间门外，让他坐在长凳上，历时不超过一分钟。我们达成共识，他年纪不小了，不能跟着我进去，也用不着非得站在我的厕位门外，让我看见他的小腿腿才能放心。于是，我独自进去，办完事，洗了手，在短裤上匆匆抹干，急忙忙冲出来。看见他还待在原处，我心头感到一阵放松，以至于连他一开口说了什么也没有全然听明白。

"赞德？"

"XYZ。"弗兰克说。

"啊？"

"XYZ，就是检查你的裤子拉链。赞德，就是亚历山大的缩写。他是我的钢琴老师。不是亚历山大大帝。虽说这里的确也有一座亚历山大的雕塑。"

我拉上自己的拉链，在他身边坐下。"你的赞德？他在哪儿？"

"他刚才就在那儿。他现在走了。"

很难相信什么人能够如此迅速地出现再消失，除非碰巧赞德的脚步和弗兰克的一样快。我承认，就在那天，我曾经怀疑过弗兰克是不是扯谎成性。当时的情形是：一阵疾速"奔跃"之后，我们看过的画几乎涵盖了毕加索的全部早期创作。我总结出一条规律：要想让这孩子慢下来，戎就必须向他提问。提问——的确，一个问题每每能把他钉在原地，他会站在一个想象中的讲台后面，给我一段时间调整好呼吸。也许我已经提到过，弗兰克的知识宽幅和深度是令人目眩神迷的。

"你对这幅画知道多少？"我问道。

"毕加索一生完成了两万件作品，"弗兰克说，"我用了'完成'这个词，意思是他'创作'了作品，而不是晚上抽几根烟，画一张，早晨就可以付之一炬的那种画画。毕加索大部分画作都公认是天才的。有些，平平。有少数，无聊。就拿这幅来说吧。它从前就挂在我家壁炉上面，一直到你搬来跟我们住之前不久。母亲看着它都看腻烦了。所以把它还给了父亲，他已经有太多的毕加索了，于是决定送给博物馆。"

"什么？"我感觉像是在大学时代的一堂昏昏欲睡的课上，教授标明了期末考的重点答案，自己一个抖擞醒转过来，"你的父亲？你在说什么呀？"

"匿名捐赠。我父亲不喜欢招人关注。"弗兰克托着下坠的夹鼻眼镜，犹如拿着一条长柄放大眼镜，瞄着墙上画幅旁的标签。"所以他在这里显示为'匿名捐赠者'。他是个大收藏家。对那些东西厌倦了以后，他就送给博物馆。"

我没法从他嘴里再挖掘更多，这种挫败感令人抓狂，因为弗兰克总是会把事情讲得很彻底。这一点我很了解，这孩子要是把一件事讲完了，那就是彻底讲完了。

可是关于赞德，我还是觉得不透彻："好吧，赞德在这里的时候，他待在哪里？"

弗兰克耸耸肩。"我当时叫了他的名字，就像这样招招手，"他说着，扬起双臂舞着,好像腰里突然受伤一般，"但是他戴着耳机，我认为他没听见我的话。"

"你为何不站起来，上去拍他的肩膀？"

"因为我接到了直接的命令，要求坐在这张凳子上。咱们现在可以找找他吗？"

"当然。只不过我不知道赞德长什么样子。"

"哦，我能解决。跟我来。"

就连真正的粗莽骑士恐怕也不容易跟上弗兰克的脚步。大街对面有两名保安惊呼："嘿，那孩子，别跑！"我祷告着，盼自己早早捉住他，趁他还没有撞到什么人，或者乱摸什么东西之前。

我在雕塑馆里追上了他，他正平静地站在一座古代雕像前。那是一尊卷发青年男性的神像，1920年代被渔民在爱琴海打捞上来。其中的一只手举了起来，犹如一个脚受伤的纽约人招手叫出租车的姿势；另一只手轻轻放在胸口，是一种不太张扬又对自己身体略带自恋的姿态。我不知道扬起的手是否因为磕碰了渔民的网子而折断的。也许损失几根手指是他出离苦海所付出的必要代价。

弗兰克脱掉他的骑兵帽，用他的鹿皮手套轻轻拍着自己的眉毛。"赞德长得就像这家伙，'阿波罗姿态，公元前300～前100年，古希腊'，只不过赞德没有断过一根手指。他的头发是金色的，像你一样。他也不是石头做的。他穿着更多的衣服。"

这说明不了什么问题，因为神像一点衣服都没穿。话又说回来，如果我有那样的一副身板，我多半也不想穿衣服。在现实生活里，我指的是在洛杉矶以外的生活里，一副这样的皮囊，配上这样一张精致的脸和头发，会让你想要用手抚摸他，只要你的手指还没断的话。在洛杉矶，当然，像这样的男子会在公交车里做乘务，在家庭开的餐馆里打工，在健康食品店的结账台收银。不过我还是得承认，看过了这雕塑，我再一次想要会会这位赞德了。

"咱们走。"弗兰克说。

"我还在看呢。"

勾起我好奇的是那塑像轮廓分明的脸庞和举起的手臂——它们都是坑坑洼洼而且颜色发黑，同其他部位完满无瑕的大理石表面形成了对比。"你身上发生了什么？"我不解地弯下身子凑近了写着解说词的卡片。事情是这样的：阿波罗神像沉入大洋后，潮水掀动沙子，逐渐盖住他的躯体，形成一副沙毯，而头和脸则暴露在水流的摩擦和海底生物的咬啮之中。似乎是这样，作为救赎的代价，手与脸被数百年的自然力销蚀了。

那一刻，我忽然对当初在曼哈顿的日子感到一阵渴望。我怀念那触目皆是的各色各样的混杂的人群。怀念某个极其惊艳的美男在地铁上坐在我的对面——我被他吸引了眼球，又因为害羞而一阵脸红迅速扭转了头。我甚至怀念又殷勤又讨厌的电脑店男孩——我对他说你好的时候，他会磕磕巴巴，有时候还会把前一夜剩下的一块凉披萨饼带来给我当午餐。我想见瓦格斯先生，他总会说些美好的话，或是讲个傻乎乎的笑话给我，他还曾一脚踩进一个洞里——那是当初我父亲离去的时候踢出来的。在这个山顶的玻璃盒子里同米米和弗兰克在一起，我被一天天的庸常琐碎消磨得无聊寂寞。

不由自主，我松开了钳着弗兰克手腕的手，伸出去触摸阿波罗神像的断指的指根。如果不是弗兰克就在这个当口突然摔倒在我脚边，我恐怕是会被保安抓起来的。

我在他身边跪下来。"弗兰克？"我伸出一只手，在他的肩头上空挥动。他的双眼闭着，却又不是小孩子调皮时假装的那种紧紧挤在一起的闭眼。他的脸松弛光滑，像一块石头。如果不是双颊粉红，他看起来像是真的死去了。

"他没事吧？"保安问道，一边望着这个皱巴巴的小男孩。"你需要救护车吗？他有没有癫痫？我表弟瑞克就有癫痫。他小的时候就会像这样晕倒，嘭，玩球玩到一半的时候突然就倒了。"保安的年纪足有我父亲那么大，一张热诚的脸同阿波罗一样饱经沧桑，却不及他的那么漂亮。

"我从来都不懂儿童足球有什么好玩，不过马球倒是挺吸引我。威尔·罗杰斯[1]有一队马球小马，就在他的马里布庄园球场上玩，至今比赛还在进行。"弗兰克说。他身子一滚一滚的，仰面朝天，睁开一只眼睛看着我。"我在倾覆。"

我跌坐在自己的脚后跟上："你是什么意思，'我在倾覆'？"

"我在想象雕像在风暴中的船上倾倒。不然的话他怎么会沉到爱琴海海底的？它是大理石做的。他游泳肯定不如我。"

我从骑兵制服的后领处抓住弗兰克，拖着他站起来。"别这样。弗兰克。会吓着别人的。你这是怎么搞的？"

"陪审团还在讨论问题。"弗兰克说。

我忍着心头的恼火，拍打他的尘土，拾起他的帽子，碰了他，也摸了他的帽子，顾不上征得同意。我猜弗兰克之所以打滚儿，是因为连他都看出来我发火了。我谢天谢地庆幸我们总算是在洛杉矶而不是纽约，因为美

---

1 威尔·罗杰斯（1879—1935），美国幽默作家。

术馆里空空荡荡，仅有我们三人。

"别对她这么凶啊，这位妈妈，"保安说道，"男生可不买账呢，对不，哥们儿？"他以同谋者的姿态捅了弗兰克一下。我不经允许碰他是一回事，可我无法想象一个陌生大叔违法了弗兰克的"第二项规定"会带来什么后果。我双臂箍紧了自己准备好了承受接下来的大发作。弗兰克，揪自己的头发，脑袋碰撞的行为艺术？

然而如同我对弗兰克解说过的那样，没人能预见未来，尤其是我。全科全能研究生弗兰克同学对保安的夹克十分着迷，以至于他似乎没觉察到被捅了一下。"这是什么料子的？"弗兰克问道。

"耐洗布。"保安答。

"我可以摸吗？"弗兰克指着保安的袖子。我张开嘴，提醒他不要用手指，然而又觉得此刻指一指总好过问也不问一句就伸手去摸，也好过直接用脸颊蹭那男子的领子，他对我就会这个样子。

"随便摸吧。"保安答道。

弗兰克用手指感觉着面料。"嗯哼，"他说，"这材质有趣。粗糙。有摩擦感。硬挺。是易燃性的？"

保安大笑。"百分之百聚酯，所以，是的呀。我琢磨着到了七月四日它可以像罗马焰火筒一样飞上天吧。"

"今年七月四日我很不幸地睡着了，"弗兰克说，"所以我建议咱们买几个罗马焰火筒在家里备着。我指的是那种延迟引爆的焰火，当然，不是罗马人发明的那种蜂蜡莎草纸的便携式照明灯。'这辈子都不行'——这是母亲说的。"

"妈妈关于烟火的意见多半都是对的，"保安说道，"最好听从专业人士。玩那种东西都有危险的。就算你这么聪明的孩子也难免。"

"母亲说我有一个很大的大脑，但并不必然能造就一个天才。爱因斯坦把他的大脑献给了科学。它不比平均尺寸大，但是凹槽和裂纹的数量却非同寻常。这意味着普通人群中所没有的联想和思考能力。"

"咱们走了，弗兰克。"我想在他展开一场脑解剖学的讲堂之前拔腿走路。"谢谢你帮忙。"我对保安说。

"不客气，"保安说，"祝你们今天如意尽兴。"

"谢谢你，"弗兰克，"我们会的。"

"是个好孩子，这位妈妈，"保安说，"聪明，礼貌。你得再添些像他这样的孩子。你得给这世界做贡献。"

我听了这话，惊得语塞。我所能做的唯有点头微笑，然后催促弗兰克快离开此地，再确认这一回牢牢抓住了他的手腕。等我们走出了话语能听得见的范围，弗兰克说："多么善意的绅士啊。你不认为那保安是个好画家吗？"

"啊？？你凭什么认为他是个画家？"

"看看他的手。恐怕需要多用用指甲刷了。还有松节油。汽油也许也管用。油画颜料难清洗，所以名声很臭。"

要是你从来不观察一个人的眼睛，我猜多看看手上的老茧会帮你增加了解。"也许他是给人粉刷房子的呢？"我说。

"由红到紫。"弗兰克说。

"油什豆籽？"

"红橙黄绿蓝靛紫。由红到紫。这是视觉光谱范围内的颜色。"

"哦，这个由红到紫啊。记得不？我在学校学过美术呢。"

"我怎么可能记得我从来不知道的事情？就像我一直说的，粉刷房屋的人手指甲里不可能有那么多种不同的颜色。要么他是个艺术家，要么就是他在自己工作的美术馆里趁着没人看见的时候用指甲乱抠一通。"弗兰克审视着自己的指甲。"我自己倒是想找时间这样试试。"

"别。"我说，语气比自己的本意还要激烈些。我累了。我需要一天的休假。搬来以后还从没有过。

米米，当然，她自弗兰克出生起就从没有来过。

"为什么保安一直叫你'妈妈'？"弗兰克走出美术馆的时候问道。

"我猜他认为我是你的母亲。"

"为什么大家都这样想当然地认为？"

"因为我运气好？"

"多半是，"他说，"母亲总是在我睡着之前告诉我，做我的妈妈有多么幸运。"

· · · · ·

接下来有一次我梦见了雕塑。《阿波罗姿态》躬身出现在我床头，发现我在那里显然很吃惊。满月的光从我敞开的窗帘间照进来，在银光里，他的皮肤完全不再坑洼、不再磨损。它光洁如雪。我忍不住伸出手放在他的脸颊上。他用他的手捂住我的手，弯曲的手指扶着我的手指。"你是谁？"他问，"你在我的床上做什么？"

"把它捂热。"我说。话说到"热"，我醒了，随即意识到我的手掌触摸的脸颊既不是冰冷的，也绝不是石头的。而抓住我手指的那只手也没有缺损半根手指。

就这样我遇见了赞德。

.11.

"你穿着裙子，"第二天早晨，我把一盘法式吐司面包放在他面前的时候，弗兰克说，"你干吗打扮得这么整齐？"

"我还想这样问你呢。"我说。

"可我又没穿裙子，"他说。话说的倒是没错。他今早穿的是深巧克力色正装，嵌着细条纹数字，胸口配装饰方巾，一丝不苟，一条表链系在套装背心的纽扣洞里，链端装饰着金属翼尖和单片眼镜。我坐在桌子对面，感觉几乎穿越到了1934年，一开口就要向眼前的迷你版的赫顿大老板介绍一下自己将为集团做何贡献，以及今后五年有何生涯规划。

"没穿，"我说，"但是看上去你格外努力打扮了一番，为了迎接开学第一天呢。"

"莫非是今天？"

"莫非你忘了？"

"没，虽说我竭力想让自己忘掉。"

"好吧，我穿了裙子，因为我想给你的老师留个好印象。"我说。

"你必须带我去学校吗？"

"小孩子必须上学，否则他们的母亲就得去坐牢了。"

"你不是我母亲。我更情愿让我母亲送我上学。"

"那是当然。"

"或者赞德也行。"

我觉得自己脸上发烫，于是打开冰箱门，在牛奶盒和橙汁盒子之间翻找着。"赞德？"我今天早上没见过他的半个人影——车道上没有停着陌生的车辆，沙发上没有毯子和人睡过觉的痕迹——于是我怀疑昨晚的邂逅确实只是梦里的事。为此我比平素提早半小时醒过来，又平白无故地穿上了裙子，用了眼线膏。弗兰克不是那种擅长眼神交流的人，应该不会留意到眼线膏。

"赞德曾几何时是我的钢琴老师，也是巡回教学的男性行为榜样。我在博物馆看到了而你错过了的那位，记得不？"

"《阿波罗姿态》雕像。我当然记得。"我说，"如果你觉得安慰些，你母亲会和我们一道去学校。"

"那可是巨大的安慰了。就好像此刻如果我在他身边，看着她选一件套装，那多半也是同样巨大的安慰。"弗兰克从椅子上跳起来，碰翻了椅子，又将盘子贴着地面滑了出去。这一次我没有追到门厅把他拽回来。我留下来收拾了他的乱摊子。

• • • • •

他俩坐在车后座，手握在一起。从后视镜瞥望他们两个令我感觉好紧张，以至于我总怕自己把车开到路沿，意外跌落到某个陡坡下面。这些之字型的山路让贝尔埃尔的风景越发显得壮观，然而驾车行驶在这样的路上也分外惊心动魄。

很难忍住不看。米米穿的套装是奥黛丽·赫本扮演的霍莉·格莱特丽会穿着去鸡尾酒会或去葬礼的那种：黑色小裙、大号黑色太阳镜、白手套、珍珠首饰。至于发髻的位置，她的头发做不成髻子，于是用黑丝紧紧裹住了头。我记不得我母亲在我四年级开学的第一天穿了什么，可我颇为肯定绝对不是这般模样。

"你母亲头上是什么？"出发前我问弗兰克，当时米米正好回房间去拿她的手机。

"我用她前夫的黑色T恤衫裁剪出来的时尚裹头巾。"弗兰克说。

"你开玩笑，"我说，"她还留有他的T恤衫？她至少有二十年没见过他了。"

"她很有可能上周还见过他。"

"上周？这事儿发生的时候我在干吗？"

"睡觉，多半是。"

"他大半夜来的？"我心头一震，因为那段时间正是赞德露面的时候。莫非当时外面的声音并不是那个自我搬来后就每夜都爬出来的跌跌撞撞的弗兰克？

"母亲的前夫是个电影演员，"弗兰克说，"我注意到他的一部片子上周在经典电影频道播出了，周二凌晨三点，周四中午十二点又播了一次。她有可能在那里见过他，虽然我不认为她会喜欢在经典电影频道里撞见他。这就是为什么我们只有一台电视机，这样就可以把遇见他的机会降到最低。也就是为什么母亲命他不要到我们家里来。"

如前所述，面对弗兰克的长篇大论，我已经能做到置若罔闻，然而现在，他已经百分之一百一十地抓住了我的注意力。"他们离婚以后她的前夫还不断地往你家跑？"我问。我努力想记起那人长的什么样子。像弗兰克，也许，有点吧？不过我没法想起他的面孔和名字。只有一个身形。"那个情况持续了多久？"

"好多年。"

"那么，等等，你见过他吗？"

"现实里没有，虽然我想见见。母亲前夫的影评人说，他的内在热情和外在表现都足以符合奥斯卡获奖标准，而他一开口，他的台词表演可以比肩匹诺曹。这在我的字典里就是很高的评价了，因为1940年出品的迪士尼同名电影《匹诺曹》获得了奥斯卡学院奖，那可是我最喜欢的动画片了。"

"的确是很高的评价。"我说。

"我要说，我不知道母亲为什么坚持？如果我们现在出发上学太迟了，那么干脆不去又怎么样呢？"

"先等等。我不懂。为什么她的前夫不断地回来？"

"为了T恤衫。"

"你跑神儿了。"

"没跑。我就站在你眼前啊。"

我叹口气。"是，弗兰克。我知道。可是T恤衫。我不懂。为什么你母亲的前夫会为了它们而跑回来？"

"哦，"弗兰克说，"他还是电影明星的时候，不怎么穿T恤衫。可他只要穿T恤，就以专爱穿紧身黑色T恤而著名。事实上，他的艺名就是从他穿的一件T恤的领子得来的。"

"他的艺名？他的真名是什么？"

"米尔顿·富勒，不过他的朋友管他叫米尔德。或者，如果是那些海滩肌肉男的哥们儿，就叫他健身米尔。虽说这个绰号不是白叫的，可是想必你也能理解：作为一名严肃的演员，他还是决定改名为哈内斯·富勒。早年间娱乐圈里的人改名字是寻常事。弗雷德·阿斯坦最初的艺名是弗里德里克·奥斯特里茨，他的朋友本杰明·库比斯基，世人只知道他叫杰克·本尼[1]。为什么哈内斯·AKA·米尔德会不辞劳苦地改名字，然而接下来在公众面前又穿着作为内衣的T恤衫——这个问题让我困惑。"弗兰克对着他的鞋带挤眉弄眼，当然，是没有系好的。

---

1 杰克·本尼（1894—1974），美国电影喜剧演员、广播家；代表作《真假姑母》等。

我跪下来，替他打了双环结。"在操场上玩的时候可别因为鞋带栽了跟头，"我说，"那么，他的T恤衫为何还在这里？"

　　"哈内斯·AKA·米尔德一朝成名，他如何选艺名的故事跟着不胫而走，为他带来灵感的内衣公司给他寄来了成箱的免费T恤。后来他没有那么火了，母亲怀疑内衣公司就不再寄了，而是那位哈内斯·AKA·米尔德自己继续往这里寄。于是母亲就开始将那些衣服盒子'退回原址'，还告诉他再也不要来了。即便那样，这里还是留下了几百件T恤衫在盒子里，有的他打开过，有的忘记了。说到这事儿的时候，母亲用这个动作伴随着'忘记'这个词儿。"他凌空比画了一个引号的手语。"在正常情况下，母亲会把这类的东西扔出去，可你也看到了，它们就在我们手边上。我喜欢用它们擦银器。我希望我们有只山羊。"

　　"山羊？"

　　"如果我们有只山羊，我们就可以用这些T恤过滤羊奶，做成里克塔芝士。母亲和我可以拿它去农场的市集上卖。赚钱。"

　　"拿什么去农场集市卖钱啊？"米米问道。此刻她正站在门廊，看起来很焦急。

　　"羊奶芝士。你和我可以一起站摊位，虽然我们俩都不是真正的大男人。我们得穿上围裙。白色的、长的那种。就像法国餐厅里侍者穿的那种。"

　　我能看到那一幕。我也能看到米米的精神状态不大对劲。"出了什么问题？"我问。

　　"我找不到我的手机了。"

　　"我拿着我的呢。"我说。

　　"我不能没有手机就离开家，"她说，"我需要它。"

"哦，好吧。如果我们不能离开这房子，那结果就是我只能在上学的日子待在家里了。"

"要不要我打你的电话？"我问。

"要的。"米米说。

我拨打了她的手机，不多时就听见微小的、嗡嗡的凯比·卡洛威[1]的歌声："嗨……德……嗨……德……嗨……德……吼……"从弗兰克掏口装饰手帕的位置传出来。

"我想你的手机在弗兰克口袋里。"我说。

弗兰克把它摸了出来。"啊，是了。我改了你的铃声，妈咪。原来是个默认的设置，所以如果你碰巧在一间拥挤的房间里，它要是响起来，你可能分辨不出来它是你的。现在你没有这个问题了。我改了你不高兴吗？"

"我当然高兴，猴子。"米米说，尽管看起来并非如此。

"可你是一脸生气的脸色，"他坚持道，"你生我的气了？"

"什么生气的脸色？"米米说。

"亚布拉姆斯医生在她办公室里有一张图表。我们用它来为我恢复学校生活做准备。就像这样的椭圆脸形……"弗兰克夺拉下眉毛，又将双唇抿成一条细细的直线。"这是个生气的表情。如果你把一边的眉毛扬起，像这样，"他展示着，"你就是'怀疑'。'欣慰'是这样的。"他放松双眉，眼睛一弯，嘴巴做出微笑状。"我原本认为整个练习都很无聊，直到后来亚布拉姆斯医生指出，默片时代的大师们个个都是精微面部表情的大师。"

---

1 凯比·卡洛威（1907—1994），美国歌手、爵士乐队领队、演员；代表作有《布鲁斯兄弟》《暴风雨天气》等。

"这就是你为什么会谈到巴斯特·基顿？"米米问。

"是的。我反击说基顿以那张石头脸著称，表情太少，传递的东西却很多。对此亚布拉姆斯医生回答说，基顿是天才，可绝大多数小学生都不是，所以对我来说，我还是应该先学会如何坦白地表达自己的感情。你现在要做的是，"弗兰克一边告诉米米，一边把脑袋弯向一边，"把'欣慰'变成'温柔'。"

米米展开双臂搂住弗兰克，又吻了他的头。啊，米米。她要是不喜欢我怎么办？她所有的温情都倾注给了弗兰克，他比我更需要关注。尤其是今天。昨晚经过一番斗争把弗兰克哄上床之后，想必米米一夜都睡不着，担心着第二天他在学校里会发生什么事。她一定累极了。这样就解释得通了。我认为。米米累了。而不是刻薄。

米米把下巴搁在弗兰克头上，令我同时审视起他们两个。"你在看什么？"她脱口问道。纠正一句：又累、又刻薄。

· · · · ·

"我不属于这里。"我们来到学校的时候弗兰克说。

"你当然属于。"米米用坚定语气说道，而我怀疑她是否说了真心话，"你会好的。我和你一起进去，所以没什么可担心的。现在你四年级了，没有借口再乱扔东西了，好么？不要再用头撞墙，不要再揪下自己的头发。求你了。不管你心里觉得有多恼火。"

来到操场后面的停车场，我们都下了车。弗兰克定睛看着我的裙子，说："你听到了。母亲会陪我走进教室。你就在这儿。"

"哦，好吧。"我承认，我有些失望。我一直盼着见见他的老师。

老师一贯喜欢我。一旦成为老师的宝贝儿，永远都是宝贝儿。

"别站着盯着我们，"他说，"回车里去。"

我脸上一阵发烫。

"这可不好，弗兰克。"米米说，"爱丽丝是你的朋友。你就是这样对待朋友的？"

"爱丽丝是员工。"弗兰克说。这就是我，作为他的朋友和第一场睡衣派对客人的社会地位。

"没关系，"我说，"别担心我。我在车里等。"

我在后视镜里看着他们走远。他们很显眼，因为他们是整个操场上唯一的一对，看穿着打扮，似乎是一场葬礼之后要去阿尔冈琴喝上一杯。

• • • • •

米米离开了几乎一个小时。

她打开面包车后座门的时候，流露出一股别扭的意思，紧接着她合上门，从前门进来坐在我边上。"我太习惯坐在出租车后座了，"她说，"我几乎忘了坐在前面是什么样子。我真的应该多开开车。"

"你现在要开吗？"我问。

"不。"她望着窗外，"你有没有看到他们都那么相似的。"

"谁？孩子们？"

"母亲。她们都神气洋溢，如出一辙。'多美好的天气啊。'废话。这里每天都美好。我猜她们没有全都搬到这里来是因为她们都是天才，早有先见之明。如果你问我，我认为每一个美国小镇上的坏脾气妞儿，如果长得漂亮又没别的本事，到这里来就是找死。她们走出第一步的那一刻起，就会发现一百万个和她们一样漂亮的女孩子已经在这里了，而且天分更高。就算那些不想当演员的，她们也会秀给你看，装出一副洗去了青涩的演员姿态。整天装疯卖傻地假笑的，穿着瑜伽裤的，是最差的一类。在家长教师联络会上，她们都好像戴着小眼镜的斗鸡，免得别人把自己眼睛啄出来。"

哎呀呀。这可是米米一次性对我说的最多的话了。而我从第一天起就想法子和她交谈。于是我顺势说道："你也去家长教师联络会？"很难想象米米·班宁坐在一张折叠椅上，从右边的家长手里接过一张关于花生过敏的信息表单，留下一张，然后向左传递余下的一叠。

"再也不去了。"

"那，"我继续着，决意要引她继续聊下去，"弗兰克在教室的表现怎么样？"

"四年级的孩子们很自豪，都觉得自己是大孩子了，所以我是陪着去教室的唯一一个母亲。但是弗兰克非常焦躁。"米米自己似乎也很焦躁。她不断望向窗外，似乎害怕哪个热情洋溢的母亲会从树篱后面跳出来，把我们的眼睛啄出来。

"他自己已经长得很大了。"我说。

"你这样说好像倒是件好事情。"

"不是吗？"

"对弗兰克这样的孩子就不是。他这样的孩子小的时候有魔力。可他们长大了，魔力消退，他们只是个子高了，更孤单了，生活在母亲的羽翼下。如果她们的母亲还有羽翼可以给他们庇护的话。"

"弗兰克会很好的。"我说。

"你现在需要停止聊天了。"

米米的"访谈"就此打住。

如果乌鸦飞行，学校是三英里路程，不过乌鸦用不着应对高峰期的堵车。我们花了半个小时才驶入了家里的大门。

"今天要准备好去接弗兰克。"米米下车前说道。

"当然。"我答。

"我把你的手机号给他们了。"

"好。学校2:56下课，对吗？"

"大概是吧。"米米轻轻滑脱了弗兰克为她选的高跟鞋，又将手套塞进了鞋里，提着鞋，穿着长袜走进房去，一边走一边将T恤、头巾除下来。

我一直抱着幻想，希望把弗兰克在学校安顿妥帖之后，我和米米能坐下来一道工作。然而还不等我走到近前，她就迎面把门摔合了，这架势让我打消了之前的念头。我在原地站了几分钟，犹豫着应该不应该上前敲门，以便我有把握向瓦格斯先生证明，我已经竭尽一切可能确保写作进程顺利展开。我做了个深呼吸，让自己坚强冷静，接着又做了一个，又一个。等我抬手打算敲门的时候，米米开了门，说："你为什么还在这里？我能听见你呼吸的声音。你是等我请你进来？那让我明确告诉你，你在这间工作间是不受欢迎的，永远。你在打搅我。走开。"嘭。接着我听见打字机键盘的噼啪声。

好吧，我记得当时我心想，我再也不会平白地去敲这扇门了。就算我能帮上忙也不去。就算房子着火也不管。

迷信的人也许会认为我的想法变成了谶语。

· · · · ·

回到卧室，我洗了手，拿了一条湿毛巾捂着脸，数到了一百。接下来换上一条短裤，把手机滑入口袋里，朝弗兰克的小房间走去。他的身体正经历生长高峰，所以我一直巴不得快些把他的衣物清理了，如果再穿着它们出去就是欠缺礼貌了。弗兰克在房里的时候，我是休想办成这事儿的。

我应该强调，对于弗兰克这样一个穿着打扮犹如萨维尔街的"艺人原名王子"的小孩，他的房间惊人的朴素。白色的四壁。一张简朴的床，床头柜，就算放在僧侣的宿舍里也不会有不和谐的感觉。墙面上挂十字架的位置挂着一张巴斯特·基顿的小肖像。一张书桌，桌上一本破旧的字典和咱们弗兰克小医生的《默克诊疗手册》，1917年版。再有一个发条小钟，时间显示是错的，指针停了。

弗兰克的储物间却是超乎你的预想。里面是配备齐全的嵌入式隔间和橱柜，成行成列令人目眩，每一个格子都装得满满的，衣橱、鞋架、专门放帽盒的架子，梳妆台配着镜子，镜架可以折叠成好几副，所以试衣服的时候可以查看侧面和后面。衣橱的抽屉把手上配着小铜环，铜环嵌在抽屉平面里，只有将环弹出，才能拉开抽屉。这种用件工艺是用来装备游艇的。弗兰克曾经解释过：一阵随机的风浪打来，没有防备的水手可能会撞在传统的突出式把手上，他的古铜色肌肤就要受损了。对于一个找不到腰带就会躁怒的孩子来说，这里的确是好去处，足以让他把整个心思都放在一整天的穿戴上。另一个适合于躁怒男孩的配置在地上：一块又厚又软的地毯，而且是整幢房子里唯一的一块好地毯，真的。在船舱舷窗的位置，开了一出天窗，自然光由此流泻进来，这是个很关键的功能，可以借着它，分辨出一双海军袜子是纯黑还是碳灰色。

然而流溢进来的阳光，加上弗兰克对厚重夹克、长袖衫、羊毛织品的热爱，把这个地方变成了一个闷热的盒子。二十分钟过后，这个小间里的所有妙处我都不稀罕了，我宁愿回到布鲁克林的布什维克社区，打开自己那扇无聊的面对通风井的窗户，我需要水。

米米停止了打字，于是我站在厨房水池前，琢磨着她这是怎么了。读稿子，还是写笔记？打瞌睡？弗兰克上学去了，她多希望一个人独享偌大的宅子，可一想到走出工作间就会撞见我，她就觉得煞风景？冲洗水杯的时候，院子里似乎有些不一样，让我为之一震。面包车没了。我到前门去找钥匙。同样没了影踪。米米又再开车了？果真如此，那么祝福她了。我希望她是有驾照的。

有这么一刻——昨天，举例说——当时我忍不住想冲进她的工作间，迅速吸一下尘，除一下垢。于是探头探脑窥视一番。然而她听见我在门外的呼吸声，冲我一阵狂喷。得了，我谢谢你了。想象一下，就在我假意抚平手稿褶皱的时候米米突然出现，她脸上会是什么表情，我估计那远远不止是"怀疑"吧——想到这，我逃回了弗兰克的储物间。

· · · · ·

我正在洗衣间处于干活儿的状态，当手机如同狼嚎般在我的裤子口袋里响起，我惊得尖叫出声。弗兰克一定是把默认铃声改了，因为我在拥挤的房间里竟没有分辨出来是我的。我的意思是说，房间里挤满了他的衣物和我。

电话来自弗兰克的学校。

"我是学校办公室的博拉。"电话另一端是一个秘书的友善的嗓音。"你需要来学校接走弗兰克。"

"出了什么事？"我问。

"他的老师说他扰乱课堂。等等。怎么啦？别哭，宝贝儿，好好说话。"她突然挂机了。她是在对弗兰克说话？他伤着别的孩子了？把一本令人恼火的数学课本用单片眼镜聚焦阳光引燃了？一切都有可能。

我掬起一摞从弗兰克衣橱里遴选出来的太小的衣服，奔到我的房间，把它们塞进我的床底下。在门厅里，我再次听见了米米打字机的噼啪声，这说明汽车已经回来了。我看了看表。十一点三十。我火速做出一份三明治，又写了张字条："提早去接弗兰克。"我将米米的午餐托盘放在她的工作间门前，将字条从门缝滑进去。没有敲门通知，径自出去了。

　　不到十一点四十分我就到了学校。我进门的时候想必看起来眼睛都充血了，因为我的脑袋刚一探进房间，书桌后面的女士就说道："稍安勿躁。伤得不严重。我们用冰袋敷过她的手臂了，用练习本做夹板做了固定处理，止痛绷带也用了。这些足够让她坚持到急诊室了。"

　　"她是谁？他弄伤了别人的胳膊？"

　　"咱们说的是谁？您是菲奥娜的母亲吗？"

　　"我不是谁的母亲，"我说，"我是来接弗兰克·班宁回家的。"

　　"噢，我还以为你也许是那个三年级新生的妈妈。"

　　又来这一套？我二十四岁。二十四。我看起来老得像一个小学都上完一半的孩子的母亲吗？噢，等等。这里是好莱坞。对，那就对了。

　　办公室文秘女士还在说话。"新学校新开始，有些困难，第一天她就把胳膊给伤了。"

　　"弗兰克弄伤了一个三年级女孩的胳膊？"

　　"菲奥娜自己假扮宇航员，然后从一架秋千上跳下来。你还以为她是大孩子会有分寸呢。弗兰克和这事儿没关系。不过那个孩子哟，上帝保佑他，他说的关于人寿保险的论辩是我听过的最精彩的啦。你是不是爱丽丝？"

　　此时我听出了博拉挠痒痒一般的嗓音。"是的。您一定是博拉。弗兰克还好吧？"

"噢，亲爱的，我还没告诉你吧？通常我打电话就会说'喂，我从学校打来'等等一串套话。真对不起。菲奥娜就在那个时候吊着受伤的胳膊走进来，正赶上我拨通了你的电话，打断了我。你得去第五教室接弗兰克。先在这签个字。"博拉给了我一支笔。她的微笑很夸张，脖子上戴的是一根面条似的项链，就像我在幼儿园的学生们给我做的那种。

"能告诉我发生了什么吗？"我问。

"说不太清楚。没什么糟糕的，据我所知。弗兰克有时候就是会比平常更麻烦些。你对他说，一会儿午餐时我见不着他会惦记他的，他每天就坐在我写字台前和我一道吃午餐。我爱死他了。"

我不知道弗兰克一直以来是怎么在学校里撑下来的。此刻我的印象丰满一些了。

• • • •   •

我终于在开学第一天见到弗兰克的老师了。

我在第五教室进门后的玄关处发现了弗兰克，他仰面朝天躺在地上，看起来好像十字架上的神像钉在了地垫上，又像是某个独裁者塑像被推到了。"噢，你好，"他的老师说，"我是皮普小姐。您一定是爱丽丝吧。"

我们就站在教室门外，于是她可以一边和我交谈，一边关注着室内的孩子们。"我们担心你在午餐前赶不到这里呢。"她说。

"发生了什么？"

"他的电路过载了。他的三年级老师警告过我，可能会有这种情况。弗兰克不胜重负的时候，他从座位上跳起来，往出口走去。我想他是想一路跑下去，但是找到出口之后，他比在室内更焦躁了。所以他横躺在门口过道上，僵住了。然后孩子们就出不去了。他们不愿意从他头上迈过去。"

"他们没什么可责怪的。"我在弗兰克旁边蹲下来。他双眼闭着，看起来格外宁静。"弗兰克，"我说，"你在做什么？"

"我在去男洗手间的路上，很偶然地就停在这儿了。我怀疑是倒头睡着了，当时我们正在做数学题。如果母亲问起来，爱丽丝，请你告诉她，除了我把自己撂倒在这地上，再没有别的了。"

"站起来，弗兰克，"我说，"立刻。"

"不了，谢谢，拜托。"弗兰克说。他睁开眼。"我发现你改了主意，不再穿裙子了。"他补充说，随即又闭上了眼睛。

"你必须把他挪开，"皮普小姐告诉我，"我们没有得到允许。他母亲那么瘦小，我不知道她怎么抱得动他。她告诉我，她会通知你，有可能需要你在放学前就把他接走。"

我在脑子里回放了早晨的情景，记得米米说过这样的话。我再次在弗兰克身边跪下，说："为了把你接走，我必须把双手放在你身上。""不会有什么问题，"他说，"只要你掌握了托升的艺术。"

• • • •

回到汽车的时候，掌握托升的艺术似乎是个很棒的概念。抱着一个假装自己是一尊雕像的、四年级的孩子，这感觉犹如从家具连锁店出来，抱着一捧四乘二的木料，走到停车场的最远端，还不能使用那些橙色的金属推车。我把弗兰克放下开车锁的时候，双臂直发抖。弗兰克脱下外套夹克，跳进了车里的后座上，给自己系好安全带，看那姿态，似乎又是一场出游历险的结束。

"谢谢你的配合，弗兰克。"我说。

"不客气。"他说。他把单片眼镜放在右眼窝，透过镜片审视我。

"你出汗了。"

"天热，"我说，"而且你很重。"

"根据我儿科大夫诊室里的图表，我不重，我在同龄的男孩子里位于百分比的第50位。所以我在那一档里恰好属于平均水平。"

我没回话，弗兰克补充说："如果今天天气继续转暖，你又要换衣服，考虑一下贝都因人风格。他们穿柔滑的黑袍子，可以使皮肤表面的气流最大化。织物吸热量提升，带走身上的热量。所以我即使在最热的天也选择深色正装。"

"谢谢你的建议，"我说，"既然你的衣服让你又酷又舒服，那你为什么不自己走过操场？"

"因为你抱着我。"

• • • •　•

"我还不想回家。"车开到家门前的街上时，弗兰克说道。我隔着汽车风挡玻璃窥望着，想看看有没有米米的"粉丝"挤在门口。不是经常有的事情，却也不是没有。

重点是，只要门口有潜伏者，我就得把车开过头，停到街区尽头，让弗兰克玩我的手机，直到那些可怜的流浪汉困了厌了自己离开。这一回还好，没看见守候的人影。

"为什么？"我问。

"我情愿母亲不知道我提早离校了。"

我把车停在道边，转身看着他："你认为她会生气吗？"

他耸耸肩。"她担心。她那张担心的脸比生气的脸还让我害怕。"

这个我能理解，尽管他的反应还是让我吃惊。"不回家你又想做点什么？"我问。

"咱们找个游乐场吧。"

"我还以为你讨厌游乐场。"

"我喜欢游乐场，只要不在我讨厌它们的时间段。我讨厌它们的时间是夏天，学校开学的日子，下午三点以后，还有周末。"

"孩子太多？"

"大孩子太多。"

"也难怪。"我说着，调转了车头。这样的冒险行动是我一直等待的。博物馆不够激烈，看歌剧我也能偷闲打瞌睡，但我还挺渴望亲眼看看弗兰克如何同其他孩子互动的。哪怕只是和学前班的娃娃们。

"你饿吗？"我们下了车，朝沙坑走去，走过一辆停在停车位的热狗售卖车的时候我问道。

"还不算饿。"

此时已接近午餐时间，于是我依旧给我们俩一人买了一个热狗。我们一起坐在一条长凳上，弗兰克狼吞虎咽吃掉了自己的和我的那一份。接着他一跃而起，开始在游乐场里绕圈，顺时针，右眼眶夹着他的单片眼镜，双手互握背在身后。他望望天空，念叨着凯撒什么的，听不太清。甜甜的、胖乎乎的小宝宝们成群结队玩起了秋千，更多幼童在沙坑里建起了迷你小城堡。

我们离开游乐场的时候，弗兰克显然在脑子里已经打胜了一场反对邪恶力量的战役，所倚仗的武备，也仅仅是希望、勇气和操场上的草根乌合而已。再者，我看到他所偏爱的同他人互动的方式竟然是完全不去互动。小孩子们虽然用塑料铲子互相打着脑袋，却还是发现了弗兰克，他们被这位巨人穿行于他们中间的脚步惊到了。这位巨人没打算低下身躯陪他们在沙子里玩，却也丝毫没有削弱他们的兴奋。

● ● ● ● ● ●

回到家，弗兰克狂跑回他的卧室。有其母，必有其子。听着米米打字机声渐弱，随之是连珠炮响的叫喊声从远处传来。我站在原地，享受着带着甜味的微风吹过头脸，代为梳理我的头发。

接着我心里为之一震，因为那微风意味着用干洗带子和硬纸板补上的门洞一定是松开了。到现在我还没顾上请工人来修好这扇门。大约一周前，弗兰克和我曾经开车去最近的家居连锁店，想要打听出一个解决方案，再买点所需的材料。然而刚停进停车位，就被一群失业的劳工围住了，他们摩肩接踵挤在一起，一张张热切巴望的脸抵住车窗，一声声"要帮忙吗夫人，要帮忙吗夫人"，总共有七八种不同地方的口音。弗兰克尖叫起来，我们不得不就此跑路，离开是非之地。

我把车钥匙挂起来，走到客厅打算重新用胶带去粘硬纸板。可是"补丁"已经全被揭下来了，折叠后摆成整齐的一堆。门洞已经变成了原木料围成的门框，一套崭新的推拉门斜倚在客厅墙上。

我站在门框前。在院子里，他躬身面对一堆摆在锯木架上的四乘二木料，背对着我。这个男人身穿紧身黑色T恤衫，正用一把手锯奋力地干着活儿。守旧派。我被他手臂上上下下、来来回回的节奏迷住了，竟然没有听见弗兰克也来了。

"他来了。"弗兰克说。

"那是谁？"我问，"别告诉我是哈内斯。"

"我不会的，"他说，"因为他不是。"他穿过院子，挽住男子的上臂，将脸贴在他的肩胛上。"黑T恤"将手锯放在木料堆上，将弗兰克轻轻拂去，似乎他的重量还不及一个婴幼儿。弗兰克的脸变得粉扑扑的，放声咯咯笑着。我以前从没见他这样笑过。

赞德抱孩子重新站好，又看着我。"好久不见。"他说。他的微笑让我感觉自从来到加州以来第一次受到了关注。

弗兰克跑过草坪，抓住我的手，拖着我往前走。"在哈内斯T恤衫里，你会找到赞德。"迷雾散开，我明白了，赞德，弗兰克的这位钢琴教习和往来巡回的人格表率，每次来到镇上的时候，也必定是米米府上的田螺先生。

"今天早上，赞德穿着一件埃及棉的衬衫，配着法国袖扣，八字宽领，"弗兰克续道，"但是我们决定，他既然要去堆木场做木工活，那就还是T恤更合适。你知道的，我们有好多箱现成的T恤呢。"

啊。如此说来是赞德开走了汽车，而不是米米。现在我记起了，赶去解救弗兰克的时候，自己曾觉得面包车里有微弱的碎木气味。慌乱之中，我以为这是自己急切心理造成的错觉。谢天谢地我没有跑去检查米米的工作间。

"谁是你的女朋友呢？"赞德问弗兰克。

"爱丽丝不是我的女朋友，"弗兰克说，"她太老也太瘦了。"

"我不觉得，"赞德说，"我看她就挺漂亮的。"

.12.

"赞德，是何许人也？"瓦格斯先生发来短信。他要是有一天学会了用表情符，我恐怕就要怀疑他主编的庄严体面了。

"赞德·戴尔文，"我回道，"朱利亚德学院毕业，勤杂工，似乎无伤大雅。"信息发出后，我删去了这段对话。自从弗兰克将我的手机铃声改成狼嚎以后，我变得神经过敏，连最正常的交谈记录也不愿意留下痕迹。

那是一个周六，我正在厨房里做午餐，弗兰克和赞德、米米在客厅玩游戏。游戏的名字叫"弗兰克、赞德，还是钢琴"。这大约是一种"给驴子钉尾巴"和"歌名竞猜"的混合版游戏。弗兰克和赞德坐在钢琴凳上，米米在沙发上，用一件无处不在的黑色T恤衫蒙住眼睛，听着一首歌的前几个小节。音乐一停，米米有五秒钟时间说出是谁在操弄琴键。弗兰克是法定的计时员，也就是说，他必须大声喊出来："嘀……嘀……嘀……嘀……嘀，时间到！"像一颗世界上最开心的定时炸弹。

你也许觉得这是个简单的游戏，因为其中一个弹奏者是朱利亚德学院毕业的，一个是电脑操弄的自动钢琴，另一个是九岁的小男孩，但是赞德却有办法制作"混响"——一些多切分音，一点古典音乐，一点童声合唱"你的小船摇啊摇"，各种迷雾让米米猜，或者是假装在猜。我能听见她的笑声，也能听见弗兰克的单音调——"哈哈哈哈哈"——我从来没法子让弗兰克和米米这样笑过。

不仅因为和赞德在一起比和我在一起欢乐更多，T恤衫穿起来更合适；他还只用了三天就把敲碎的玻璃滑动门给修好了，仅仅使用了最原始的工具。我问他为什么不用电锯切四乘二的木料，他给了我一个盖茨比式的华丽微笑，令人倾倒，然后说道："电锯？在弗兰克面前？"他还疏通了房子里的每一处下水道，清理了干洗机引擎里的碎棉絮，给冰箱的线圈除了尘，把面包车所有的机械护理液换新了。当他不做什么有用的事情的时候，赞德就会将那只金色小猎犬抛在一边，任它去衔破网球，自己就快乐地弹起钢琴。

"他的历史如何？"瓦格斯先生问。

"他只是偶尔现身，这是弗兰克说的。"

"为什么？"

"起初是弗兰克的钢琴老师，如今主要是来修理东西了。就我所知是这样。"

"是米米要他来的？"

这一点我不知情，尽管道理上完全讲得通。这一点让我恼火，因为我才是应该修理东西的人，或者负责请人把它们修好。"不知道。"我把手机撂在一边，拌沙拉去了。等到荧光一闪，我再次拿起了它。

"赞德多大年纪？"

"老。"我回道。我第一次在日光下见到赞德，当时就惊讶于横在他额头上、绕在他眼角上的那些线条。静脉遍布他的手背，一头金发，在前额处已经变成银灰。接着我意识到自己的口气好像弗兰克，当初他听说我都二十多岁了，就感觉我比长寿人瑞还要老。于是我将"老"改为"比我预想的老，至少四十，也许四十五六，不到五十"。

"好年轻，"瓦格斯先生写道，"考虑一下你的听众的感受吧，我可是个老朽了。"

我原打算写："你永远不会老。"却一闪念间想到了瓦格斯先生在他妻子葬礼上说过的最揪心的话："她永远不会老。我们要一起变老的。"

"对不起。"我改口写道。

"原谅你。盯住他。"

真想让瓦格斯先生知道，弗兰克总算在学校里安顿下来以后，我一直是守在水池边吃午餐，盯着在院子里干活儿的赞德。

"赞德似乎没什么问题，"我写道，"他是个有魅力的男人。有趣。

弗兰克喜欢他。"

"无所谓。记住，你的工作是保护米米免受流浪汉和骗子之害。"

那一刻，我想到我应该做的是把米米的书稿誊写到电脑里，可我连一页纸还没见到。我正琢磨着如果有人盯着我的进展情况，我该怎么回答他。弗兰克站在门口，带着猎鹿者的帽子，穿着带粗花呢披肩的外套，一根用来吹肥皂泡的烟斗管子，叼在牙齿之间。他盯着我的膝盖骨，似乎它们没有自行爆炸是个奇迹。

我把手机放回口袋。"怎么啦，夏洛克？"

弗兰克从牙齿间拿下烟斗管，说："我是弗兰克。"

"我知道，弗兰克。"

"你也许不知道的是，夏洛克·福尔摩斯已经在电影里被描绘过几百次了，我最喜欢的银幕夏洛克是巴兹尔·雷斯伯恩[1]扮演的，他是个脸煞白嶙峋的英国鬼，戴着一顶猎鹿帽，穿着圆领披风大衣，叼着烟斗就红了。他的电影出品在1939年到1946年之间，当时的世界饱受战争蹂躏，观众看见一个孤单绅士，凭着绝顶智计就能将世界从魔鬼手里解救出来，都感到安慰。煞白嶙峋的嶙峋是什么意思？我用大字典查过。可我的拼写不太好。每次在字典里找到想要的词，通常是无意间的偶得。"

"嶙峋？形容人的时候，就表示他瘦得皮包骨架。"我说。"嘿，一副骨架进了酒吧，他会说什么？"

"我不知道。"

"我要一个啤酒和一根拖把。"

---

1 巴兹尔·雷斯伯恩（1892—1967），英国演员，曾五次扮演福尔摩斯；代表作《福尔摩斯之死亡珍珠》等。

赞德及时加入了进来，对我的笑话报以赞美的一笑和一个顽皮的眼神，"这是我最喜欢的一个。"他说。

"最喜欢的什么？"弗兰克问，"我不懂。"

"敲敲门。"我说。

"噢。这个的意思是这是个笑话。"他向赞德解释。

"我懂的。所以我才笑了，弗兰克。瞧，笑话之所以好笑，就因为它展示一种不可能的场景，你的理智觉察到那是不可能的，于是因为它的荒谬你才会笑出来。比如，一副骨架是不会走进酒吧的。"

"富兰克林·德拉诺·罗斯福走进了一间酒吧，"弗兰克说，"这种事现实里是不可能的，因为他于1929年罹患脊髓灰质炎以至于瘫痪。"弗兰克为自己的"妙语如珠"哈哈哈疯笑起来。"你们为什么不笑？"他发现我们没有一起笑，于是问道。

出于礼貌，赞德挤出了一个鼓舞人心的笑。

"为什么爱丽丝不笑？"弗兰克问。

"我的反应太慢了。"我说。

"我饿了。"弗兰克说。

"你的时间拿捏精准，分毫不差，"我说，"午餐准备好了。你能去告诉你母亲吗？"

"她回去工作了。"赞德说。

"哦，好。"

赞德斜倚着走道的墙，穿着另外一件黑色T恤衫，不自觉地抚着自己的肩膀。我注意到，这是身穿T恤的肌肉男同异性说话时喜欢做的动作，就好像长着像我这样的头发的女生和男生说话时会把头发往后面甩。

"我们能一起吃午餐吗？"他问道。

"当然。"

"我们能坐在桌前吗？难道必须站在水池边吗？"

真的好想有一块隐身玻璃，把我同世界隔开。"我必须先给米米送午餐。"我说着，强迫自己非常急忙地把食物摆在托盘上。"你们男生一起吃吧。别等我。"

弗兰克坐在我给他安排好的餐盘之前。"罗斯福？"他对赞德说，"听起来更像是骡子福吧！"

端托盘的时候，我的发辫甩到了前面，我把它拨了回去。我经过赞德身边的时候，他正好转身，我们的前臂蹭在一起，这可太糟了，因为我知道，如果我们从来、压根不曾触碰过，我就更有机会对他保持一种客观的眼光。

· · · · ·

一周后，送弗兰克上学之后，我开车回家，赞德正在车库门前跳绳，热火朝天的劲儿不像在儿童游乐场上，倒像在拳击训练场上。"瞧她又来了。"他说。绳子敲击水泥地的声音，伴随着米米工作间窗子里飘出来的打字机噼啪声，造成了一种有趣的合声。我在面包车里缩身去拿我的手袋，接着又确认钥匙还稳妥地放在包里。这一切花了大约三十秒钟。我希望这段时间足以让赞德收回心神继续锻炼。

然而赞德抛下跳绳，拽着领口脱下T恤衫——它已经被拉长了，经过数百次水洗，已经遍布小孔。他展开汗衫擦拭着脸上的汗水。照他T恤上写的：得克萨斯州的拉伯克，利兹21夜总会烧烤，你在那里可以用餐、跳舞，享受清凉的空调。我还几乎背下了衣服上的街名、地址、电话，以及"密西西比河左岸的最佳市场"的广告词。只要我的眼睛盯住他的T恤衫，我就不用知道他的膳食在身上添了多少肉。

等他的衣服再次盖住了腹部，我才得以开口说话："是。我又来了。"

"你去哪儿了。

"送弗兰克上学。"

"总体上，"他说，"你一直潜藏着身形。"

"我一直很忙。"我撒着谎，快步朝房门走去。

"忙些什么？"

弗兰克大部分时间都不在家，而可悲的事实就是，我很难让自己像一个拿着大学学位的人那样忙碌起来。"工作，"我脱口道，"我在这里工作，你知道的。"我的语气带着米米式的敌意。有过之而无不及。

"等一下，爱丽丝。"赞德拍了一下我的胳膊肘，打断了我的节奏。"你是不是因为什么对我有情绪了？"

"我为什么要对你有情绪？"

"我不知道。但是很明显我让你生气了。要不，仅仅是你不喜欢我。"

"你真的需要每个人都喜欢你？"我问。

"这难道不是人人都想要的？"

"米米就不是。"

他笑了出来。"米米像所有人一样想要。她只是不想流露出来。"

"她不打字了，"我说，"我必须得走了。"

"为什么？"他问，"米米是不是在打字，都和你没关系。"

"谢谢你的鼓舞人心，赞德，"我说，"如今我越发觉得自己待在这里没用处了。"

那一刻，我意识到地震来了，就是洛杉矶人最害怕却又努力不去想它的那种地震。震中却只是我。哭了。大哭。噼噼啪啪地抽泣，在墓碑旁边会很应景，却不适合贝尔埃尔的山顶，不适合深宅大院的车道，面对着没有雾霾侵袭的大洋景观。我吃惊于自己的泪水，赞德看起来也是一样。

"嘿，"赞德说，"嘿，对不起。我完全不是那个意思。你还好吧？"

我没法摇头或做别的反应。赞德拿过我的手袋，问我里面有没有纸巾。我哭得答不上话，于是他迅速摸索，发现它不是个能安慰人的东西，就放弃了，将它放在车道上的跳绳边上。

他拍了几下我的背。"继续，"他说，"让它发泄出来。"

如果我照做了，就照旧无足轻重了，于是我哭得更狠了。接下来我意识到的是，我贴住了他的T恤，他的手臂搂住了我，又向我道歉，因为他出太多汗了。"不管我说了什么伤害你的话，对不起。"他补充道。

我把自己从他的胸上推开。"谢谢。"我说。此时我已经在他的T恤上留下了两个湿手印，犹如某个小明星在曼哈顿的中国剧院前留下的雪泥鸿爪。"哇，瞧瞧你这汗出的。"我说着，哭声里翻出一点笑意。"我连出汗都不如你出得好。"

"这是什么意思？"

"这是我母亲过去常说的。意思是如果一个人喜欢的是别人，而不是你，你是一点办法也没有的。因为别人什么都比你强，连出汗都出得比你好。"

赞德用掌心抹干我的脸，又将手袋递还给我。"那好，"他说，"你确信把这事儿抛在脑后了？抛到俄克拉何马去了？"

"内布拉斯加。"我说。

"我抛的还不够远。"

"差了整整一个堪萨斯呢。好吧，谢谢，我感觉好多了。我猜我需要这样的排解。"

"你要是乘公共汽车横穿全国二三十次，所有中部的州都混在一起了。"

"我坐公共汽车从内布拉斯加到纽约只有一次。我记得每一英里的样子。"

"我肯定你记得住。"他说着，用指尖将我脸面前的头发捋到后面。"顺便说，带着对你母亲的无比敬意，我感觉你出的汗完全和我的一样好。"

这就是我们之间一切的开端。

. 1 3 .

我并不是存心要弄出点事情来。

我们的第一天就在"美术馆"的那张油漆大床上，一起躺在一团乱床单里，我蜷缩着，后背抵着赞德，因为同他贴得太近的感觉还需要时间去适应。我不禁笑出声，因为像我这样的人会最后和他这样的男人在一起，这事情挺荒唐。

赞德用手肘支起身体，用床单一角擦去脸上的汗。"有什么可笑的？"他问。

我所能想到的说辞只有："除非在这里住过几个小时，否则你没法欣赏这里到处都是黄色的。"

"欢迎来到梦幻屋。"他说。

"梦幻屋？"

"弗兰克告诉我这是你对这里的称呼。"

"是我说的。"

"阿尔勒的梵高，遇见了芭比娃娃的梦幻屋。"他神秘兮兮地模仿着弗兰克的单调语气。

"噢。我都忘了这个了。"

"你怎么能够？"他说，"那是完美的形容。"他拿起我的头发，缠绕住了自己的手腕。我们开始之前，他首先松开的是我的发辫——以无比细致完美的手法，花了漫长无期的时间。"你的头发是最美妙的，"他说，"你应该多披散着。"

"会碍事的，"我说，"让人分神。"

"你的头发不会让人分神。你会让人分神。"

事后，等我们都平复了喘息，我问道："那，弗兰克还对你说了我什么？"

"说你有五英尺八英寸高，重127磅，说你生于十月二十五日。他不告诉我是哪一年，因为他说绅士从来不谈论女士的年龄。"

"他怎么会知道这些？"

"他还提及你不需要戴视力矫正镜片就能开车，还说你死后会捐赠器官。还有关于你的这一类事情的大杂烩。"

"弗兰克翻过我的手袋？"我从床上坐起来，捏紧了床单拉到我的胸前，因为我感觉自己比几分钟之前更加赤裸了。我猜我的手袋远不如我想象的那样固若金汤。

"那又怎样？我也翻过。你的玛丽·波平斯小包里怎么连纸巾都没有？除了寻常的东西以外，你包里有一套袖珍螺丝刀、创可贴、一盒葡萄干、一双杂色菱形图案的袜子、一个笔记本、一副牙线，就是没有纸巾。给我解释一下这个吧。"

"我当时正好用完了。"

"啊。我看你也不是完美无瑕的。听着，爱丽丝。别为弗兰克恼火。

这孩子控制不了自己。他缺乏执行功能。只不过我还没长大的时候，他们使用的名词不同。"

"比如？"

"冲动。不负责任。如果你生在富人家，你就是怪癖，否则你就叫疯癫。"

"就算弗兰克不改正什么也没有错。"我说。

"要照我说，弗兰克根本没什么需要改正的，"赞德说，"我是疯子的大'粉丝'。没有疯子，就没有梵高和阿勒尔。我们也都知道，没有疯子，就没有芭比梦幻屋。"

"弗兰克不疯。"我坚持说。

"好，"他说，"他是古怪。到这儿来。"

我从床上滑下来，开始穿衣服。"不行，"我说，"我必须走了。"

"你有什么急事？"

"我必须给米米做午餐。"我背对着他，一边系着扣子。他坐到床边上，伸手抓住我的手腕。

"你是该负责的人吗？"赞德说。他将我的手翻转过来，吻了我的手掌，随即合拢我的手指，将那个吻攥住，又将他的手指滑上了我的手臂。如果他的目的是唤起我身上每一个毛孔的注意力，我猜他不会失望的。

"我必须走了。马上。"

"没那么急，大管家小姐。"他站起来，把双手搭在我肩上，接着用一只手托住我的后颈。我不由自主地注意到，我已经穿好了衣服，而他还赤裸着。我平生交过的前几个男朋友，都不是"阿波罗"，无一例外地，他们在撤去被单后，都会和我一样，尽快地、仔细地遮盖住裸体。赞德将我的脸揽到他面前，再次吻我，接着，我又变成了裸体。再接下来，我在茶杯般的铜浴缸里冲了淋浴，穿好衣服，不等他说服我再来一场，我已经顺着梯子爬了下去。

离开车库之前，我回头望去，只见赞德站在栏杆前，正看着我离去。他站在一束从天窗投进来的阳光里，于是他的头发化作了一副光环，而他的五官却没有受任何影响。他从下面看起来完全不同了，面上的凹陷，身上的肌腱，再配上长长的午后投影。他到底几岁？我意识到自己交弗兰克的电影赏析讲座付出的关注，比自己想象的要多。因为平生第一次，我注意到取景角度和精心安排的灯光，是何等重要的事情。

• • • • •

听见米米的键盘声，我想我从来没有那样高兴过。这意味着她没有注意到我来晚了。我希望是。我做了一个煎蛋卷，一份沙拉，速度快到你还来不及说"我要一份双层芝士堡，配一份薯条"，就端到了她的二作间。就在我走到门前时，键盘声停了，于是敲门通知午餐来了。米米一定刚好就在门边，因为门即刻就开了。

"你来了呀。"她边说边接过托盘。"终于啊。"

崩溃。"我给你做了鸡蛋。"我说。

米米终于正眼看着我，我特别提及因为她几乎从来没看我一眼。"我从来没见你把头发散开过。"她说，"你的脸怎么那么红？"

她是不是从窗户里看到了我从梦幻屋里走出来，唧唧咯咯跑过了院子？"我做运动了。"我说。

"我猜是因为这个你的头发才湿了。"她说。

"是啊。我练完了就淋浴了。忘了时间。对不起。"

米米盯着我好久，于是我担心她会当场炒了我鱿鱼。如果她昨天打发我走，我也许会感到振奋。今天若是从山上被踹下去，感觉应该是五味杂陈。

"我好开心。"米米说。

看起来还不止于此。"如果你喜欢，我可以经常做煎蛋卷。"

"不是因为煎蛋。爱丽丝。我刚接到弗兰克的电话。"

"哦不，出了什么差错？我要去接他吗？"

"没差错。他打电话问放学后可不可以留下来。他交了个朋友，他们想一起玩。"

"这是大好事，班宁小姐。"我说。说的也是真心话。如果她是瓦格斯先生，我又没有端着午餐托盘，我会拥抱她的。

"可不是么，"米米说，"一个朋友是他需要的。有一个朋友，对任何人来说也就够了。"米米的头发长长了，如同一个乱发小精灵，她脸上的肌肉活动几乎称得上是微笑。如果你遮住她开始变白的眉毛，她看起来好像又变回了封面上的那个作家米米。"爱丽丝，"她又道，"班宁小姐听起来好像个小老太太，会因为邻居孩子剪了她的草坪就报警的。叫我米米吧。"

我大惊，又大喜，乃至说不出话来应答。而且她也没给我机会说话。她的双手端着盘子，腾出一只脚，将门在我眼前踢合了。

· · · · ·

"好吧，你是怎么交上这个朋友的？"从学校接弗兰克放学时，我问他。我从后视镜里审视他，判断着他此刻的情绪。他的面部表情无法测度，一如往常，但是他身上穿的套装——海军蓝校服外套，口袋上有一个金色的徽章，衬衫配着领巾，船长帽，角质镜架的猫头鹰眼镜——让他看起来好像《热情如火》¹里那个假扮游艇富家子，还挑逗玛丽莲·梦露的托尼·柯蒂斯一样，神气活现的。

"我正在沉迷于自己最喜欢的消遣方式，"弗兰克说，"假装自己是爱德华·史密斯船长，站在泰坦尼克的船桥上。"

"啊？"

"你知不知道国内收入局也就是通常说的IRS，选定了4月15日作为登记个人收入所得税的日子，就是为了向在那个悲惨的日子里死去的富人致敬？"

"是真的吗？"

"当时美国最富有的人之一，约翰·雅各布·阿斯特四世，享年47岁，与船同沉。还有艾达·斯特劳斯，63岁，和她的丈夫伊萨多·斯特劳斯，67岁，他是梅西百货的共同拥有者。还有纺织品零售商，奥马哈的居民，埃米尔·博兰德斯，48岁。作为内布拉斯加的本地人，我猜你也许对这个感兴趣。博兰德斯先生的遗体从海里打捞上来后，他还戴着钻石袖扣。我一直在琢磨着那些袖扣最后会有怎样的归宿。"

"我估计你也会的。可你说IRS选择4月15日来纪念所有这些死去的富人。这是真的？"

"这是很多专家的意见，紧紧跟随着1913年泰坦尼克号的沉没，强制征收的收入税也沉没了普通美国人累积个人财富的能力。所以我想那应该是真的。"

"你还没告诉我你是怎么遇见你的朋友的。"

"如我所说，我正在沉迷于自己最喜欢的消遣方式，想象着身在泰坦

1《热情如火》（*Some Like It Hot*），1959年美国上映影片。

尼克号上的最后时刻。她问我可不可以和我一起。"

"她想要做什么？"我问，"重新摆放好甲板上的椅子？"

"我不懂。甲板上的椅子是要被冲到大海里去的，摆放整齐还有什么意思？"

"敲敲门。"

"噢。哈哈。不管怎么样吧，我的新朋友问我可不可以加入，我告诉她我对她不胜欢迎之至，只要她肯在沉船的时刻哼唱乐队演奏的旋律就行了。她问道：'《秋之歌》还是《我的上帝靠得更近》？'我当然是选择了《秋之歌》。"

"为什么'当然'？"

"乐队到底演奏了什么，有些争议。当时最火、最受欢迎的沉思风格小调华尔兹？或是最应景的赞美诗？当时我说《秋之歌》，我的朋友答道'正解'！她两首都懂得，而且知道哪一首更好。由此看出她这人有不寻常的智力。"

茶楼酒肆有百千家，她正好走进了他的店。

"不管怎样，我们在一起好开心，她问我放学以后要不要再来一次沉船。"

"这也合情合理。"我说，"你的新朋友叫什么名字？"

"我不知道。"

"你怎么能不知道呢？"

"我可以告诉你我的朋友上学第一天就折断了她的胳膊。她到现在还打着石膏系着一条绷带，按说石膏一两天就应该拆掉的。她喜欢吊着绷带，因为那样会给她带去一种悲剧的情调。另外她还可以把零食藏在里面。"

"菲奥娜。"我说着，感到一阵愉悦，想必弗兰克每次挖掘出什么新资讯之后，将它们藏在巨大的金属库房里，也是同样的感觉。"我认为你的朋友名叫菲奥娜。"

"听起来是对的。"

我迫不及待地想见菲奥娜。"找个时间请你的朋友过来玩吧。"我不假思索地说。我无法想象一个陌生的孩子来到房子里，米米会是何种反应。可你要知道，会是什么样的孩子愿意做弗兰克的朋友？我不得不认为，米米和我一样渴望见她。

· · · · ·

当晚我在自己的卧室里安顿下来，打开电脑，查找着泰坦尼克号旅客中罹难和幸存者的名单。我得近乎尴尬地说：当我滑动着浏览名单的时候，我感觉窒息一般。我猜我此前从未太关注过这些现实的人物。一则是因为事情发生在近一个世纪以前，当时活着的所有人，到今天差不多都死了。另一则是我看过凯特·温丝莱特和莱昂纳多·迪卡普里奥的电影，照我看，他们之间没有任何化学反应，所以不管影片上映时怎么咋咋呼呼，当时正值青春期的我完全不为所动。

然而这张名单！仅仅是罹难者姓名、年龄和家乡。几乎什么故事也没讲，却那么有说服力。事实在此，清单似乎就想说这一句："你只管为他们心碎吧。"等我最后躺在了床上，我还是禁不住地想着，梅·福尔琼太太，60岁，她的女儿们，埃塞尔小姐，28岁，爱丽丝，24岁，马佩尔，23岁。她们幸存下来。马克·福尔琼，64岁，查尔斯，19岁，没能侥幸。

半夜里，我听见也不知是赞德还是自动钢琴在演奏《我的上帝靠得更近》，就醒了过来。我想我一定是在做梦。我不知道《秋之歌》的旋律究竟怎样，于是，很显然，我的下意识为我演唱起了"最应景"的赞美诗。

当我再次闭上眼睛，我看见爱丽丝·福尔琼小姐在救生艇里随着水波摇晃，不知道自己还能不能再见到父亲，不知道自己唯一的弟弟能不能游到安全的地方，还是会被海洋吞噬。

· · · · · ·

回想起来，我不知道自己对赞德发疯着迷的事算不算是以自己的方式在米米房子里"重新摆放甲板上的椅子"。我们两个没有其他共同点，除去米米和弗兰克，对他们俩的事我们可以没完没了地谈论，我以为，我们决不可能对墙外的任何人以这种方式谈话。我从赞德那里了解到，在有弗兰克之前，米米同众人畅所欲言，能聊能侃，程度超过我的想象。甚至同瓦格斯先生也是。

照赞德的描述，他们上"音乐课"的情形是：米米紧挨着他坐在琴凳上，双手摆在自己大腿上，盯着琴谱架上的谱子，一边说着话。一部分的原因，我猜想，作为一个高颜值俊男，赞德超乎寻常地善于倾听。而其余的原因，我归结为高速路——孤旅综合征，这个症状是开长途货车的司机、灰狗长途车旅客、经常往来于中部荒凉平原的旅客所熟悉的。所以，两个不相识的人坐在一起久了，面对着公路上的白线，或是大巴车的聚乙烯椅背，他们会比平常的时候说的话更多些。就像两个陌生人并排躺着，面对着房顶的橡子一样。

我与赞德就是那样躺着，听他讲了米米还是小孩的时候，如何跟在他哥哥朱利安屁股后面，骑着那匹阉马西风，走遍整个小城。他们长大一些后，哥哥因为受欺凌而备受煎熬，米米就用粉笔在谷仓一侧画了一个靶子，教哥哥怎么投掷。朱利安竟然是个天才，又快又准。朱利安第一次用石头敲碎了一个欺负人的小子的牙齿，是米米出来顶了他的罪，虽说她只是妹妹而且所有的孩子都知道石头不是她扔的。正面的结果是，再也没人招惹朱利安了。到了高中，他成了校棒球队的投手，是当地人的英雄 尽管人们发现依然难以同他交谈。

还有别的故事：米米的母亲班宁坚持让西风步入朱利安的葬礼队伍，配着马鞍，却没有骑手。好像她的儿子是死去的亚伯拉罕·林肯或是肯尼迪总统，而当时米米感到羞于见人，竟将脑袋埋在膝盖里，坐在父母汽车的后座，不让人看见她。或者至少米米自己是这样解释为什么那天她抬不起头的原因的。

然而对我来说，更悲催的是，米米在逃离葬礼现场后又永远地逃离了大学，数月后，她打电话告诉母亲班宁，一切都会没事的，她先在纽约市定居下来了。"一切都不会没事的吗？"她母亲说，"你已经忘了朱利安了吗？"米米认为当时的时机合适，正好可以告诉母亲，自己写了一本小说，是根据朱利安的故事写的（其实大部分不是）。而且，当年秋天纽约一家享有盛名的出版商已经买下了小说。她以为让死去的哥哥大名永垂或许能让作为母亲的班宁开心一些。不料她母亲却问："出书？你怎么能这样？我们受的苦还不够吗？"米米告诉母亲她用的是笔名，所以没人知道是她写的，除非班宁想让人知道。听班宁没回应，米米说出了她选择的笔名。"可班宁是我的名字，"她母亲说，"你把我的名字印在一本书上？我可不是那种人，我不会在朱利安尸骨未寒的时候就把脑袋埋在书堆里。"接着她挂了电话。那是她们之间的最后一次交谈。

赞德成了天方夜谭里的苏丹新娘。我如饥似渴地跑去听他讲故事。

"弗兰克不是领养的，对么？"我问他。

"不是。"

"你确定吗？"

"绝对。"

"那么谁是他的父亲？"

赞德耸耸肩。

"你觉得哈内斯会不会是弗兰克的爸爸？"

"弗兰克出生前我就认识米米了。我不认为我认识她以后她还和哈内斯见过面。"

"米米和那个男的之间的又是怎么回事？"

"只要哈内斯·富勒还在为她的稿子工作，他就是个难以抗拒的人物。弗兰克有没有给你看过《国民公敌》[1]？"

"有詹姆斯·卡格尼的？当然。"

"还记得有个场景，卡格尼将半颗柚子拍在他女朋友的脸上，因为她不肯闭嘴？剧本以外的哈内斯就像那个女孩子。米米软肋很多，因为她身上有很多人性的弱点，但她绝对不是愚蠢和乏味。"

"我搞不懂她为什么讨厌我。"我说。

"她不讨厌你。她怎么会呢？你是完美的。"

再后来，赞德说："不是因为你的缘故。你知道的。米米讨厌的，是她的生活变成了这个样的。这不是她在你这个年纪处于生命之巅的时候预想的样子。"

1《国民公敌》（*The Public Enemy*），1931年美国上映影片。

你对赞德做了什么

.14.

于是我们四人同船摇曳度过了秋冬两季。我们的日子大致是这样过的：我每天早晨送弗兰克上学。有时候他说："我不属于这里。"于是拒绝从车上下来。"不行，你得下去。"我说着，会解开他的安全带，将他抓着车门的手掰开，用手朝操场的方向一指。早餐后，米米消失在自己的工作间里，在打字机前乒乒乓乓起来，却从来不给我看半个字。赞德在房间和院子里晃晃荡荡，割草、油漆、敲榔头，做一切能给他借口留下来的事情，直到我把手里的活计做完。接着，不知偶然还是必然，我俩相会在梦幻屋里。

等我去学校接弗兰克放学的时候，照他的指示，我会站在停车场的面包车旁边，等他穿过操场，爬上汽车后座。即使学校操场上回旋往来着孩子，他们身穿颜色鲜明的T恤和短裤，衣服和裙子，人字拖和运动鞋，可你照样可以在一英里以外就分辨出弗兰克。他犹如一只孔雀，置身在谷仓里的一群鸡之间。

我一直盼着见见弗兰克口中著名的菲奥娜。"那，"逮着机会，我不经意地问道，"你和菲奥娜留校不归，都玩些什么呀？"

"我们交谈，"他说，"然后我们牵着手逃离我们的敌人。"

尽管我一直引导他做个介绍，却一直没有听到。"那么，菲奥娜是个什么样子呢？"另外一个下午，我试探着问道。

"她穿着菱形格子长筒袜和马鞍鞋。"他说。

"还有呢？"

"毛线开衫，带珍珠小扣子的。短裙看起来像羊毛，其实是雷庸纤维做的。这是一种基于木材提取的人造纤维，发明于1855年，直到20世纪20年代才开始推广，因为在那之前它是高度易燃品。她的雷庸短裙摸上去好像开司米羊绒，但是更适合于在操场上活动时穿，因为它可以用机洗。"

"她的短裙摸起来像开司米？你摸过她的短裙？"

"当然没有。她让我试摸过绷带，它用的花格子料子和短裙是匹配的。她后来又换了一条绷带，是犬牙花纹的。我非常喜欢她的绷带。我以前从来没认识到前臂支撑着腕子和手的巨大责任。"

"菲奥娜的脸长什么样子？"

"她戴着超大的发箍，"他说，"我相信它们是塔夫绸做的。"

我想再挤出更多细节，不过又觉得想要弗兰克给我透露她眼睛或是头发的颜色，似乎希望渺茫。话又说回来，洛杉矶的孩童之中，又有多少人会像《蓬岛仙舞》中的人物，从戏里走出来，来到这学校的操场呢？

我很自豪，居然能从自己的记忆库里搜索到相关的条目。如果你熟悉的话，《蓬岛仙舞》是一部1954年的影片，由基恩·凯利和塞得·查理斯主演，是关于一座苏格兰小镇的故事。这个地方在现实中真的存在。七月份的时候我曾和弗兰克一起看着它睡着过。

等我们下午回到家，弗兰克会从车里跳出来，奔向赞德。他俩会走进室内，并排坐在琴凳前，徜徉在音阶和旋律之中，直到晚餐时分。

• • • •　•

赞德讲的所有的故事没有一则是关于他自己的。例如，当我问他小时候最喜欢玩什么，他说："那是个佛蒙特州的小镇。我帮我父亲在房子里里外外修理各种东西。没有太多别的事可做。"

"就因为那样你才最终学了钢琴？你父母想让你别惹麻烦？"

他说："你想看看麻烦？我就给你看看麻烦。"赞德把他的嘴对上了我的嘴，接下来我就没有心思再问他别的问题了。

还有一次，我问他的右臂上一条又细又长的疤痕是怎么来的。"我经常折断我的胳膊，在好几个地方。我需要做手术修复。"

"什么时候发生的？"

"是我在朱利亚德学院毕业班的时候。因为这事儿我再也没能完成学业。伤得太厉害了。"

"现在还疼吗？"

"每天。在这儿的时候会好些。"

"你弹钢琴的时候疼吗？"

"我弹琴的时候尤其疼。"

"到底怎么回事？"

"我做了愚蠢的事，折断了手臂。我真的不想提它了。"他坐了起来，重新穿上了T恤衫。

"我没想到你从来都没毕业。"我说。

他耸耸肩。"这不是什么值得夸耀的事。"

"米米也从来没大学毕业过，你知道的。"我说。

"我知道。我猜我们合得来，这也是原因之一。"

"说到底，你和米米怎么认识的？"

"我是给这所房子造围墙的施工队成员之一。施工队走了，她决定要一个帮工。我需要钱。有问题吗？"他穿上一条短裤，将他的跳绳搭在肩上，朝楼梯走去。

● ● ● ●   ●

"已经四个月了，天才。还什么都没有？"

我刚从茶杯浴缸里淋浴出来，坐在黄色床沿上扎辫子，一眼看到手机的短信提示打着闪。我用手腕上的一根厚皮筋扎好辫子，捞起了手机。赞德还在床上，他的手指在我的项背上上下滑动着。

"没。"我回道。

赞德的手指继续摩挲，一直爬到我的左大腿根。"别闹，"我对他说，"我在给老板发信息呢。"

赞德坐起来。"米米？"他说。

"是——我发信息给她，告诉她我们俩在哪里，以防万一她要找我们当中的某一个。"

他的手一缩。"你开玩笑！"

我转头看着他。"你没开玩笑？当然我是说笑的。是瓦格斯先生。"

"我也说笑呢。"他说。他爬了起来，钻进了小人国厕所。

我的手机又闪了。"男孩儿怎么样？"

"弗兰克？说到天才。从来没见过哪个人能够随机储备那么多知识，而且张嘴就来。没有任何人像他这样。他肯定是进化阶梯的下一根横杠。"

"天才不是众人吹出来的。超智商奇葩也不会在毕业舞会上显山露水。那些都是进化阶梯上的绊脚石。"

"弗兰克现在有个女朋友了。"

"现在有女朋友是不是太小了些？"

"作为朋友的一个女孩子。"

"啊。好吧。人人都需要有个朋友。"

不假。

"最近听到什么好笑话没？"瓦格斯先生发信问。

"没。你呢？"

"你怎么知道遇上了一个性格外向的数学家？"

"告诉我吧。"我打字道。

"他盯着你的鞋子看。而不是他自己的。懂了吗？"

"哈，懂了。弗兰克会盯着我的眉毛。"

"这么说他对外面的世界是有兴趣的。"

"是的。"

"向米米要书稿。"

我坐在床沿上，思忖着如何应对这个要求。赞德打开了卫生间的门。"墙壁都是向内斜的，"他说，"不把门打开，我没法抬起手臂刷牙。"

我给瓦格斯先生打字说："由你来提要求不是更好么？"

"别站在镜子前面，"我对赞德说，"吐在马桶里，不要吐在水池里。"

"上一次我向她要点儿什么的时候，"他打字道，"米米决定在洛杉矶定居了。"

　　　　　　　• • • •　•

　　我不能责备瓦格斯先生逼着我要东西。他远在纽约，寒冬迫近，出版的压力悬在头顶。而我在牛奶蜂蜜之乡，都干了些什么呀？

　　赞德，主要是和他在一起。

　　我决定讲给瓦格斯先生的笑话是：我向米米要稿子。她微笑着递给我整本小说。在鸣谢文里，她感谢了我的电脑技巧和令人振奋的"盲目乐观主义"人生观。

　　瞧瞧，笑话之所以可笑，就是展示了绝无可能的场景。你的大脑意识到了场面的不可能，于是因为它的荒诞而发笑。我向米米要稿子的时候，实际情况是这样的——她说："等我准备好交给你什么的时候，我肯定会让你知道的。"

　　　　　　　• • • •　•

　　接着圣诞节如期而至。

　　这并不意味着在此期间没有事情发生。有事。但你情愿把信心交给一个完美的赞德·戴尔文，就好像我见到一个穿红衣服的家伙在西路购物中心后面抽烟之前，我一直说服自己圣诞老人是真实存在的。

　　——为了让我在整日辛劳后得个喘息，也为了证明他够爷们儿，赞德主动提出在一个周五的下午去接弗兰克放学。我又感动又感激，利用偷来的一小时空闲打理头发，修理脚指甲。等我从房内钻出来，汽车已经在车道上，我能听见他们在钢琴前勤学苦练。于是我决定不去打搅，转身去折叠衣物，准备晚餐。

　　我把塞好佐料的扇贝塞进烤箱，随后将新长的头发抚平在后边，赤脚悄悄走进客厅，一如平日常有的情形，钢琴正在自动播放。于是我晃晃荡荡穿过玻璃房子，来到梦幻屋找寻弗兰克和赞德，接着，我的着急慌张渐渐升级，因为我看见赞德一个人在黄色床上，打瞌睡。

"弗兰克在哪里？"我问。

"弗兰克？"他回答着，透着睡意惺忪。

我在面包车里，光着脚，耳边传来赞德的声音："我一定是瞌睡过去了。"还不等他说完，我一脚油门冲了出去。

谢天谢地！弗兰克认定是我们把他忘了，便决定自己走路回家，也选择了我们开车固定的路线。我说过"走路"？嘿，走了几个街区后，弗兰克决定搭顺风车。我是在百乐宫街和琳达·弗洛拉街的街角发现他的，举着拦车的右手和右脚裤腿形成了一个漂亮的紫红色和海军蓝菱形花纹的几何图形，只剩下大拇指在晃动。对这个姿势，弗兰克曾经稳稳当当坐在后座上做过解释：它是克拉克·盖博和克劳代·考白特的搭车技术的综合，来源于那部著名的1934年电影——《一夜风流》。

"这是第一部赢得全部五项奥斯卡大奖的影片，这个成绩无人超越，直到1975年的《飞越疯人院》问世，后面那部我还从来没看过呢。"

"别去看。"我说。

"好吧。盖博和考白特的画面太著名了，乃至被劳莱和哈代模仿，还有《兔八哥》的短片也跟他学。一代代搭顺风车旅客都被他鼓励了，对陌生人的善意抱着信心，去达到最终的目的地。"

什么碎尸抛入阴沟的惨案，我不敢说出口。我能说的只是："二十一周岁之前招手搭便车是不合法的。"

"噢。这个我不知道。我知道沉溺于探究那些犯罪活动是不对的，但我喜欢囚徒穿的那些黑白条号服和同它搭配的帽子。它们是很棒的睡衣呢。你要是刑满释放了可以把它们带走吗？"

"现在的服刑人员穿的是前面带拉链的橙色连衣裤。裁剪得很宽大，像你这样红头发的人应该回避从头到脚的橙色。"

"我再也不会招手搭车了。"

奇迹啊，弗兰克和我回了家，米米竟然什么都没发觉，而且正好赶在烤箱里的扇贝即将出炉之前。"看起来好好吃啊。"我将烤盘拉出来，又累又感到释然，软瘫着靠在厨房台面上。弗兰克一边看一边说道："你为什么光脚不穿鞋？"

——赞德消失了好几天，没有解释为什么。他在自己的自由时间做什么，不关我的事，其实每天每个小时又何尝不是他的自由时间。不过这样还是隐约有些不礼貌，尤其是当我为四个人做了晚餐，中间主菜是蔬菜羊乳酪砂锅，碰巧是赞德喜欢而米米讨厌的。

这其中的好处却是，赞德回来的时候，他带回了许多天才纵横的新照片，添进了弗兰克的美术馆藏品之中。有一张快拍，画面是一个女人背上的刺青，图案正好同她眼前的壁画相匹配。我问赞德他是怎么拍到的。他说："她只是个朋友。"

——我到梦幻屋去接弗兰克和赞德，他们在那里整理藏画，他们保证，就一个小时，时间一到，弗兰克就得进屋写作业。一个小时就这么过去了，接着又是半个小时。等我来到车库打开侧门的时候，开门的气流将一件不知名的燃烧物吸了出来。它飞上了车道。我追上去，将火踩灭，然后转身回了车库。

"那是什么？"我问弗兰克。他正斜倚在栏杆上，手里拿着一张餐巾纸。他穿着绉条纹正装，背心外面横着表链，配着影草帽，简直就像离港的泰坦尼克号上的客人，正挥舞着手绢，向众人道别呢。

"我把纸巾点着了，让它们飘落到地上。"

"什么？？为什么？"

"为了观察气流啊。这是赞德发明的科学实验，免得我闲着。"

我三步并作两步上了楼梯，连住手、打住都没来得及说出口。"够了，"我说，"把那些火柴给我。"

"赞德说没关系的。车库地面是水泥的。"

"有关系。把火柴给我。"

我让弗兰克把口袋里的货色翻出来，摘掉帽子，脱了鞋袜，最后方能确信他身上不再藏着火柴了。接着我才找寻赞德。只见他盘腿坐在床上，戴着耳机，整理着照片。起先他笑着。后来他发现我一点儿也不觉得他的样子可笑，就说："放松，爱丽丝，就让孩子好好做一回孩子吧。"

十月份的后期，弗兰克和赞德为我策划了一场精心安排的、拟定为一个惊喜的生日会。当然啰，弗兰克，又怎么会管得住他的嘴呢。于是，在暗中，我耗尽力气帮助弗兰克准备他和赞德的"计划"。但是赞德虽身为"策划"，却似乎不愿意也没能力落实。大日子来了，赞德却不见了。他还算不错，给弗兰克留了一张字条，弗兰克最后一刻从口袋里翻出来交给了我。"我不玩派对的，赞。"就这一句。也就是说，那个他告诉弗兰克我一定会喜欢的白色蓬松的巨型椰子蛋糕，"赞同学"自己却没看到。他当然也不会看到弗兰克坚持要我们自己用吸管做成的精美的假蜡烛：顶端用蜡笔画出火焰，再在上面用胶水粘上可以点燃的火花。

为了抗议赞德的缺席，弗兰克发了一场大脾气。我的头发上一个星期后还留着火花的气味，比赞德再次露面的间隔时间还长。

如今我二十五岁了。却还没有老到懂事的年纪。

我讨厌椰子蛋糕。

——这事儿我几乎忘了。或者说我是一直努力想忘了它。当时赞德和弗兰克坐在琴凳上，弹完了一首四手联弹。米米站在我身后，一只手扶在弗兰克头上，以母亲特有的方式告诉世人，这孩子是她的，她爱这孩子，这孩子也同样爱她。她的另一只手扶在赞德的项背部。这是想告诉我点儿什么，可我却不能确定该怎样解读。

.15.

这段故事伤心的地方在于，我生日过后，圣诞节之前，弗兰克是那样想念赞德。赞德不在，弗兰克就拒绝再碰钢琴了，无论怎么劝说都徒劳无益。不在学校的时光里，这孩子最最喜欢做的事，就是徜徉在梦幻屋，坐在这个隔层的边缘，下巴搁在栏杆上两条木板的接缝处，双腿在楼板沿外晃荡着，似乎坐在一座桥上垂钓。

用了一两天，我努力唤起弗兰克的兴趣，想让他玩点别的，比如在院子里挥舞着塑料大刀跑几圈，或者再次带我参观他的美术馆，或是一起第一百亿次再看一遍《卡萨布兰卡》，最后我放弃了，挨着他坐在平台边缘，晃荡着双腿，下巴支着栏杆。弗兰克抓住我的手，说："这样的情形会让人失望的，这是我曾经想警告你的。"此后我们就牵着手，我也不知过了多久。

我俩像那样坐着的样子，让我想到父亲离开后的那个夏天，母亲陪着我坐在门廊台阶的样子。我有许多年没有想起它了。我几乎不记得父亲长什么样子，似乎不太对，因为他抛弃我们的时候我已不是那么幼小。母亲给过我一盒他的照片，我不知把它错放在什么地方了，于是就造成这个结果。但我相信记不起他容颜的真正原因是：我认为每一个踏进我家大门的男人都有可能就是我爹。过了这么久，所有这些并非是他的面孔最终把他本人的抹去了。

当初为了不让自己闲着，我开始画画。但随着时光流逝，我发现自己的身份认知里，有很大一部分来自一个事实：马匹和猛犬这两样动物，我画得出奇的好。在我住的街区，我见这两种动物和见父亲一样频繁。"全在它们的耳朵上，"我的小学生粉丝群向我讨教秘诀的时候，我会解释说，"它们是三角形的。"周围报以一阵严肃的点头受教。

这个庸常的小手段，加上优异成绩，再加上经济窘境，为我带来了内布拉斯加大学的全额奖学金。然而我对自己的艺术天赋并不抱什么幻想，搬到纽约之后差不多就算放弃绘画了。画材又贵又难收拾。而且有挥发性，味道也不好，影响我在宿舍的人缘。我改画铅笔素描，在中央公园给游客画炭笔人像漫画，想着或许可以靠它赚些钱。但是人类客户可是比马匹和猛犬难伺候多了，于是几个月后我放弃了公园里的画事。艺术是给基金投资人、真正的天才、自认为是天才的奇葩们玩的东西。我可必须谋生为先。不过拜托，先不要舍身做一个会计吧。至少此时我还没做好准备，也没有那样理智。

我的最后一幅画，是为瓦格斯先生的女儿卡罗琳画的。为了他给我这份"不是会计的新工作"，我想送他个礼物。我从他的写字台上悄悄拿了一张快照，复印了以后照着它画。这样的画画方式犹如作弊，因为生活实景是三维空间的各种角度，而影子会在时间里凝固成二维空间。不过如果他能有我母亲在收到我给她新画的小马时装出来的一半高兴，我也就觉得不错了。

我觉得自己画的肖像还好，于是把它装在一个小镜框里。瓦格斯先生热情洋溢地感谢了我，可我不由自主地发现它立即就在他的写字台上消失了。然而我最后一次去医院看瓦格斯太太的时候，却看见我画的卡罗琳就在她的床头柜上，与二十年前风华正茂的瓦格斯夫妇的结婚照并肩摆放。我不是那种会在医院病房里哭的人，不过当时距离泪奔已经非常接近了。我的艺术也许不值几个钱，但我猜想还有它固有的好处。

于是牵手后的第二天下午，当我和弗兰克到梦幻屋报到的时候，我给自己配备了铅笔和空白索引卡片。我坐在黄色桌前，一幅接一幅地画着，全是这孩子穿着一套套他最喜欢的套装，他为此心情大悦，比我想象的还要开心。他站起身，再次回到美术馆，做起事情来，把我的画作在墙上安排，再安排，自己同自己讨论着，编排成一个只有他完全理解的故事情节。

此后的事情是预料中的，只不过是迟早的问题：弗兰克最终从画架上抽出一张空白的画布，让我用它画一张他的肖像，在圣诞节送给他母亲。此外，他的说辞是："对于一个除了钱和客厅家具以外，什么都有了的女人，你还能给她什么呢？"

"送一张咖啡桌？"

"母亲不喝咖啡。而且，咖啡桌是一种威胁。"

"一种威胁？谁说的？"

"威廉·候顿说的。或者说，如果他没有在1981年11月12日同咖啡桌发生致命碰撞的话，他应该会这样说。母亲需要的，是一张我的肖像，挂在壁炉上方。"

"只不过我可不是个好画家。"我说。

"她不会在乎的。母亲喜欢看我的画像，不管这画有多么乏善可陈。

她在床底下藏了一整盒我的尴尬照片，从小到大都有。我穿着尿不湿，或是被绑在儿童座椅里，头发里沾着幼儿辅食的糊糊，或是撅起屁股把脸挤在这里头睡着了，这个睡姿她称之为'屁股举在茶壶顶上'。我猜想跪下来把这个盒子拉出来的感觉一定会非常痛，因为我不止一次看见她一边看着这些照片一边哭。所以我才认为弄一张我的大幅画像送给她是个好主意，高高挂起，她就可以舒舒服服地看着，关节也不用遭罪了。我愿意把这个单子交给你做，因为你已经是领工资的员工了，我也没有钱再雇佣别的人。"他翻了翻口袋，示意空空如也。"再说了，我在学校的时候你一整天也没事做，你还不如接了这活儿吧。"

他把我搞定了。

• • • • •

"你对赞德做了什么？"不久之后米米这样问我。当时弗兰克在学校，我正在厨房拖地，接下来打算去梦幻屋完成绘画订单。

我依然琢磨着大白天米米为什么会离开她的工作间，于是我需要一点儿缓冲的时间想想如何妥帖地回答。终于，我应道："什么？"

"我一直没听到赞德弹钢琴。我工作的时候喜欢听赞德弹琴。最初就是因为这个才买了那架琴。"

"我可以想办法为你把琴调到自动播放，如果你喜欢的话。"

"如果我想听它自动播放，我想我自己会搞定一个按钮的，"米米说，"你要是连人弹琴和电脑弹琴都分辨不出，那可太说不过去了。"她绝尘而去。

"米米是炮仗，一碰就炸。"那晚临睡前，我在笔记簿里这样写道。随即又擦去，代之以："我所做的每一件事都会激怒米米。"这样似乎更接近实际的情况。

・・・・ ・

"赞德会在圣诞节之前回来。"第二天放学后我们开车回家的路上，弗兰克若有所思地说道，"他除了我们就没有别的家人了。"

"赞德没有家人？"我问。

"他有个母亲，有个父亲，一个姐姐，一个死去的姐姐，除此之外没有称得上家人的人了，我这样猜想，因为他从来不说起他们。"

"一个死去的姐姐？他姐姐出了什么事？"

"我不知道。就在昨晚母亲提起，赞德如何深深地让她想起某位非常亲爱的人。你听说过乔·迪马乔吗？"

"棒球球员？赞德让你母亲联想起乔·迪马乔？"我努力回想着乔·迪马乔长什么样子。黑发。也许大鼻子吧？我记得是个长得好看的家伙，却比不上"阿波罗姿态"一般的好模子。

"不，赞德让母亲想起的是另外的人。你熟悉银幕女神玛丽莲·梦露吗？"

"赞德让你母亲联想起玛丽莲·梦露？"

"看来我可以认为你不熟悉玛丽莲·梦露，因为玛丽莲·梦露是女人，而赞德是男人。"

"我知道这个，弗兰克。这星球上每一个人都熟悉玛丽莲·梦露。"

他对这句话思考了一阵子。"你认为火星上的人熟悉她吗？"

"我不知道火星的事儿。你要是这么问的话。"

"我说过的，玛丽莲·梦露于1954年嫁给乔·迪马乔，婚姻历时二百七十四天。他们在日本度蜜月期间，玛丽莲抽空去朝鲜慰问了我们的大兵。'乔，你从来没听过那样的欢呼，'她告诉乔。乔说：'事实上，我听过的。'圣诞节到来之前，我会成为那一周的学生代表，也就是说我得站在我们全班面前，讲讲我的生平故事。如果有欢呼喝彩，我会喜欢的，但是我不会把心思放在热烈的喝彩上，因为到现在为止，还没有人得到过呢。就连那个爸爸是消防员的小孩，也没有呢。他爸爸可是把消防车停在我们操场上，还让我们爬上去过呢。我的团队也会出席我的演讲，不在话下。母亲会来，她会叫上赞德，所以他也会来。菲奥娜会要一张入场券，所以她也会出席。"

"我也来。"

"不，谢谢你，"他说，"拜托了。"

• • • • •

演讲前的那一晚，弗兰克比平素更加躁动不安。我听见他一直在到处游逛，终于忍不住溜出来，想看看我能不能把他哄到床上去，免得他把母亲和全洛杉矶的人都吵醒。

客厅的灯开着，弗兰的嗓音响得足以传到百老汇最大的剧场顶层包厢里。接着灯灭了，客厅的墙上投射着闪闪的星星。它们维持了一阵子，接着绕屋旋转起来。"从启蒙时代起，人类就对我们银河系里的星辰和行星着迷。"弗兰克慷慨陈词。

"这是你小时候的夜间小灯，"我听见米米说，"你上幼儿园以后我就把它收起来了。"

我窥望一眼，想看看发生了什么事。弗兰克已经合上了钢琴盖，将他的小夜灯放在了上面。那是个老派式样的旋转木马纸质灯罩，里面配一个灯泡，缓缓加热空气，带动风扇使镂刻着星星的灯罩转起来，越来越快。

"当时我在找我的玻璃球，好去和菲奥娜在课间休息时玩那个超级冒险的游戏'掷环人'，没想到一下子撞见了它。我才意识到小夜灯正好是我作演讲最需要的。"

"它原来是你舅舅的，那时候他还是个小宝宝，"米米说，"它比我还老呢。所以请小心对待它。"

"你当初把它抱起来藏好的时候就对我说过这些的。"

"我说过？"

"你说我们最好把它收好，这样我们将来还能用上它，要是我的小孩也长大了的话。你说这是个又脆又老的东西，所以我们最好把它装进盒子里，放在架子顶层，确保安全。我就是在那儿找到它的。"

"我平生一半的日子都会在晚上想念这个又老又脆的东西，可我知道小心的珍藏是必要的。默片时代百分之九十的电影都在历史上灰飞烟灭。它们的底片都印在不稳定的极其易燃的硝酸盐影片上，在视频库的火灾里烧毁了，或者被再用来拍摄新电影，又或者粗心地被抛弃在灰尘里。"

"我们曾经一起看着它，一看就是几个小时。"米米说。

"你都快十岁了，弗兰克，"米米说，"我没法相信。"

我不得不强令自己离开。否则的话我早晚得承认自己在偷听。

．．．．　．

结果，米米和赞德到头来都没能参加弗兰克的演讲。

虽然我不在嘉宾名单里，但我知道时间定在学期结束放寒假前最后一个星期五的下午两点。之后是非宗教的茶点小吃和活泼的讨论会。这是弗兰克的说法。所以他才否决了我烘烤圣诞曲奇的主意。那天早晨我为米米做了布朗尼蛋糕，让她带着去参加活动。但是见米米没有提及演讲的事，也没说打算乘什么车去，我开始担心了。等我给她送午餐时，我敲了门，等待着。她没有到门前来，我也没有像以往那样把托盘留下来。我横下心又敲了门。

门开了，她看起来不太高兴。"对不起打搅你，"我说，"可我想告诉你我做了布朗尼，让你带去参加弗兰克的演讲会。我来问问你是不是要我开车，还是让你自己开车。他的演说两点开始。"我看得出她想把门摔上，于是我上前一步，用脚抵住了门。

"别进来。"她说。

"我做梦也不会想进去。我只是想知道你想要几点出发。"

"我不去。他昨晚给我讲过梗概，所以我不需要在现场。"

"可他盼你能去。"

"我要工作，"她说，"我也一直在工作，直到你敲了我的门，觉得你该提醒我去承担你认为应该是我的那个责任。让我来告诉你我的责任是什么，我得坐在打字机前，直到书稿写完，这样我和弗兰克才不会最后住到冷藏车里去。现在走开吧。"

我走了。真的想一步也不停，直到跑回纽约为止。我想唯一阻止我滚蛋的原因是，我想到了弗兰克，想到他站在全班面前，没有亲友团出席没有人喝彩加油。于是我用盒子装了布朗尼，钻进汽车，开到了学校。

· · · · ·

办公室的访客登记簿翻到了新的一页，于是我翻回一页看看赞德有没有签到。他没有，但我来得早，所以他还有可能迟些再到。

"我想这支笔没墨了。"我对写字台后面站台的学生说道。

"对不起。我再找一支。"她开始翻抽屉。

"菲奥娜，"办公室的那位我不认识的女士说道，"别发出这种噪音。笔在左上的抽屉里。"

菲奥娜。女孩足够有三年级学生的身高了，很瘦。一个可爱但样貌颇为平常的孩子，金头发，一双蓝色大眼睛，极为醒目。也许等到她脸再长大些，能够盛得下它们，才会显得不那么突出吧。她没有吊绷带，也没穿短裙，没有穿毛线开衫或戴着发箍。不过一所学校里又会有几个菲奥娜呢？"你是菲奥娜？"我说，"你会参加弗兰克的演讲吗？"

她把笔递给我。"我是菲奥娜。什么演讲？"

"弗兰克是本周的学生明星。他今天下午有个演讲会。他说你也许会拿着一张入场券来参加。"

"谁是弗兰克？"

"对不起，"我说，"学校里一定还有另外一个菲奥娜。"

"我觉得没有。"

我胃里感到一阵不舒服。"弗兰克有个朋友名叫菲奥娜。她在三年级。"

"我是三年级的，"她说，"如果还有个菲奥娜，她肯定不在三年级。据我所知。"

"那我一定是把细节搞错了。那个菲奥娜开学第一天把手折断了。"

"我开学第一天折断了胳膊，"她说，"可我不认识谁叫弗兰克。"

博拉在她旁边擦身而过，朝校长室走去。"她说的是四年级的那个盛装打扮的，"她说，"每天和我一起吃午餐的小朋友。"说罢她消失在楼道里。

菲奥娜皱了皱鼻子。"噢，那孩子。有一次他问我可不可以试试我的绷带。他是个怪人。"她闲步从台面前走开了，幸好她走了，否则我真想冲上去抓住她的脖子，用大拇指把她鼻子上轻蔑的皱纹抹去。我还兴许会一个巴掌把她的鼻子打歪了。然后我再给她说说，什么是万中无一的天才和怪人之间的区别。

• • • • •

弗兰克的演讲以小夜灯的投影开始，先讲了讲人类对行星和恒星的迷恋。我想不出这些同弗兰克的生平故事有什么太大关联。接下来的情形是：弗兰克的故事是他的父亲是个火箭专家和无人登陆火星的先驱者。

这孩子没有再说下去。他说："我不属于这里。"然后站在原地，只管看着绕着轴心旋转的繁星。接着他躺倒在地上，僵住了。皮普小姐打开了灯，拔下了小夜灯的插销，感谢了他的分享。有几个孩子微弱地喝了彩，有一个举手问弗兰克的爸爸是不是星球大战里的R2D2或CP30。皮普小姐嘘声制止了他，我将弗兰克举起抱到我肩头，犹如救人的消防员，抓起小夜灯，离开了。

我把布朗尼留在了我坐过的书桌前。我希望那个举手提问的孩子吃到它，然后被它噎住嗓子。

• • • • •

"那不是我的最好表现。"弗兰克在回家的路上说，"你来了我真遗憾。"

"我不遗憾，"我说。

"我母亲为什么不在？"

"你母亲必须得工作。她有最后期限。"我没有提及她已经错过了瓦

165

格斯先生在我离开纽约时为她设定的每一个期限。

"啊，好吧。反正她昨晚听到了关于她的那一部分了。"

"是吗，今天为何不把那段讲出来？"

"我发现她本人没有来听，那说出来有何意义？我以为赞德会来，也没有。"

"没。"我说罢，没再接话。

"我懂。父亲错过了我的出生，因为他要去解决火星旅行发射前的一个小故障。赞德也一定有他的期限。赞德有一点很棒，就是你真的需要他的时候，他很靠谱。例如，我们需要换装滑动门的时候。另外，我出生的那天夜里他开车送母亲去医院，我降生到这个世界的时候，他就陪着她。"

后视镜不够大，谈话没法展开。于是我把车停在道边，转身看着他。"等一下。你是说你出生的时候，赞德就在那里？"我问道。

"在分娩室里，握着母亲的手，"他说，"喂她吃冰沙。鼓励她使劲。显然相当有戏剧性。流了好多血，还有尖叫，骂了难听的话，但是在那种情境下，有人味儿有心肝的人都会原谅的。赞德告诉我，我刚钻出来的时候，有一点点黄疸，于是他在婴儿室的一张摇椅上紧挨着我坐着，看着他们用一盏高温灯把我的身体烘干。我经常不明白，以黄疸著名的阿岗昆圆桌的成员是怎么被烘干的，因为他们出生的时候还没有暖光灯啊。菲奥娜没来听我的演讲，真是太糟了。"

一听之下，我非常恼火，未及思索就脱口道："我在办公室遇见菲奥娜了。"

弗兰克什么也没说，可我能看见他心底里很崩溃。

"你还好吧，弗兰克？"我问。

他没应答，我便下了车，到后面去陪他坐着。"我能用胳膊搂着你吗？"我问。

"不行。"过了一阵子，弗兰克把脸贴住我的肩膀。"我也见过菲奥娜，也就一次。"他说，"我听说她因为心不在焉受了伤，接着听见她的名字好可爱，充满了希望和温暖，于是我觉得真的应该自我介绍。我一想到要这样做，就极度害怕，但是我希望我们也许能做朋友，所以我就勇敢了起来。可是结果原来她和其他人都一样。"

. 16 .

寒假把弗兰克从地狱般的孩子堆里解放出了一个月。

多雨季节开始了，所以我们也不怎么出门。我对洛杉矶四十天四十夜足斤足两的雨水并无准备。瓢泼大雨，毫无道理，结结实实地砸下来，几个小时毫无中断，似乎天上的什么人开足了天堂里的水龙头，忘记关掉一般。有时我会半夜拉开窗帘，就为看看外面的水幕，听听季风的呼啸。你能够在房内嗅到由地下传来的湿气，即使窗户全部关闭。谢天谢地，泥灰围墙能够保护我们不会滑落到山下，或者，至少在我们跌落时给个缓冲。

大多数早晨，弗兰克和我会套上硕大的黑色油布雨衣和长筒雨靴，扛起葬礼用的巨型黑伞，穿过洪水，到梦幻屋去绘制我们的作品。肖像画进展并不顺。空气里的湿度太大。三台便携式风扇对准它一起吹，油画还是干不了，在这梦幻屋里，我找不到加快进度的催进剂。画面也没有慢慢自行风干，而是渐渐呈现出线条和色块模糊成一片的恶心模样，让我联想到炎热夏季里的变质剩菜，如果当作泔水倒掉，连猪也不愿意吃。

弗兰克，承蒙他的好心，在一旁盘旋，献计献策的。不过都没用。我一早就该把画布撤开，和这孩子一道玩《妙探寻凶》的游戏，直到天气放晴，或是我的心情放晴。但我是有期限的。我讨厌让弗兰克失望，如今他的失望怕是在所难免了。

"我不明白你为什么有这么多麻烦，"弗兰克在圣诞前好几个早晨这样对我说，"你的素描稿子极其精彩的。"

"谢谢。"我说。我们坐在黄色桌前，彼此生着对方的气。我感到好沮丧，于是闭上眼，前额搁在了桌面上，不动了。空气里湿气好重，连颜料都受潮了。

我听见这孩子在梦幻屋里到处翻找着什么。这里可没有他喜欢的锋利厨用大刀，如果他距离阁楼边缘太近，吱吱嘎嘎的楼板也会出卖他，提醒我在他有可能摔下去之前制止他。我睁不开双眼。我的眼睛需要休息。

我听见他打开了一个文件夹，翻出一些纸，在四下里发出些乒乓声。这感觉颇有些像在听一出广播剧。忘我之际，我很享受地想象着他在鼓捣些什么。不管他在搞什么，等他完事儿了，他就凑上来，用下巴抵住了我的肩胛骨。"爱丽丝，"他说，"醒醒。"

等我抬头定睛看去，只见弗兰克已经从画架上拿下了我那些湿透的画布，换上了一大张水彩纸在原来的位置。他在右上角钉了一小幅我以前画的一张素描，在画里他穿着小王子的套装，双手拿着望远镜，围巾在他的身后翻飞。"我观察了你的画技，得出的结论是，油画不是你的最爱。"他说，"我认为你也许画些印象主义的东西会更加舒服合意，也许以这张素描的线条为基础，放大些，再用水彩颜料设色。奥古斯特·罗宾的一些肖像就是这样画出来的，我非常中意。"

"是这样吗？"还不等我把椅子往后挪，弗兰克已经取过画纸，在我眼前的桌面上铺平了。"我对水彩画了解不多，只知道比起油画，它的价值有时候会被低估，因为它很容易损坏，保存难，维多利亚时代的贵妇和口含天宪的评论家又对它嗤之以鼻。可它却是最重要的也是最难把握的绘画媒介之一。我没考虑到滴水，虽说这是顺理成章的。爱丽丝，我每天都从你身上学到很多。"

一个小时之内我就画完了。到晚餐之前它就干了。整件活计最难的部分是：把这幅肖像画运回房子里去，既不能撕破褶皱，也不能被瓢泼大雨浸湿。

这幅成品最显著的特点，是尺幅足够大，可以覆盖壁炉架上方的灰褪色的正方区域。没时间装框，我们就不装了。平安夜悄悄迈向圣诞节的时候，弗兰克和我潜入客厅，将它钉在那里。我将他驱赶到床上之后，就开始往他的圣诞袜子里塞东西，能找到什么就塞什么。一把剪刀。一卷胶带。一盒口香糖。我的头发刷子。一副假胡须，这是我计划包好了放在圣诞树下的。总之一切可以填充的东西。

圣诞日一早，弗兰克的袜子被翻空了。我发现我贡献的东西都被扔在我卧室门口的一个搅拌碗里，还有一张米米写的字条："我相信这些东西是你的。"

所有的东西，除了那套假胡须。她把它们包得很精美，还加了一个印了字的标签，写道："赠弗兰克，爱你，爱丽丝。"弗兰克见了胡须格外欢喜，于是当场戴上了三支。一支在唇上，另外两支盖住了双眉。接下来他说想要我拥抱他，他站在原地，毫无畏缩扭捏地接受了。

· · · · ·

弗兰克将蒙住米米眼睛的T恤衫撤下来，然后一只手划过半空指向水彩画，那时米米似乎真的吃惊了。"嗒嗒，"他说，"圣诞快乐，妈妈。"

我必须不谦虚地说，水彩画撑开的效果相当好。灯光恰如其分地投射在上面，我的时间紧迫，却正好迫使我没有画蛇添足。你不可能挑剔一个孩子身上的线条是否齐整，可你一定看得出画面里的弗兰克真的很好看。

米米坐在沙发上坐了好久，认真地看着。等她终于开口说点儿什么的时候，第一句话是："你从哪儿弄来的这个？"

"爱丽丝。"弗兰克说。

"她又从哪儿弄的？"她说着，似乎我根本没有站在眼前。

"她画的，"弗兰克说，"我真希望你就在现场看着她画。就花了她一个小时就画好了。也许还不到。就像变魔术。"

米米点点头。我能看见她眼里溢着泪水。

"你以为如何？"弗兰克问。

"我认为她绝对把你画出神了。"

· · · · ·

当晚我已经躺在床上的时候，有人敲我的门。我的心开始怦然。难不成米米来向我道谢了？还是弗兰克更有可能吧。"进来。"我说。

是米米。"你是不是必须把我所拥有的一切都抢走？"她问道。我没法相信自己居然那么蠢，居然认为她会对我说句善意的话。

· · · · ·

圣诞节过去几天后，我在一天夜里被钢琴声吵醒了。我当即注意到一件事：琴声不是自动播放出来的，以前我都不知道自己能分辨出其中的差别。我看看闹钟。已经过了午夜。我跌跌撞撞来到客厅，只见赞德坐在琴凳上，带着一种前所未有的平易的欢愉，流畅地操弄着琴键。米米是对的。你的确可以分辨出人和机器的不同。

我站在门口听了一阵子，然后说道："你弹的这是什么？"

他天使般地向我微笑，倒好像他一分钟也不曾失踪过。接着他说："这是弗兰克·罗瑟写的一首歌。"

"歌名是什么？"

"《你除夕夜干什么？》"

"你真无聊。"我说罢，回到床上去了。

雨季过后

2010 年 1 月

.17.

暴雨戛然而止，不曾把玻璃房子冲下山坡，滑落到405号高速路上。然而对于我们这些住在里面的人来说，生活却经历了迅速的滑坡。

在我看来，有了赞德在身边，米米的情绪也不曾有太多改善。弗兰克，不在话下，很开心见到他的巡回男偶像回到家里。错过圣诞节的赞德送给弗兰克一个粘在汽车仪表盘上的草裙舞玩偶。他们开着面包车在车道上倒车下坡的时候，他让弗兰克坐在前座，倒下去，再开上来，反复如此，就为了让他看草裙舞女孩的摇摆。弗兰克原本也要请我一起兜风的，但我最不愿意的事情就是与赞德太过接近，就算只有几百英尺的里程。

赞德再次出现，于是我被迫唱起了白脸，始终严格督促着弗兰克吃饭、洗澡、刷牙、睡觉。尽管赞德看起来吃得饱，睡得香，海面以下的暗流是否汹涌，却没有人能看得出来。赞德没有和我们一起吃饭，我也没再和他睡觉，而且，他刷牙的时候，梦幻屋洗手间的门关得紧紧的，也就是说，不管里面多么逼仄，手臂磕碰有多么痛，赞德不再开门与人分享他的窘境。

然而开学伊始，弗兰克真正的苦痛来了。我第一天送他去上学，他向前倚在两个座椅之间，详细地解释了多米尼加共和国民族舞蹈的源流。这种舞步的名字不知因为什么，基于一个法语词汇：调和蛋白，它的脚步紧密，灵感来自当年锁住奴隶的脚镣。弗兰克更愿意想象那个草裙舞姑娘格外喜欢调和蛋白的舞步，尽管她所处的地方应该与多米尼加隔着大洋高山。我把他放下车的时候，他依旧自言自语叨咕着这事儿。时值一月中旬，天气尚足够冷，他的套装还算得上应时之选。他戴了一副金色象头袖扣，那是米米圣诞节时送给他的。他的土耳其毡帽上的穗子摆动着，殖着他脚下的调和蛋白舞步，恰好合拍。他一路踏着舞步穿过操场，让我看得几乎欢快雀跃起来。我没法相信，十二月份的低谷竟然使我神经紧张到这种程度。

　　那么当然是出了事故的。米米被电话叫到了校长室。然而我，身为米米的代理人，赶去见校长的时候却被挡了回来。他用坚定的语调说他要和弗兰克的母亲谈话，而不是和他母亲的一个雇员交流。

　　"出了什么事？"我问博拉。

　　"因为你不是他的监护权父母之一，我是不允许向你透露他的信息的。"

　　"什么时候开始的？"

　　她身子隔着台面前倾过来，悄声道："自从我们有了这位新校长。他对戒律清规和职责是很认真的。他坚持让我们叫他马休斯博士，因为他有个儿童发展研究的博士学位。自己没有孩子。所以他是个权威。至少，他自己认为是。"

　　弗兰克在博拉书桌旁的椅子上坐着，在胸前紧攥着压扁的土耳其毡帽，摇晃着。她将他引到我面前，却一下也没触碰过他，和谐一致的步调犹如舞台上的表演，乐感卓越的大师也不过如此。交接完毕之前，她蹲下来，让自己的眉眼与弗兰克平齐。"咱们还会一起吃午餐，好么，亲爱的？"

"滴滴。"弗兰克答应着。

她站直身子，对我说："马休斯医学博士说弗兰克不能回学校上学，直到他母亲来和他谈过话为止。"

"新校长是个医生？"弗兰克问，"我的外公也是个医生。他一战的时候在战壕里把士兵的伤口缝合，让他们能够回到家，和他们所爱的人重新团聚。"

"他的是另外一种专业的博士。"博拉说。

在车里，我问老校长发生了什么事。"博拉对我说他去了更好的地方。"他说。

噢，天哪。"什么更好的地方？"我信口问着。

"伊斯坦布尔，"他说，"或者君士坦丁堡，我忘了哪个了。"

我决定随他去。"你的小毡帽又是怎么了？"我问道，一边从后视镜里查看着他。他搂着残破的毡帽，开始发出一种可怕的声音，犹如一只被棒打的海象，发出了哀号。我此前从没听弗兰克哭过，所以那一刻我花了好久的光景才意识到那是他发出的声音。我忙不迭停下来安抚他。这孩子，需要回家了。

· · · · ·

开到车道的时候，弗兰克的哭声停下了，但是让他从后座上下来却费了好大的劲，因为他倒在我身上，又玩起了"独裁者塑像坍塌"的把戏。我也不知怎么把他拖了出来，让他斜靠在车上。我正想要将他扛在我肩上，却看见赞德出现了。"怎么了，哥们儿？"他问弗兰克。

弗兰克摆脱了我，跌跌撞撞扑向赞德，将他的脸贴在赞德的肩上，说道："我不属于这里，我要回家。"

"你到家了，我的朋友。"赞德说。

"不，我没有，我没有！！"号叫声又开始了。

还不等我向他解说什么，赞德一把抱起他，跑进了房内。我紧随其后。他把这孩子放平在他床上，我用一条毯子将弗兰克裹紧。接着赞德坐在床沿，把他放在大腿上。他摇晃着哄着他，哼唱着什么，我分辨不清。弗兰克停止了海象的哀号，说道："跨越彩虹——路易·梅耶想要把那个数字从《绿野仙踪》里剪切掉，因为他认为那样就放慢了故事的进程。"说完，他睡着了。

赞德把弗兰克缓缓放在床垫上，我用几个枕头塞在他的周围。"毯子那一招不错。"赞德嘟囔着，"究竟是发生了什么了？"

我感到脸上烧得好凶。为什么只有赞德一个人还似乎对我抱有感射？"弗兰克的学校换了个新校长，"我说。

"啊哦。"

我们悄步退出，来到门厅，却见米米就在弗兰克的房间门口，倚靠在墙上，一脸的恐怖，犹如一个站在高台边缘的人，在寻短见之前蓄积着勇气，接下来一跃而下，为所有人结束所有的痛苦。"出了什么事？"她问。

"弗兰克被送回家了，"我说，"他们不肯说为什么，他也太紧张了，顾不上告诉我。办公室的博拉说让我给你这个。"

米米打开字条，在我们面前读着。读罢，她把条子放回信封。"有弗兰克之前，我的生活轻松多了。"她说。

· · · · ·

我们让赞德留在家里陪弗兰克，米米换上了她的奥黛丽·赫本套装，随后我们再次驱车返回学校。换了我，我就不会选那套衣服，不过我以为她是专门为儿子才穿的。我很高兴这一回她把头巾和眼镜留在家里了。

因为我不是监护人，所以博拉将我"带去等候室"了，也就是说，她把我骗到了一间储物间里，被四周的复印纸盒子围困起来，她指了指和马休斯博士共用的排风口，又将食指竖在唇前，示意嘘声。我点点头。

这家伙有一副刺耳的、自满自足的嗓音，听起来还算斯文有礼。对隔墙偷听的人来说挺合适，但是如果谁要是被困在电梯里，或是与他同在一间办公室，那他的嗓音毫无疑问是令人惊悚的。米米的声音听起来费力得多。但我完全可以把零星的字句串起来，听懂对话。似乎是咱们那位亲爱的菲奥娜同学问弗兰克，可不可以戴一戴他的毡帽。我能够想象弗兰克将帽子递过去时的面部表情，他的又甜又空无一物的表情唯有最亲近的人才能读得出其中的愉悦。我能够想见他在想，也许菲奥娜同别的孩子毕竟不一样。

菲奥娜拿起毡帽，扔在地下，用脚踩着。弗兰克把它抢回来的时候，她纠合了一帮欺负人的乌合之众，合起伙追着弗兰克在操场跑，想把它再抢回去。

"我们交谈，然后我们牵着手逃离我们的敌人。"

我听见米米说"菲奥娜"，可我听不到她说的其余的话。

"菲奥娜的动机可以理解。新来的姑娘，想要在新的地方确立新的社会地位，"马休斯博士说，"但我的感觉是，菲奥娜并不是错误的一方。你作为当事者的负有看护责任的母亲，我们需要审查一下你能做些什么，以便未雨绸缪，避免未来这样的事件再次发生。如果你诚实地想一想，班宁太太，你必须承认，在你的纵容下，弗兰克把自己变成了靶子。"

听过了这话，我感觉马休斯博士永远也不该有自己的孩子。

我听见米米嘟囔了些什么，他回应道："你必须意识到，弗兰克着装的方式把他同其他孩子隔离开了。"

我等待着米米愤怒的回应："但是弗兰克不是其他孩子！"她说了些什么，但是嗓音太轻柔，我什么也听不清。

• • • • •

回家的路上米米一声不响。我忍不住心头的焦虑，终于问道："情况怎么样？"

"情况怎么样不关你的事。"米米说。

"米米，呃，我知道——"

"你什么也不知道，爱丽丝。你凭什么觉得可以叫我米米？"

"是你让我叫你米米的。"

"我从来没让你叫我米米。"

"你说过的，"我坚持道，"弗兰克被留校晚归的那天。我做了鸡蛋。我的头发湿了。记得么？"

"为什么要和我争辩？停车。立即停车。我一分钟也忍受不了你的面孔了。"可她连看也没看我一眼。

我在车位上停下车。车头朝着下坡的方向，所以米米开门的时候，车门卡在了人行道的路牙上。我从没见过像洛杉矶这么高的马路牙子。去年夏天，我们出门历险的时候弗兰克曾告诉我，它们之所以建这么高，是为了雨季的时候保护行人不受洪水之害。经历过那样的气候之后，此刻我理解了。

　　我猜想米米是想让自己的离去又快又有戏剧感，然而接下来却是卓别林式的滑稽一幕：一个小女人和一个大世界的搏斗。她必须从不及手袋宽的小门缝里钻出去，爬上高山一般艰难的人行道。她向上攀爬，摇摇晃晃，奥黛丽·赫本套装刮擦着她的大腿，一只鞋子也掉了。爬上去之后，米米在视野里消失在车门后面。就我从门缝里看到的，再加上她哼哼唧唧的声音，我猜她是俯卧在了人行道上，摸索着找她的鞋。乖乖，找到了！！她再次站起来，倚着汽车穿上了鞋子，拽下上装，将衣服上沾的人行道沙土掸干净，随即扭头跟我说话。出于礼貌，我撤下按钮，放下了副驾一侧的车窗，好听她说话。

　　"总是这么坚定自信一定累极了吧，"米米说，"好吧，我来告诉你一个秘密，爱丽丝。做得完美也不能让人喜欢你。"接着她开始演出她的闭门羹套路，想把门在我面前摔合。尽管门开得很窄，但是奔驰面包车的门有一千磅重，我认为米米不会超过一百磅，所以她花了挺大力气才将卡在人行道上的车门松开，然后合上了。

　　"我能给你帮个忙吗？"我最后说道。

　　"我随便什么事情也不需要你来帮忙，"她说，"永远不要。"

　　"你随便吧。"我重新摇上了车窗。

　　米米奋力关上车门以后，她从手袋里摸索出手机，随即扔在人行道上。我担心她把它摔坏了，想要再次摇下车窗，问她要不要我开车带她回家。尽管怀着抗拒，可我体内依然蠕动着足量的善意。纽约的生活让我知道，有时候愤怒是强心的补剂，可以托举着某种人度过生活中最崎岖的地带。我很确定米米就属于这种人。于是我坐定了，看着她捡起手机，拨了号，讲了一两分钟话，然后看看她的表。我在路边等着，直到一辆出租车驶来，她上了车。从始至终她没看过我一眼。

．．．． ．

当天下午晚些时候，我正在厨房给色拉切小红椒，米米出现了。我知道不用指望她会向我道歉。

"这是我的信用卡，"她说，"你得出门去给弗兰克买点T恤衫和牛仔裤，还有网球鞋。"

我用毛巾擦了手。"如果你真的要我去，我就去，但是弗兰克绝不会穿那些东西的。一百万年都不会。"

"他必须，"她说，"我和那个话痨浪费了一个下午，他对我说弗兰克如果学会在人群中隐身，就会更加安全一些。"

"弗兰克会伤心的。"我说。

"弗兰克是个孩子。他会度过这一关的。那个掌管学校的傻冒说如果他不能学习适应环境，就必须换个地方。"

"如果弗兰克是为了'适应'才进了那所学校，那他也许应该换个别的去处。"

"我会让那个男人满意的。"

我抄起菜刀，下狠手收拾着那些小辣椒。"这不是你的，也不是校长的事，"我说，"这是弗兰克的事。"

米米没有朝我开炮，而是闭上眼睛，做出了一个弗兰克的表情——那是世界对他来说太沉重的时候，一个"受不了"的表情。这是我第一次看到他脸上的元素出现在米米的脸上。"弗兰克已经去过'别的去处'了，爱丽丝，"她说，"他已经在太多'别的去处'接到了逐客令，要是再有什么别的去处，也许比现在这个更糟。"

· · · · ·

　　第二天早晨，我对弗兰克解释说，卡其布裤子或许适合穿到学校，与他的新T恤衫和网球鞋搭配，再过上一两个礼拜，可以换个花样，改穿牛仔裤。或者不改。由他定。我想让他感觉自己也有点掌控的权力。

　　弗兰克站在那儿，穿着内衣和菱形格子袜，盯着我摆在那里的衣服。一双圆滚滚的泪珠从脸颊上滑下来。"我不知道怎么穿这些。"他说。

　　"很简单，"我说，"把T恤套在头上，你连纽扣都不用扣。"

　　"但是我穿着可以当睡衣穿的衣服，肯定不会有人带我去公共场合的。"

　　"许多孩子穿着T恤去公共场合，根本没考虑那么多。"

　　"还有许多孩子在操场上追我呢，可那也不能说明他们是应该的。"

　　我无言以对。

　　弗兰克没吃早餐。他坐在桌前，盯着他的华夫饼干，捋着原本领花所在的地方，抚摸着裸露的前臂，抓挠着正常情况下袖口和袖扣所在的手腕。

　　赞德不得不抱着弗兰克出门上了车，然后陪我们一起到了学校。我同意他独自开车送弗兰克上学，因为弗兰克多半会喜欢这样。"别犯傻了，"赞德说，"我只要在后面陪我的哥们儿坐着。再有，我会陪他走到教室，确保他安全抵达。"

　　等他回到车里，赞德说："这是个坏主意。很坏很坏的主意。"

　　"我也这么认为。"我说。

　　"米米是天才，你知道的。但有时候聪明人办蠢事。"

　　"米米不知道还能做别的什么选择。"我说着，惊讶于自己此刻竟然替米米说话。"弗兰克已经被许多学校赶出来过了。"

赞德耸耸肩："那又怎样？谁不是呢？"

我，我就没有过，可我没说出口。

"她打来电话的时候，真幸运，我正巧可以丢掉手上所有的事，"赞德说，"你知道，我有时候真的会琢磨，这个女人要是没了我可怎么办。"

• • • • •

她的书稿还没完，可我完了。我告诉米米，我要走——在告诉瓦格斯先生之前，因为我要把自己的后路断掉。

"没人把你当犯人关着，"米米说，"走吧。"

"你会很好的，"我说，"只要有赞德在，你不需要我。"

"赞德，"她说，"呵呵。"

.18.

收拾行李是简单的。给瓦格斯先生写邮件解释我为何要弃守城池就不简单了。不管我怎样清楚冷静地开始一项努力，推进一两步之后，我就会变得像个被抛弃的怨妇。米米总拒我于千里之外，叫我怎么帮助她？她不感激我。找别人去吧，找个更漂亮，头发更金黄，更受欢迎的人。我回家去了。

我收到一个弗兰克学校来的电话，但我按下了"忽略键"然后就关机了。如果有什么问题，那就是米米的问题了。或者，是米米和赞德的。不是我的责任。我站在原地，手持手机，带着负疚感、担忧，没有给瓦格斯先生发出一个字。有人敲门了。如果米米需要我去接弗兰克，我就去。就这一回，最后一回。

是赞德。从去年夏天，我在梦里看见"阿波罗姿态"起，他就没来过我房间。从我还是个自以为什么都知道的青春期女孩起，我就一直不明白母亲为什么会嫁给我爹那样一个无赖男人。看到赞德站在我门前，我终于懂了。有时候聪明人会做最蠢的事。

"米米说你要回纽约去，"赞德说，"你要去多久？"

"我不回来了。"

"什么？"

"瓦格斯先生派我来做的工作，米米都不让我做。她不喜欢我。弗兰克对我只是忍耐。我不属于这里。我要回家。"

"米米对你的喜欢绝不比她对别人少。弗兰克很爱你。他会崩溃的。"

我一阵揪心。"有你在他就没事，他不会崩溃的。"

"这不是真的。"

"当然是。你一到这里，我就沦为二级品了。"

"我不同意。"赞德靠近了一步，"那我又算什么？也许你走了我就崩溃了。"

"哈。"我说。这腔调让我联想起什么，但我又想不起究竟是什么了。

"嘿，"他扶着我的脸颊，动作好轻，仅仅用中指的指尖刷过我的皮肤。"你离开是因为我吗？"

"你是不是弗兰克的父亲？"我问。

他盯着我看了一分钟，接着抓住我的小臂，将我甩进房内，关上了门。"你为什么问我这个？你觉得要是我和米米在一起过，我还会在这幢房子里追你吗？"

追我？这话让我激动的程度，简直羞于说出口。"我从来没说你们有

什么浪漫恋情。你可能那样做了，只是作为一个朋友。有人这么干的。'
我想象着米米会用什么样的措辞提出那个要求。对不起，你能给我少许精
子吗？当然，她想必会说得更加谨慎些。"少许"不应该在这个语境下用
来同男性的性别器官挂上关联。尤其是你在向他索要一些的时候。

"我们是朋友，"赞德说，"可不是那种样子的朋友。"

"那你们是什么样的朋友？"我问道，"因为以我的生活阅历，我没
办法把你放在这样一幅画面里。"

"你什么意思？"

"弗兰克告诉我，他出生的那天晚上你就在米米的分娩室里。如果一
个男人仅仅是个朋友的话，那可有很多问题可以问问了。"

赞德在我床上坐下，向后瘫倒，两臂大大地摊开。"受苦受难的耶稣
啊，"他说，"米米什么人都没有了，爱丽丝。没有了。"他在那里躺了有
一分钟，盯着天花板。接着他坐起来，说："你知道那是个什么光景？"

"所以，你要说什么？你是？还是不是？我很好奇。"

他用生硬的眼神看了我很久——那种眼神就好比你在街上看到某人，
你怀疑他是你多年前的老邻居，或是个你在电视里见过的演员，又或是前
世的宿敌。

"你不是好奇，爱丽丝你是自私。"

我平生被人用很多词汇骂过——烦人、小东西、假正经、马屁精。没
有自私，从来没有自私。

赞德在我面前擦身而过。这一次他的眼光经过我的面孔，犹如平生从
没见过我一般。好像我是空气。

· · · · ·

　　米米是对的。一贯坚定自信没什么不好。如今我心里的这根磁针没有了，我从未感到如此失落。我跌坐在红色情侣座上，长久地怨恨着自己。以下是我鞭笞自己的一些语汇：自以为是、主观好裁断、背信弃义、自命不凡。就是那种自信只有号令所有人都闭嘴听命于他，才能让世界进步的那种人。

　　我责备自己的口吻，俨然是透过排风口传来的马休斯博士。

　　在雨中，山丘泛出一抹柔和的希望之绿，但是它不会维持过这个星期的。我的胃里轰鸣，但是我不饿。我需要叫辆出租车，可我没有叫。倒不是说我会误了班机什么的。我的计划是径直前往机场，遇上哪一班飞机就坐哪一班。

　　敲门声第二次响起，我依然没有回应。米米没有再敲。她径直进来了。"你得留下。"她说。

　　"我正打算叫出租车呢。"我没有转过脸看着她。

　　"我需要你。"她说。

　　"不管什么事，赞德能帮你。"

　　"赞德不能开车。"

　　"你什么意思？他当然能。"

　　"他没有驾照。"

　　她说这话的时候我转过头。尽管她老得足够做我的母亲，我以前从来没觉得米米像现在这样老。

　　"他开着面包车运来了木料修好了滑动门。"我说。

　　"木料又不会有生命危险。"她说，"我需要你开车送我去医院，弗兰克正坐在急救车上往医院赶。"

· · · · ·

"都是我的错。"米米说。

我在确保没有生命危险的前提下开得飞快："不是你的错。别这么说。"

"是我的，"她说，"你过来和我谈话之后，我一直坐在书桌前，如果弗兰克没有出生，我就不必非得把你请进家里来。"

他们从学校打电话给米米，通知弗兰克癫痫发作了。

"癫痫？"我说，"这也不算太恐怖。很多因素都可能引起癫痫。低血糖，睡眠不足，发烧，过敏反应。"脑瘤。这一条我跳过去了。

"脑瘤，"米米悄声说，"这一条很可能解释得通。"

是办公室里的另一位女士打的电话（不是博拉）。"我给你的拍档爱丽丝打过电话。"她告诉米米，"可她没接。你来医院之前多半得和她先联络上。"

弗兰克得有两个妈妈。说实话，有十个也不嫌多。

· · · · ·

在去医院的路上，米米给我讲了朱利安的最后时光——完整的、悲伤的、真实不虚的故事。

开头是这样的："我一直以为我母亲是个笨蛋。接着我有了弗兰克。'

有了弗兰克，米米自信她会是一个比班宁更好的母亲。她的哥哥有几件事情惊人的出色，而其他所有的事情都是一团糟。所以，当他们的母亲让他回到房间里做那些他不擅长的功课时（例如法语和物理），米米会溜进屋去替他做。比你想象的还容易蒙混过关，因为朱利安的手写体实在太潦草，所以上高中以后他母亲就给他买了这台米米现在用的便携打字机。朱利安要做的事，仅仅是在卷子顶端签上大名。米米早已将作业打完了。朱利安就可以在谷仓的一侧练习投球，直到墙皮碎裂，直到天黑，球的白色与树林枯木的白色难以分别为止。那么要是朱利安分辨不清凡尔赛条约和凡尔登条约的差别怎么办呢？她的哥哥太不同于别的孩子了。个别。要么他有朝一日变成一个怪人。要么他变成一个大名人，再没人会在意他的那点小小怪癖。

尽管如此，但哥哥上大学，仍算是一种解脱。她爱他，不在话下，可有时候也和其他人一样，也觉得他的怪异和单调乏味令人气恼。他不在房子里横冲直闯了，家里平和了许多。其他人可以在夜里多睡些好觉。是啊，至少米米可以。许多年前起，她的母亲就似乎夜夜不用睡觉了。弗兰克医生则大部分夜晚都在医院，缝合酒鬼的伤口，宣布车祸受害人的死亡，接生婴儿，诸如此类。

米米能够想见班宁在和离家上学的朱利安通电话时，是如何的焦虑不安。他从来不会说完整句子。只有"可以"或"好啊"，或"不完全是"。他的成绩单寄来的时候，班宁可能把信封攥在手里很久，然后打开，扫一眼里面的纸，揉烂，扔进垃圾，不给任何人看到。太糟了，米米心想，她不能和朱利安在一起，替他完成学校的作业了。

接着米米自己也进了大学。离家读书对她来说是一种未曾预料的解脱，就像放弃了一双你喜爱的鞋，却没意识到它已经把脚趾夹得生疼，直到再次找到一双合脚的鞋为止。在大学，米米再没谈及吉莱斯皮的名字。她发现，向别人提问，问询关于他们的故事，要容易得多。人人都说她是可以平易交谈的对象，可是与其说是交谈，还不如说是向她单方面倾诉。好在，米米是开心的，或者说假装很开心，以至于以假作真时就似乎是真的了。

大一第二学期期中，朱利安现身在她宿舍里。她正在自己房间里读书。米米记得她听见套间的门疯狂轰响，同时记得她正在读到的那一行诗句："没有人，哪怕是雨水也没有那么小的一双手。"当时她正想着：诗句还挺美的，可是作者为什么就不能在每一行开头用大写字母？就不能好好使用标点？那样做他会死吗？

接着她的一个室友叫她出来。

她叹了口气，来到门口。"朱利安。"她说，给了他一个拥抱，尽管他从来不想要什么抱抱。她知道如果她不这样，室友们会觉得怪怪的。

"他真的是你哥哥？"其中一人问道。米米这辈子也不会记得这姑娘的名字。"你从来没说过你有个哥哥。"

朱利安把这一切看在眼里，可什么也没说。不管怎样，用朱利安的标准衡量，他确实看起来有些焦虑。

米米让他进了房间，自己坐在书桌前，他坐在她室友的书桌前。米米很高兴室友出去了。她总是和那朋友出门。只要她一刻清醒着，就会唠叨着说她那个男朋友。康拉德？真逗，米米也记不起那个室友的名字了。"怎么样，朱利安？"她问道。

"我被亚特兰大老鹰队的球探盯上了。那个球探说朱利安·吉莱斯皮的名字要是不签在老鹰队的合同上，他就不走了。"

"噢，朱利安！太兴奋了！这是你一直都想要的。接下来怎么样了？"

"接下来他走了，没有带走我的签字，因为我的签字如果没有父母同意就一钱不值，因为我还没成年。他需要的签字必须是弗兰克·班宁医生的或者是弗兰克·班宁夫人的。二者之一，或者二者都要。"

"好啊，这也不成问题，对不？"

"成问题。是个问题啊。母亲不会签，她也不会让父亲签。"

"为何不？"

"因为我不及格被退学了。"

"哦，不！"

"母亲说我必须先上完大学。米米，我读书不行的。我讨厌那地方。"

"你有没有告诉她这个？"

"有。"

"她说什么？"

"她说如果我自己用心，我会像高中时那样得到好成绩的，当时是你替我写作业的。"

"她不知道我替你写过作业。"

"不知道，可我自己知道。没指望了，米米。母亲说我们不是那种生个儿子，长大后玩体育娶电影明星的人。我们的儿子得考个好成绩，长大做医生的。"

米米不禁注意到，他们那种人要是生个女儿，得成为什么人，居然没有提及。不过这件事情不是关于她的，这样说倒也没什么不公平。

"她说如果她生了个儿子长大要做乔·迪马乔，她当初就该嫁给猫王。"

这是个什么逻辑，米米一直没弄明白。可她还是忍不住去琢磨：难道班宁还有可能嫁给猫王？每一次她的母亲提到她与猫王一起的轰动（她经常提），都会让米米想起她偷听班宁讲电话：她在电话里对一个朋友说，多么遗憾啊，朱利安太俊了，只要他拿出一点儿兴趣来，就可以选择任何他看中的女孩；可是米米，老天保佑，她长了一张太平庸、苦巴巴的脸，谁会看得上她呀。她必须得找个工作。班宁说着"工作"，倒好像在说

"麻风病"一般。

"你必须得帮我，米米。"朱利安说。

"我不知道，"米米说，"听起来这回你得自己解决了。我有论文要写。可没人会替我写。"

"我已经想出怎么解决了。我要打棒球。如果不能打我会死的。"

朱利安盯着她。米米看得懂这种麻木的眼神，这种姿势，这样的一副下巴。一旦他做出这样的姿态，就没什么道理可讲了。至少他此刻还坐在椅子上。有时候，倔脾气一上来，朱利安会躺在地上赖着不肯动。如今米米身型只有他的一半大小，所以绝不肯任由事情发展到那一步的。

"你会没事的。爸爸在马恩河会战都活过来了。你会熬过这一关的。"

朱利安什么也没说，过了一阵子，他才开口，似乎是凭空里思考出了一个推论："那些刚走出去的女孩儿不相信我是你哥哥，"他说，"她们说如果你有个哥哥，她们一定会知道的。"

"那又怎样？我不必什么事情都告诉所有人。"

朱利安不说什么了，她便再次拿起了书，读了起来。她希望他待得无聊了自己离去。如果他不走，好，他倒是可以睡在室友的床上，但是她又担心明天早上他可怎么办。

后来证明担心是没有必要的。在米米故意忽略了他几分钟之后，朱利安起身离去。她没有意识到，他其实没有从房门走出去，而是选择从她套间的一扇窗户里踏了出去，而下面就是足有六层楼深的四方形院子。直到紧接着传来遥远的杂乱人声和警报笛声，她才察觉。

"我从来没告诉姑娘们我有个哥哥，"米米告诉我，"然后我就真的没有了。"

．．．．　．

等我和米米赶到急诊室的前台，她想要告诉他们为何而来。"我儿子……"她说，可是余下的话堵在了嗓子眼里。一次又一次，她说："我儿子……"然后堵住了，噎住了。

最后我伸手抚着她的胳膊，说道："我们的儿子弗兰克·班宁被急救车送到这里。我们接到学校的电话通知。"

我不假思索地说了这话。我猜那个我们不认识的办公室女士已经把这个概念种植在我的脑子里了。这棵植株开出的花带来了美好的结果。在医院，他们不允许最近的亲人以外的任何人走进那道弹簧门，这是不在话下的。

前台工作人员查了查她的排班表。"你们来得好快，"她说，"急救车还没到呢。你们可以考虑自己做急救车司机了。"

.19.

眼看着他们把弗兰克从急救车上转移到急诊室，那位前台告诉我们，等他安顿稳妥以后，只允许一名家长进去探望弗兰克。

"你去。"米米说着，嘴唇几乎没有动。她苍白、静止，双拳紧握放在大腿上，闭着眼睛。

他们把他推进来的时候，我花了好久时间才反应过来，那人原来就是弗兰克。因为他穿着T恤衫和卡其布裤子，配网球鞋，当天早晨他还对着这些哭鼻子呢。接着我看到滑轮床移动得好慢，让我不禁用手支着墙，免得自己瘫倒。不过，也无需匆忙，因为他已经"死"了。T恤衫就是杀手，在操场上，凶器就是他的心。

然而救护人员看起来既没有心碎也没有同情。他们的脸上露出气愤。弗兰克的身体也没有用床单蒙起来，就像医院电视剧里的那样。我都能听见弗兰克的声音：何必浪费预算请人去扮演尸体呢？不属于演员公会的枕头盖上床单不也一样吗？弗兰克的眼睛紧紧闭着，一看就知道他不是死人。另外，他还在动，四肢微微晃动着，没有什么节奏感，像一匹盛夏时的马，正抽搐着躲避苍蝇。

　　弗兰克是假装的。

　　曾有一回，站在纽约的一个街角等红绿灯的时候，我目睹过一个骑自行车的被出租车撞了。他闯红灯了，就像许多骑车人都会做的那样；绿灯面前的出租车开得好快，就像许多出租车会做的那样。自行车被碾在车下，骑车人砸碎风挡，滚过车顶。我不知道骑车人是生是死，因为当时我做了个大转弯，掉头疾走，正以最快的速度迎面经过。一个好人应该会停下来帮忙，应该打911，然后找警察录口供。我没法那样做。我没法在那个地方逗留，让自己成为如此彻底愚蠢行为的目击者；所有不可回避地看见了那个男人滚过车顶的人——骑车人本人，出租车司机，他的乘客，像我一样的无辜的旁观者，所有这些人的生活必将就此改变。我不想知道事情如何收场的。我宁愿相信后来一切都好了，太平无事了。

　　看着弗兰克在滑轮床上那样躺着，我强忍着不让自己再次掉头疾走。我硬撑着走向他，若即若离地把手抚在他的额头上。

　　"弗兰克，"我说，"你没事吧？发生了什么？"

　　"我在操场上被一群狼崽子追，最后我仰面平躺在地上。我假想我是被一种癫痫的症状撂倒了。校长看见我躺着，就让我起来。我说明了我的状况，他就说：'如果你癫痫发作了，我们需要叫救护车。'皮普小姐告诉他这没有必要。可他说如果我自称癫痫发作了,那看在口香糖的份儿上,我就得上医院。"

"他说了这话?"我问。

"不是原话。没有用'口香糖'这个词。但它似乎在那个场景下很合适。你知不知道,5000年前,石器时代的上古男人就从桦树的焦油里提取胶质,把它当作口香糖来嚼?因此,我据此猜想,上古女人也会嚼。"

我感觉自己倒像是有点癫痫的症状。"也就是说,马休斯博士叫了一辆急救车,把你接走了,而没有给我打电话?"

"站在他的立场上,我会选择给你打个电话,不过我情愿自己不要站在校长的立场,因为我在地上抽筋儿的时候他就站在我头顶,我情愿死也不要站出一个那么可怕的姿势。我猜想校长叫救护车是因为他是个医生,所以他想当然地认为我需要住院。"弗兰克说话的时候,忘记了继续抽搐。

我不得不将原先在他额前舞动的手放在轮床上,好让自己稳住神。"他不是医生,他是个博士,你知道么?"

"我知道。"弗兰克说。

• • • •

"你看不出来他是装的?"

趁着一名救护人员把弗兰克推进了急救室,我把另外一名救护人员拉到一边。

"你是他母亲?"他问道。

"是。"我说。解释起来更麻烦。

"我能不能看出来他是装的?你认为呢?"

"既然这样你干吗接他过来?"

"学校打来电话，我们就必须得去。我们去了，就必须接上他。法律规定的。校长不止一次告诉我，就怕我忘了。"

"可我不懂。弗兰克过去也玩过这一套。学校从来没叫过急救车。他们直接电话找我们。"

急救人员摇摇头。他看起来是好像遇上了恶心的事。"那家伙是个耍手段的。他站在孩子头顶，说：'你癫痫发作了，我们叫救护车送你去医院。现实世界里就是这么玩儿的，我的朋友。'好像用这办法就能给这孩子一点教训，一点颜色了。让一个八岁的孩子有机会翘课，闯过红灯，听着警笛声拉响？哪个孩子能拒绝得了？"

"他快十岁了。"我说。

他耸耸肩。"那也才十岁。"

"学校告诉我们弗兰克癫痫发作，"我说，"他们没有说'假装癫痫'。我从来没这么害怕过。"

"也许你就是校长想要给点颜色看的人。他看起来似乎像是那种人。"

• • • •

在候诊室里，我向她解释事情的过往。"米米，"我说，"弗兰克没事的。"

她睁开了眼，但脸上的肌肉纹丝不动。"他再也不会没事了，"她说，"他就像我的哥哥。"她拿起手袋，朝门口走去。

"你去哪儿？"

"回去工作。"

"弗兰克怎么办？"

"你陪着他。我打出租。"

"你就这么走了也不看看他？"

"他回家后我就看到他了。"

"米米，"我说，"他需要见你。"

"我懂，你是想帮忙，爱丽丝，"她说，"可是如果不是必需，我不需要去急诊室看一个病人弗兰克。我不要这样一幅图画塞进我脑子里。不是现在。我很快要结尾了。"

我扶着她的小臂。"当然，"我说，"我懂了。走吧。别担心。我会照看一切的。"

"你可真讨喜，"她说，"现在把手拿开吧。"

我照做了。她走了。

· · · ·　·

我再次推开弹簧门，正好听见弗兰克对护士讲话。"我母亲进急救室的时候小仙女给了她一件白袍子，所以我琢磨着你也许会借给我一件马甲。要是那个不行，那就来一件医生的白大褂。小号的。"

护士同正在给弗兰克检查的实习医生交换了一个眼神。"你冷吗，小甜心？"她问，"我给你拿条毯子吧。"

"我不冷，"他说，"我觉得尴尬。"

"你可来了，孩子的妈妈。"实习医生看到我的时候说，"咱们的朋友弗兰克现在状态很好，所以你就来和我签几个字，然后这里就结束了。"

在一间空房间里，他示意我在一张椅子上坐下，自己也在我身边坐下。空间狭窄，我们对着一张办公桌坐着，上方是一排颤巍巍的监控设备。平台上没有接受检查的病人，机器都静悄无声，各色曲线在屏幕上拉直了变成了横线。实习医生双掌合在一起，倒好像一个要做一份极严肃祈祷的人，却又不知如何开始。即使在我眼里他也显得很年轻。我不禁猜想他可能在实习期间还没有遇到太多像弗兰克这样的孩子。

等他检查自己的手掌完毕，他抬起眉毛看着我。他的面孔真的好善良。我对他产生了同情的感觉。

"关于小仙女，"我说，"我可以解释。"

"我认为小仙女完全不成问题，"他说，"我担心的是你的儿子。"

"我也是。"

· · · · ·

等我们谈完了话，签完了字，外面的天几乎黑了。走向汽车的路上，我努力抓住弗兰克的手，但被他甩脱了。我认为他经历了太多的事情，再也受不了我的桎梏了。弗兰克钻进后座，自己系好了安全带。我从另一侧上了车，坐在他身边。"你在后排没法开车的。"他说。

"我知道。你怎么了，弗兰克？你有什么心事想谈谈吗？"

"实事求是地说，有的。我母亲在哪里？我不由自主地觉察到，她一直在错过我日常生活里一个又一个关键的时刻。"

"她必须回去工作。"

"写她的书？"

"是的。她很快就结尾了。"

"你怎么知道？你看到了吗？"

"我没看到。听她说的。"

"我不明白为何拖这么久，"弗兰克说，"我的书一个下午就完成了。我真的希望她的这部书写完，能抵得过以前所有的风波。"

"我也希望如此，"我说，"我知道你母亲也想尽快完成，这样就可以花更多时间和你在一起。"

"我这一天也受够了，"弗兰克说，"现在轮到你闭嘴不说话了。"

· · · · ·

我们俩都还不想回家。在默片影院有一个基顿马拉松电影节，于是我们去了那里。我们进去的时候，电影正放到一半，那是在一艘轮船上，穷孩子巴斯特与一个富家姑娘相爱。那姑娘的父亲正好是男孩父亲的竞争对手。那天夜里，他从父亲那艘破旧的明轮船上偷跑了出来，打算与爱人在一起。为了掩盖逃遁踪迹，巴斯特在床上用枕头堆成自己的身形，让他父亲以为他在睡觉。他父亲掀开毯子发现了巴斯特的诡计的时候，我大笑起来，而且停不下来了。

"嘘——"弗兰克发现我没有自律的意思，就出声制止。"我理解这是个幽默的场面，爱丽丝，但是由于这种破坏性的表现，我们会被赶出去的。影院管理层做得出来的。你不愿意闹成那样。我知道的。"

"对不起，"我悄声说，"待在这儿，别动。我会马上回来。"

在门厅里，我在饮水龙头前喝了水，又做了几次深呼吸让自己平静下来。接着我给弗兰克的心理医生打了电话，留了言。我希望米米已经做过此事，但是又不敢完全肯定。接下来我给瓦格斯先生打了电话。听见了我的声音，他的反应似乎是颇为愉悦的。而我几乎哭了出来。

"爱丽丝！"他说，"有什么好消息？"

几分钟过去了，我没有应答，他说："爱丽丝？"

"对不起，"我说，"什么？你的信号断掉了。"

"我说，事情进展如何了？"

"是米米，"我说，"她很快要结尾了。"

"好棒！"他说，"瞧。耐心。耐心加'温柔的小手套'。永远会奏效的。"

我忍不住想象着那些小手套。红的。有胳膊肘那么长。意大利的。美丽的手套。在我认识弗兰克之前做梦也不会想到的东西。

"爱丽丝？"瓦格斯先生说，"爱丽丝？你在吗？"

"是的，"我说，"我在。"

• • • •　•

弗兰克和我看着那部基顿的电影，直到结束。接着再看下一部。回到家的时候，弗兰克已经睡着了。我半拖半扛奋力将他从车里弄出来，搬进室内，在床上安顿好，脱下网球鞋，一切收拾利索，最终竟没有将他吵醒。米米在打字，我不愿烦她，于是没有去打招呼。她自己也可以想见一切吧。

我不知道在原地站了多久，看着弗兰克的脸被门外照进卧室的光柱点亮。他睡着的时候看起来温良稳妥。他是个俊美的孩子，真的。这样的俊美能经得起生活里的几次意外打击，却受不得生活里暴戾的摧残。弗兰克以他自己的方式呈现了他的卓然不凡。这样出于凡俗的品质是没人能夺走的，心胸狭小的小男人，站在卑劣的立场的人，更加休想。

我把自己想象中的"褴褛的弗兰克"套装——喇叭口晨间裤，足够吸汗的碎布燕尾服——摆在他的床铺顶端，这样他醒来时一眼看到的就不会是卡其布和T恤衫了。我把他的大礼帽摆在床头柜上。那时我已经困得要原地睡着了（马就是站着睡觉的，你不知道吗？），于是自己也赶快上床去睡。我没开灯，径直踉跄到床前，掀开被罩。

在被罩下面，我发现了赞德。

"你在我床上干什么？"我问。

他睁开眼，惺忪地眨巴着。"等会儿，我的金发女孩儿，这是我的床，不记得了？我以为你破门出走了，所以我就搬回来了。发生了什么事？"

"我没走，"我说，"走开。闭上嘴，也别对我动手动脚。"

但是我却打开了话匣子。前所未有。最后我把想倾诉给瓦格斯先生的话全对赞德说了。"所以弗兰克说：'你知不知道，5000年前，石器时代的上古男人就从桦树的焦油里提取胶质，把它当作口香糖来嚼？'他把我们的心肝都吓破了，居然还在谈口香糖的历史。"

赞德举起了手。

"什么？"

"我能说件事吗？"他问。

"好。"

"弗兰克今天不能穿上他的铠甲，"赞德说，"讲知识就成了他的保护伞。知识就是他的重力场。"

.20.

我醒来的时候，灯黑着，弗兰克号叫着。我在他门口的厅里，却记不得怎么跑过去的。他和米米在一起，穿着"褴褛的弗兰克"套装，他的胳膊抱着母亲的小腿。米米穿着她最经典的毛线衫套装，头戴弗兰克的大礼帽。

"我不属于这里！"他叫着。

"我很快就结尾了。"她答道。她的嗓音里有一种呆板死寂的东西，令我害怕。

"我不属于这里！"

"我很快就结尾杀青了。"她坚持着说道。我意识到她的语调让我联想起弗兰克。

"停止，你们俩都给我停。"我嚷道。

"爱丽丝，醒醒。"赞德说着，一边摇晃着我的肩膀。

我睁开眼。外面不再是黑夜，但也还不是白昼。"好，"我说，"好，好。几点了？"

"还不到六点。"

"你现在必须离开这儿，马上，"我说，"再也没有下一次了。"

．．．．　．

我希望我能告诉你第二天早晨到底发生了什么比较有意义的事情，积极的转变，可是没有。米米让我送弗兰克上学。穿T恤衫和网球鞋。还有牛仔裤。

"你和心理医生谈过了？"我问。

"哪有时间？我半天的时间不得不困在医院，回家以后我就立刻工作。我不需要跟什么心理医生聊。弗兰克会好的。他必须好起来。没得商量。别在这浪费我时间。"

赞德站在车库门前，看着我们从车道上开出来。他穿着拳击短裤，光着脚，在一月中的阿拉巴马或内布拉斯加，他休想穿成这样。他的双臂在胸前交叉，双掌抱着胳膊肘。他身上的每一个线条都在说："这是个很糟糕的主意。"

"你想让赞德和我们一起吗？"我一边问弗兰克，一边回头望去。

"他没穿衣服。"他说。

我保持一个姿势，倒车，用眼睛看着路，而没有看后视镜，开下了车道。我猜想赞德是在向弗兰克招手，因为弗兰克做了一个悲伤的行礼动作，显然不是对我做的。我不想扭头去看，也不想看见什么。

＊ ＊ ＊　＊

我没有把弗兰克送进学校，而是把车停在了外面，带他下了车。

"我们去哪儿？"弗兰克问。

"我陪你走进教室。"我说。

"没这必要，"他说，"这回我做好了最坏的打算。"

"你真勇敢，弗兰克，"我说，"我为你骄傲。"

"谢谢你，"他说，"我带了把刀，自然更容易做到勇敢。"

"回到车里去。"我说。

＊ ＊ ＊　＊

我在一处公园里停下车。"哦，"他说，"我们要去游乐场吗？我喜欢一大早去，沙坑里的沙子是新耙过的。"

"把刀给我。"我说。我本以为会是那把锋利的厨用大刀，又或是那把塑料大弯刀，然而他藏在袜筒里的却是那把老式的拆信封刀，形状像一把剑，插在一个镶金的破旧绿皮鞘里。"你从哪儿拿的这个？"我问道。

"从母亲的写字台上。这以前是我外婆的。"

"你去了你母亲工作间？去做什么？"

"找我母亲。"

"她不在？"

"她在。在地板上睡着了。"

• • • • •

"我理解你为什么不安，爱丽丝，"亚布拉姆斯医生说，"不过我们不妨看看事情积极的一面。你不得不承认，一个九岁的孩子，运用自己的想象力，依靠救护车把他从危局里解救出来，这是一个胜利。真的，这是一种天才呢。"

"我不能肯定救护车是不是他的主意，"我说，"不管怎样，我更希望少一点儿天才，多一些正确的判断。"

"你现在这么说，"她说，"可有一天你会庆幸的。"

"可我现在在这里，"我说，"有一天我会不在的。"

在公园对他搜身之后，我给弗兰克的心理医生打了电话。"我认为今天你和亚布拉姆斯医生谈谈是个好主意。"我告诉他。

"我一点儿也不认为这是个好主意。我不想和任何人谈谈，"弗兰克说，"我只想用20世纪40年代播音员的声音和自己谈谈。我们已经在游乐场了，所以我想不出你有什么理由不让我这样。"

"你完全可以照你想的去做，"我说，"在车里。"我把他关在面包车里，拨打了自动拨号。她立即接了我的电话，我背对着弗兰克，解说了事情的梗概。"我正好有人取消预约，"她说，"立即带他来。"

等我到了，亚布拉姆斯医生向我解释说，我不能和他们一道进诊室，因为我不是弗兰克的家长。我已经撒了谎，说是米米让我带弗兰克来的，所以也没有再坚持。尽管贴着门偷听，但他们的交谈喊喊喳喳，紧张热烈，我也没听出个所以然。等他们的谈话一停，我一跃坐回到椅子上，抄起了一本杂志。弗兰克再次现身，我抬眼望着他们，挤出一个带着愧疚的灿烂微笑。

"我要问几个简洁的问题，"我对亚布拉姆斯医生说，"让弗兰克在外面等一下，我能钻进您的办公室一小会儿吗？"由此，我们才谈起了天才与判断的问题。另外我还问她，是否觉得弗兰克应该回学校上学。

"我实在不能和你再多谈弗兰克的事了，除非你和他母亲已经沟通过。你懂的。"

"当然懂。"我说。

· · · · ·

我带着弗兰克回到那座游乐场，又给办公室里的博拉留了信息，请她在方便谈话时给我的手机回个电话。我把毛衣借给了弗兰克，因为我看得出他摸摸索索地想找东西遮盖住他裸露的胳膊。也不知如何他找到了一个纸袋子，从里面翻转过来，将它揉成了大礼帽的形状。为了固定住它的形状，他解下了一个鞋带，用作帽子的边带。所以我必须给这孩子一个道具。于是他得了个礼物。但是我也必须承认，这样一个特殊组合到底也没能让他彻底获得安抚。

我看着弗兰克往前走着，一只鞋耷拉着，一路高声，和20世纪40年代的电台播音主持沃特·温彻尔一较高下。这时候我的电话响了。"我会留意看着他，但我能做的也就这么多了，"博拉说，"我会哄哄马休斯博士，就说弗兰克只不过是个小祸害。他不可能那么聪明，绝不会听出我在哄他，他就喜欢满脸微笑，标准化试题得高分的孩子。他不喜欢弗兰克。"

"他不懂弗兰克，"我说，"弗兰克比寻常的聪明还要高出许多个光年呢。"

"我知道，但是马休斯博士可不是个聪明人。"

"米米想知道你认为我们该怎么办。"

"弗兰克和马休斯博士不对付，开家长见面会的时候米米又不愿意拍他马屁。我不认为你此刻能给他什么好印象。"博拉说，"如果他找不到借口开除弗兰克，他会想别的办法把他赶走。他已经对一个二年级的孩子下过手了，我跟你说，爱丽丝，那可不好玩儿。下面这句话说出口，我的心都要碎了，因为我会想念我的小朋友的，可我还是得说，如果弗兰克是我儿子，我不会把他送回这里，只要那个人还在掌权。实话说，也许我自己在这里也坚持不久了。"

· · · · ·

我必须得做点什么。

我想把博拉说的话，统统告诉米米，但我知道她会对我恼火抓狂的，我会像一个信使一样，变成迁怒的对象。弗兰克在学校的畏缩已经将我关在圈外，我也不可能主动告诉瓦格斯先生我是如何辜负了他的期望。如今我身边没有出主意的人了。

有时候只要细说一番你的窘境（向酒吧服务生，牧师，一起上班的老妇人，穿着人字拖在洗衣店里做干洗的人），就能帮你看到一条出路。相信我，我们去找赞德，并不是因为我把他看成个育儿圣手。说真的，我们谁又真的在行？仅仅是因为，在我们这出小小的悲剧里，他认识其中的每一个角色，能够扮演一个同情的听众。当时他提议为弗兰克做一个为期数周的逃学疗法，直到米米小说杀青，神智回复到现实世界里为止。我也随之相信，这应该是一个绝妙的主意。

"这样的提议，我该怎么向她开口？"我问，"米米还指望我每天一早送弗兰克上学呢。"

"你和他穿着普通的衣服出门，把车停在街角，我在那和你们汇合。弗兰克在后座上换上他的经典行头。我们三个出去逛，直到放学的时间再回家。弗兰克换好衣服，你把车开进车道，我在晚一些再出现。我们能搞定的，爱丽丝。你就交给我吧。"

我被逼急了。就这么干了。

· · · ·

可有一样，我想不出如何才能让弗兰克守口如瓶，不把我们的计划在他母亲那里透露丝毫。"这个我来搞定。"赞德说。

他们在公园长凳上开了个会。弗兰克穿了一身花格子尼左特套服。我以前从没见过。衣服配着出租车黄色的吊带，黄色的胸前手绢，骰子型袖口，脚下搭配着一双双色调鞋。赞德穿着旧的牛仔裤、T恤衫，倒好像在和他的经纪人弗兰克谈话——那是在电影《红男绿女》的场景中，他在做工的时候邂逅了弗兰克。

"所以我换衣服的时候，要不要去电话亭里？"弗兰克问。

"不用。面包车的后座上就行。我们不会看的。"

"好。电话亭如今也很难找到了。我能问你点儿事情吗？"

"当然。"

"我被学校开除了吗？"

"没有啦，哥们儿。你在过渡期嘛。一旦你母亲同那本书挥手道别，我们就会给你找一所新学校，你会喜欢它远远多过现在的这所。在那之前，我们别告诉你母亲这件事。她要操心的事已经够多了。"

"我会想念我的朋友们，"弗兰克说，"博拉，皮普小姐。"

"他们也会想你的。可是学校工作的人都习以为常了，学生来来去去，就像沙滩上的海浪。我向你保证，弗兰克，你们这一届所有的孩子里，博拉和皮普小姐印象最深的就是你。他们最想念的人也是你。"

弗兰克点点头。"你多半是对的。"

这副担子，我不得不把它交给弗兰克。他迫不及待地接了过去。而且他对赞德的认识一直没有错。有时候，你可真得依靠他才行。

• • • • •

"我们能不能相信米米真的快杀青了？"当晚弗兰克上床以后，我俩也上了床的时候，我问赞德。

"不知道。"他说，"那个鹿的笑话是怎么说的来着？最后一句是'不知道'的？"

"没有眼睛的鹿应该叫什么？"我答，"不知道。我讨厌这个笑话。我想象着那只鹿在丛林里跌倒了，撞在树上。"

"我不担心那只鹿。没撞到树之前，它就会撞见狼的。"他想吻我，可我躲开了。

"她整天在打字。"我说。

"爱丽丝，自从我认识她起，她就一直在打字。弗兰克出生后打得少了些，可还在打。她打的那些字要是都出版了，得有十几本书了。也许五六本，四本，最少了。"

"打了那么多字，没写成点儿什么？"这可是个坏消息。

"我怎么会知道？那女人是个狮身人面像呢。"

"你开玩笑？她什么都对你说，赞德。你才是狮身人面呢。"

赞德翻身侧卧，看着我说："这话是什么意思？"

"你从来也不说你自己的事。"

"你开玩笑吧？我是一本敞开的书。你想要知道什么？"

"你为什么会没有驾照？"我问，"这和你死去的姐姐有关系吗？"

他用一只胳膊肘把自己撑起来："米米对你说过这个？"

"一点。"我说。其实"没有"才更接近实际情况。

赞德重新躺下，盯着天花板，过了一阵子才说："我想去弹一小会儿钢琴。"他穿上一条裤子，套上了T恤衫："这首曲子我想彻底弹熟了它。"

"赞德，"我说，"你姐姐发生了什么事？"

"哪一个？"

"死去的那个。"

"她死了，"他说，"很久以前。我不想谈这事儿。"

他走后我躺在那儿听着他弹，不知过了多久，最后我终于意识到那是《火的战车》的主题曲。是不是弗兰克向他要求学弹这一首？我从来没和这孩子看过这部电影，可我猜他必定会喜欢其中爵士时代的英格兰男装的。

• • • •

有时候确实可以依赖赞德，只要你记住别把它变成一种习惯。第一天的"三个火枪手逃学记"过后，他又一次消失了。没有留字条，没有明信片，什么也没有。这一次似乎没有引起弗兰克的担心或是过多的不安。我想他不用上学，就已经获得了太大的解脱，别的事情就不足道了。至于我，如果我曾经认为赞德不会再次消失，那我可真是拿自己开涮。

在那些白昼缩短的南加州冬日里，我和弗兰克徜徉在洛杉矶，日子犹如去年夏天静谧时光的翻版，当时赞德还没有出现在生活的画卷里。我追着弗兰克，在美术馆、博物馆里跑。我们去了那个小小的市区飞机场，找寻那架黄色的双翼机。我们在新耙好的沙坑里踢沙子。我们甚至去了海滩，弗兰克卷起了托尼·柯蒂斯的游艇斜纹裤，蹚水走进灰色的海浪里。他久久地站在水里，任凭浪头敲打着脚踝，专注的脸上蓄足了力。

"咱们走，弗兰克，"最后我说，"高峰时间天就黑了，我不想堵在那儿。"

"还不行，"他说，"我还忙着呢。"

"忙着干吗？"

"做个实验。"

"你是想试试自己能光脚在冷水里站多久，脚趾才会被冻掉吗？"

"不。我非常使劲儿地想着博拉。我想要开发我思想的神力，看看盐水里天然电流加上原始潮汐的能量，能不能提升我的思想，让我的大脑同博拉的连接在一起。"

"啊，有意思。我猜也许能行。可你怎么知道行不行呢？"

弗兰克看着我，犹如看着抽屉里一把被他嫌不够锋利的刀。"我的大脑会听见她的声音，回答我提出的问题。"

"我确定她非常想你，弗兰克。"我说。

"这我知道。我的问题不是这个。我问的是，50年代以来，博拉最喜欢的华纳兄弟的音乐电影是哪一部。一起吃了那么多顿午餐，我们还从来没谈过这个呢。"

• • • • •

我发现在学校开学的日子同一个在校生年纪的孩子出门在外，真是一种伤脑筋的经历。尤其是你自己在逃学方面没有天才，而弗兰克这小子又过于显眼。有人来问问题。我不得不准备好托词备着。

"家长会。"人们很关注的时候，我就这样说。还有"医生的预约""宗教假日"也可以用，可早晨出门前得查好日历。后来我注意到人们更多地关注弗兰克，而不是我说的话，我就满口"跑火车"："停电了""风疹发作""峡谷里发生火灾""操场上有狼出没。"

我还面对过许多我自己也曾问过的问题。"他是不是从别的国家来的？""他是不是赶去拍电影的？"当然还有"他总是穿成这样吗"。现在，米米当初是如何应对这些问题的，我自己找出了答案——我自己的版本，却只是一部分而已。另外一些关于弗兰克的问题，我没办法在二十五个单词以内解释清楚。

• • • •　•

弗兰克开小差之后一个礼拜左右，一天下午，我们把车停在街角，他在车后座上换上加州标准乖学生的衣服。我站在路牙子上等着，把隐私权交给他。一个金发女人拿着一只硬纸盒，另一只手牵着一个小男孩，从我们身边走过。我知道全美国各个社区里这样的场景每一微秒里都在发生，但是在贝尔埃尔的午后，在山上见到这么一位行人，就值得关注一下了。在这个社区里没什么人走来走去的，尤其在这个时间段。

"嗨。"她经过身边时，我说。我一时间只顾忙着仔细审视她，也几乎没看到还有个孩子。她很漂亮，但这不是我盯上她的原因。她身上有种很熟悉的东西。

"嗨。"她微笑着说着，继续往前走。我看了看我的手指甲，一直等到她走到街区的中间，这才再次抬眼看过去。她留着波浪式发型，既不是昂贵的发廊手笔，也不是自己在厨房水池边的草率打理。她的脖子上有个刺青。我心念一动，记起了什么。她是不是赞德摄影作品里的那个"朋友"？我后悔没有仔细看看她的脸。

弗兰克换好了衣服，我们从街角开出来，来到了自家大门前。我看见有人等在车道上。走近一看，竟是刚才那个女孩，脸对着进门的密码键盘，好像马上要等着开门的样子。她的小男孩在人行道上，在一处阴凉里靠着墙。

我开上车道停下，摇下车窗。她转身给我一个灿烂微笑。"我能帮到你吗？"我问。

"哦，你住在这儿，"她说，"我在附近见过你。如果早知道，我早该在那里把盒子给你。"

"盒里是什么？"我问。

"给弗兰克的东西。赞德送的。弗兰克生日之前不要打开。赞德不愿意通过邮件递送。"

这下弗兰克从车窗里探身出来，伸出了双臂。

"坐下，弗兰克，"我说着，接着又对那女孩说，"你最好把它给我。"

"当然啦。"她递过来，然后转身朝小男孩伸出手。"来吧，阿莱克，"她说，"咱们别误了公共汽车。"

我从来没见过赞德孩童时的照片，可是看了一眼那男孩的脸，我也就用不着看照片了。

·21·

确认弗兰克睡着之后，我从房子里钻出去，来到梦幻屋，一只胳膊夹着赞德捎来的盒子。尽管赞德修好滑动门以后，再也没有回来重新接通防盗警铃的连线，但米米依然每天晚上薄暮时分都会再设置一次。每次我打开浴室的窗户，就会忘了提醒她警铃的事儿，因为夜里的空气嗅起来犹如天堂般美好。我曾对加利福尼亚有过诸多想象，而想象中的气味竟与现实是一致的。要是让我配制自己的香水，我会给它起名叫作"贝尔埃尔之夜"。

当时我就知道，房子的主楼里要是藏什么东西，逃不过弗兰克。因为那会儿我问他，左特套装从哪里来的。"母亲床下的一个盒子里，"他说，"鉴于盒子是用古怪的纸张包裹了，我猜想她是为我的生日准备的。可我现在长得太快了，所以我决定现在就要穿它，趁着还合身的时候。我非常小心地撕开了胶带，这样我就可以把盒子重新包回包装纸里。只要她没看见我穿着它，母亲就会被蒙在鼓里的。"

在他自己的"包装纸"里，有时候弗兰克会和普通的孩子没什么两样。"你在你母亲床下做什么？"我问道。

"想要确认她这些日子在哪里睡觉。"他说，"她曾经忘了锁工作间的门，我就发现了她在那里睡着了。如你所知。"

"你也是在那儿找到了你外祖父的开信封刀？"

"正是。"

我又没有提过，在赞德心里，什么才是十岁男孩的最佳生日礼物？罗马火焰筒。犹如放焰火的效果。小小的拿在手里的，取名叫"静却无生命的"。多有想法！虽然为生日男孩选择了爆炸物做礼物，可赞德考虑到了弗兰克对大音量噪音的反感。

赞德还抱着足够的善意，在礼物里添了一包罗马火焰筒以外的东西——镁质花边的蜡烛棉芯，可以用来吹灭的。

我原想把这盒子直接藏在垃圾堆里，考虑到这么一包东西的爆炸特质，再加上接受者犹如一只好奇的浣熊，让他忍着尿意在易拉罐堆里翻找，有些不太像样，搞不好我自己也手忙脚乱。于是我将赞德的礼物藏在了梦幻屋的冰箱里。我思忖唯一能找得到它的人只有赞德。如果他还会回来的话。

趁着还在梦幻屋里，我钻进了弗兰克的美术馆，在壁画前看起了那女孩的照片。就是她。刺青女孩。在放大镜的帮助下，我现在注意到在画面一个角落里，有一只小脚，起初看来好像一只被丢弃的娃娃的脚。然而在最新情报的提示下，再加上画面上一块儿童脑袋投下的影子，我猜那只脚是阿莱克的。

· · · ·　·

"你过生日想要点什么，弗兰克？"第二天早晨我问他。当时我正在把一件倍受他嫌弃的T恤衫折起来放进一个硬纸盒，那是我们备在车后座上供他迅速换衣服用的。弗兰克刚刚蠕动着套上了他的泰迪·罗斯福裤子和绑腿，今天和裤子搭配的是素白色衬衫和遮阳帽。看起来比圣胡安山战役的罗斯福更像个远征军。

"这是利文斯顿博士？"他穿衣服的时候我问道。

"利文斯顿博士未能实现他发现尼罗河源头的梦想，就死了。"弗兰克说着，爬上了后座，自己系好安全带。"英国政府要求把他的尸体运回家，他所住的那个部落把他的心挖出来埋在了一棵树下，因为他们认为他的心属于非洲。我过生日的时候想要一副弓箭。"

"不会吧。"我说。

"是真的，"弗兰克说，"利文斯顿博士出生在苏格兰，但是在非洲生活了很长一段时间。"

"这个我信，"我说，"但我不能给你一副弓箭。你可能会用箭射到别人的眼睛呢。"

"我要把箭头换成橡胶吸盘的。"

"哦，那种呀。那可以的。"

"我还想要一套罗宾汉穿的那种套装，埃洛尔·弗林演的那一版。"

"咱们去找找。"我说。

"或许利文斯顿博士没有找到尼罗河源头，"我们从路边驶出的时候，弗兰克沉思着说，"可他实实在在发现了维多利亚大瀑布。他用当时英格兰女王的名字命名了它。明显是这么回事。"

"明显是。"我附和道。

"那个地区的土著人已经知道那座瀑布了，这个不在话下。他们管它叫'烟雾和雷鸣'。我琢磨着用带吸盘的箭头能不能把人的眼球吸出来。"

瞧，和别的孩子没什么不同。

弗兰克决定我们要去的服装店竟然坐落在洛杉矶一处破旧的地方。面对好莱坞大道的商店橱窗里尽是闪闪的霓虹灯，以及穿着极为裸露的假模特，这些衣服，更加适合那些令人生厌的场合，绝非弗兰克心中的品味。

"这个街区曾经是魅力四射的时尚中心，"他说，"格劳曼中国戏院，埃及人剧院，穆索和弗兰克的鸡尾酒。首映式的闪光灯和加长豪华车都在这一带排成了串。现在瞧瞧。我都看不下去了。"他可不仅仅是说说而已。弗兰克的眼睛真的紧紧闭了起来，一边走路一边用一只手搭在我肩上，免得自己摔倒在人行道上。一头雾水。

我们抵达目的地后，他松弛了一些，但我还是不得不挡在弗兰克和僵尸橡胶面具的架子之间。一问之下才知道，这里既没有埃洛尔·弗林穿的罗宾汉，也没有任何人扮演的罗宾汉的行头。"但是，"柜台后面值班的女人说道，"我们有小飞侠彼得·潘啊。"弗兰克试穿了一下，在镜子里审视着自己。"这个也蛮合适的，"他说，"我们什么时候再回到医院去，我可以穿着它去和我的小仙女朋友一起午餐。"

回家的路上，弗兰克问："顺便问一句，赞德送来的盒子去哪儿了？"

．．．　．

为了引开弗兰克对赞德纸盒的注意力，我决定让他一回家就开始玩也那套作为生日礼物的弓箭。结果你猜怎么着，这满屋子玻璃墙面，竟把个橡胶吸盘的弓箭变成了最好玩的物件。

大多数下午时光，弗兰克"放学"后就会冲进屋里，换上"罗宾汉／彼得·潘"套装，然后肩上扛着弓箭冲出去。他很快就发现了高度能改善弹道轨迹的原理，于是他用想象力造了一处箭楼的垛口，就设在面包车打开的天窗上，他自己站在后座扮作射手。经过上千次反复开关之后，天窗敞开着卡住不动了。我不愿意让这种并不生死攸关的事情打搅米米，于是我们瞒着她把车开到了某个机械师那里去修。机械师报了价，我一时间付不起。于是我告诉他，我们必须得等。"你确定吗？"他问，"我不想说触霉头的话，可是二月份可正好是雨季的中段哟。"

"我们有车库。"我说。虽然我们从来也不把车停进去。

除了想象的箭楼，弗兰克还在他母亲工作间窗外的树枝上有一处瞭望哨。他发现，只要他对准窗户上悬挂的呼啦圈进行瞄准，他就总能击中目标。后来我决定不要去阻止他，因为我替他收拾箭头的时候发现他用红色记号笔在每个吸盘里画了个心形。

我曾经非常确信那些记号笔已经妥善藏好，他永远也找不到——在一个密封塑料袋里，用胶带粘在了厕所水箱内高出水位线的位置。永久记号笔是不能放心地交给孩子的。他会在所有的东西上画，包括他母亲袜子的底部。画的也是心形。我是在洗衣房分拣衣物的时候发现的。每隔数日，米米会把她的衣服放在一个袋子里留在门口，还会附上一张字条——"洗"。我唯一能赖以确信她还活着的信号，就是她在门口留下的脏衣袋和托盘上剩下的食物。再有就是打字声。打字。打字。打字。

• • • •

"说到底，你的生日是什么时候？弗兰克？"有一天我吃早饭的时候问道。

他瞪着眼睛呆了一分钟，这才问我道："你是要说'敲敲门'吗？"

"你是什么意思。"

"你一定是假装的。你知道我生日是什么时候。"

"我怎么会知道，"我说，"没人告诉过我。"

"你知道我生日的。你在心里知道。"

"不，我不知道。"我坚持说。

"不，你知道的。"他说，"你只是不知道你知道。"

"你如果不告诉我你的生日，我怎么给你安排呢？"我问。

"母亲会料理好一切的。"

母亲的确是会料理好一切的。她也许没能给我们买下一幢山上的玻璃豪宅，但是每年我生日那天，从无例外，她会给我做一个美美的蛋糕。巧克力的那种口味。我一闭上眼睛就立即能闻见那种味道。不对，不要那款"贝尔埃尔之夜"了，我的香水要叫"永远的巧克力"。

要是米米真的忘了弗兰克的生日怎么办？孩子需要生日蛋糕的。"她一般会做什么样的蛋糕？"我问。

"巧克力的，那还用说，"弗兰克说，"椰子味可不算世界上最好吃的蛋糕。"

• • • •　•

现在我可以说说赞德送来的那个盒子出了什么事。

在很多方面我得责怪自己。

火 情

.22.

"爱丽丝，醒醒。"

我睁开眼，扭亮了台灯。是弗兰克。穿着左特套装。在豪宅的室内。我坐了起来。"你穿着它做什么？我还以为你不想让你母亲知道你已经找到它了。"

"没事。今天是我的生日。"

"是吗？生日快乐！今天几号？"

"二月十二日。"

"亚伯·林肯的生日。"我说着，揉着眼睛。

"也是查理·卓别林的。也是我的。"

"现在几点？"我问。

"凌晨三点。"

"你凌晨三点把我弄醒就是要告诉我今天是你的生日？"

"我把你叫醒因为我需要你的帮助。"

这话让我心头一振。"现在情况怎样？"

"有一点点下雨，"他说，"它会提醒你面包车的那个天窗还敞开卡在那里呢。"

我双腿一甩，下了床，双脚找着地上的网球鞋。"我去把它开过车库。"

"我已经做好了。"

"你开了车？"

"赞德教过我。上下车道，记得不？我用不着有驾照的。"

"好啊，"我说，"我猜这样也挺好。"

"不完全好。"

"你把它弄坏了？"

"我猜也许吧。可不是你想象的那种方式。"

爆炸就是这一刻开始的。那声音更像是枪声，真的。四声枪响。一，二，三四。我嗅到了，可绝不是"贝尔埃尔之夜"。那气味从我卫生间的窗户渗进来。烟。"烟雾惊雷"。

"你做了什么，弗兰克？"他没有即刻回答，于是我扳着他的肩膀，摇晃起来。"你干了什么？"

"我似乎是把面包车点着了。"

我跑到客厅。滑动玻璃门敞开着，我能看见面包车已经陷落在火焰里。那梦幻屋呢？也着火了？

我停下疾奔的脚步，弗兰克一头撞在我身上。"哦，"他说，"现在全都烧起来了。我费了好大力气，想把所有的生日蜡烛吹灭。我吹了又吹，可它们就是不灭，接着我害怕了，因为火苗从天窗里冒出来了。我想有几根蜡烛没吹灭，也许没什么要紧的，然后我就逃走了。"

"你找到了赞德的盒子。"我说。

从技术上说，除非你打开油箱，从那里点着火，否则汽车通常是不会像电影那样爆炸的。油箱的设计本身就有防爆的功能。火要烧旺，需要空气，封闭的油箱里是没有的。但是，如果你从天窗里发现了一个装着衣物的纸盒，然后用罗马火焰筒瞄准了它，那么蜡烛里的燃烧弹就会把衣物点燃，接下来硬纸板也会被点燃，接下来是床上的被单，再接下来就是车内座椅里的泡沫。等所有这些都着起来了，高温会炸裂车挡风玻璃，轮胎里膨胀的空气会把车胎炸破。车胎爆炸的时候，声音犹如枪响。一，二，三四。

一位非常绅士的消防队长在最糟糕的一幕过去后，向我解释了这一切。这是在米米被一辆救护车送到医院以后，也是在赞德戴着手铐被推进一辆巡逻警车的后座之后。当时我在沙发上，拉着紧紧裹着一条毯子的弗兰克。是那队长把他抱进屋安顿好的。弗兰克睡着了，枕着我的大腿。他说话很轻声，所以弗兰克不会被吵醒，其实弗兰克没事，他睡着的时候，不像在睡觉，倒像是进入了昏迷状态。

"你们运气算好，"队长说，"我们还在雨季，屋子周围的高墙又挡住了火势。否则它可能烧到山下，蔓延到整个山谷。要是在旱季，我们不得不把整个社区的居民都疏散了。"

"运气，"我说，"是啊。"当时太阳升起已经几个小时了。生日快乐，弗兰克。

"你有什么地方可去吗？"队长问。

"我们不能留在这儿吗？"

"大多数人火情后会想要离开，不过你们如果想留下也没问题。那棵树弄倒了你们室外的电线杆，不过我们在它烧到外墙以前就把火灭了。你们内部电路应该没问题。让你的电工尽快来检修，可以吗？"

"好的。"尽管上一次我见到我们的"电工"，他正在被推进一辆警车。"我知道这地方好像废墟，不过这是他的地盘，"我说着，朝弗兰克点点头，"他不喜欢改变。"

"懂了。有什么人你想打电话叫来陪你的？"队长问道。

"我已经打过了，"我说，"我让他带手电筒来。"

"洛杉矶水电局会在天黑前恢复供电。如果没有就通知我一声。"他给了我他的名片，"如果需要什么就打电话给我。我走的时候会把大门关上。"

说实话，这个举措有点来迟了。

• • • • •

几个小时后我醒过来，手上依然攥着消防队长的名片，大腿上依然枕着弗兰克。挂在大门上的扬声器，不住地鸣响，我认为多半就是它吵醒了我。至少说明供电恢复了。

我看了看手表。两点半。弗兰克如果去上学了的话，这会儿应该快放学了。

我从弗兰克的脑袋下抽身出来，没有把他弄醒，径直去回答大门口的呼叫。"哪位？"

"快递，"另一端的声音传来，"我来给弗兰克送一块生日蛋糕。你是米米吗？"

我一下子跌靠在墙上。米米料理好了一切。"你能把它送进房里来吗？"我问。

"当然。进门密码是什么？"

"2122000。"

"那么让我来猜猜。弗兰克今天十岁了？"

"是。你怎么知道？你数了蜡烛有几根？"

"没。没有蜡烛，按你的要求。是门上的密码。2、12、2000年。孩子的生日是母亲永远不会忘的组合，对不？可你知道，用生日做密码也是有些危险的，黑客在试过1234之后，最常尝试的就是生日了。"

所以说嘛，我心里是知道弗兰克的生日的。只是我自己不知道我知道。

我没作答，把快递员让进了大门。等我走出室外从他手里接蛋糕的时候，他站在车道上，拿着盒子，一脸惊诧地扫视着一片狼藉。

"大家都没事吧？"他问道。

• • • •　•

我知道，我跳过了一些情节。那是我不愿意回忆的部分。

看到梦幻屋的火情后，我抓住弗兰克的手，跑到厨房，拨打了911，对着我们的热线语音系统叽叽哇哇了一阵子，接着我奔到米米工作室前砸门。"爱丽丝，"弗兰克整整过了一分钟才开口，"你知道，这道门再也不上锁了。"

我推门而入闯进了她的禁区。她的打字机，曾经是朱利安的打字机，还在那里。一张书桌，一把椅子，一个书架。没有米米的影子，纸张却到处都是。成摞成堆的纸，上面全是字。在书桌上，在书架上，在地毯上。我不在乎弗兰克怎么说米米乱丢东西。看起来她没有丢掉过一张纸，从来没有。

我竭力让自己镇静。"你母亲在哪里？"

"不在这儿，"弗兰克说，"也许在她的卧室。今晚早些时候我试过那儿的门，可是门锁了。"他疾驰着穿过门厅，然后强攻米米的卧室门。我们听见摸摸索索的开锁声，然后门弹开了。米米穿着她的某一件蕾丝睡袍，看起来半睡半醒，一脸烦躁。弗兰克冲向她。"我们吵醒你了？"他问。

"是的，"她说，"瞧瞧你，你穿着生日的套装呢。"

"对不起，"他说，"对不起，对不起，对不起。"

"没关系，"她说，"今天是你生日。我本来今天也要给你的。"

"你为何没在你的工作间？我到处找你。除了这儿，因为你把门锁了。"

"我知道，宝贝。可我实在需要睡觉。为了那本书在你生日前能完工，我几乎把自己杀掉了。过去的几个月，我成了一个讨厌的、失职的母亲，我感觉很糟糕。但是现在好了，我再一次完全属于你了。"

"我恨那本书。"她伸臂搂住了他，他把脑袋埋进了她的肩头。

"没关系，猴子。最糟糕的一段已经过去了。"

未必吧。"梦幻屋着火了。"我说。

"梦幻屋？"她问道。

· · · · ·

接着我们一道来到了后院，米米和我眼看着客人套房的一面墙扭曲变弯，将火焰螺旋着送上天空。它近旁的尤加利树在火焰里爆炸，将夜空烧得又亮又热，还渗出油脂的气息。我们听到救火车的嗡嗡声从远处传来，快速向我们靠近。

"火警笛。"我说。

弗兰克依然将脑袋藏在他母亲的肩窝里。她看看我，面无表情，说道："这不是我的错。"

"当然不是你的错。哎呀。我们得挪动了。我来抱弗兰克吧。我比你壮。"

"别碰他，"她说，"我看你敢。"她抱起了孩子，将他箍得更紧了。

"好吧。随便。咱们走吧。立刻。快点。"

即便身负弗兰克的重荷，米米还是比我先跑到了前院。我们听到一声可怕的巨响，然后房里所有的灯都灭了。"大门。"我对米米说着，跑到了车道上，用手动方式打开了它，把消防员让进来。我一边等着消防车开进来，一边扭头看了看房子。朝梦幻屋倾斜的那面玻璃墙面映照出了熊熊大火，使它显得比实际体量大了一倍，而面前的院子则显得黑暗了一倍。此前借着仅有的一点月光，我勉强选了一件米米的鬼魅般的睡袍，此刻看起来犹如黑色草坪背景上的一副剪纸。黑黢黢的一块影子，在她肩头的位置想必栖着弗兰克。她依然抱得动他，让我吃惊。换作我，我的胳膊早就瘫痪了。

在车道的尽头，沿着梦幻屋的那些尤加利树，有一部分枝杈已经倒在了院子里，有些则摔入了米米工作间外面庭荫树的树冠里。现在弗兰克最喜欢的瞭望哨，和他部分工艺品的展示架也烧了起来。呼啦圈和棒棒糖形状的网球拍在火焰下显得黑暗——过了一阵子它们才燃烧起来。那把弯刀在哪儿？

接着消防员自车道涌进来，拖曳着水管。"所有人都出来了？"其中一人问我。后来知道他就是队长。

"是。"我说。

"所有人，所有人吗？"他问。

"是，所有人。"

"他们在哪儿？"

"前院。"

"好。和他们一起待在那儿。"

• • • •

我回到他俩身边，正好有一根燃烧着的庭荫树树枝从树干上落下来，砸穿了米米的工作间窗户。窗帘带着火焰飘起来，我们能看见带火的纸屑在灼热的气流里打着旋升起来。米米丢下弗兰克，向房内疾冲。我追上去，但紧接着弗兰克从我身边超过，赶到了他母亲的脚后跟。我抓住他的手腕，任由消防员赶上来抓住了米米。

等我和弗兰克追到他们跟前，米米和消防员正在争吵。"女士，我才不管你有没有把书落在里面。"消防员说，"以后再买一本吧，我不能让你回到房里。"

"你不懂！"米米奋力想从他手上挣脱出来。

"妈咪。母亲。妈妈。米米。妈咪，最亲爱的。"弗兰克嚷着，用尽了他能想到的一切称谓想引起她的注意。弗兰克意识到消防员为他开辟了一个完美的讲坛，于是不知不觉间已将我摆脱，爬上了他的后背，双臂绕过消防员的脖子，保持住自己的平衡。"我们都是一起的，妈妈！"弗兰克嚷道，"你，我和爱丽丝。如果你的书烧了，我的也会烧了，爱丽丝的书也会烧掉。你在听我说话吗？听到我刚刚说的吗？"

消防员被弗兰克锁脖，分了心神，于是让米米躲开了他的抓拿。"爱丽丝的书也会烧掉？弗兰克，你在说什么呀？"她把儿子从消防员脖子上抱下来，把他放在自己眼前的地上站好。"什么书？"

"在她床垫下藏的一本书。她把所有发生过的事都记下来了。我总是盼着最近的更新，那种感觉好像我生活在十九世纪的纽约，等待着狄更斯著作的最新章节在码头靠岸。"

即使身形微小的米米在飞旋火焰的背景下也会显得恐怖骇人。"你在写书，爱丽丝？"

"那不是一本书，"我坚持道，"只是为瓦格斯先生记的笔记。"

"艾萨克让你监视我？"她用双掌掌根挤压着眼窝，接着开始用双拳砸自己的脑袋。

"母亲，立刻停手，"弗兰克说，"我告诉过你多少次了，敲脑袋是会损伤大脑的！"

米米抱起他，重重地吻了他的额头，接着把他交给我。"带好他，不管你干什么，别让他走掉。"她说着，朝燃烧的房子奔去。

消防员第二次抓住她的时候，她奋力挣扎了一回。他自己又加上好几个急救人员，才最后降服了她。两人抓着她的双臂双腿，另一人给米米打了一针，让她镇静，然后才得以将她送上救护车。等她被束缚带安置妥帖，那位消防员朝我们奔过来。"你们两个是爱丽丝和朱利安吗？"

"爱丽丝和弗兰克。"我说。

"朱利安还在房子里？"

"朱利安是我舅舅，"弗兰克说，"他死了。"

消防员瞪大了眼睛。"在那儿？"然而弗兰克已经变成了一块四英尺半的木料，僵直倒在草坪上，不再回应。

我扶着消防员的肩膀，让他不要面对着弗兰克。"自杀。"我说着，压低了声音不让弗兰克听见。"很久以前了。事发当时她就和朱利安在一起。"

"懂了。我会转告急救人员的。"

我们转眼再看弗兰克的时候，这孩子正在发抖。因为加利福尼亚是沙漠型气候，阳光没有直射到的地方很快就会变得很冷。消防员给了我们一条发给受灾者用的闪着铝膜光泽的毯子。我把弗兰克紧紧裹起来，把他放在我大腿上，同他一起在草地上坐着。直到他不再打寒战，才放松了身体，又能够说话了。

　　"爱丽丝，"消防员开始卷起消防水管的时候，弗兰克开口道，"现在一切都会好起来，对吗？"

　　"对，"我说，"去睡觉。"

　　整个晚上最惊人的一幕，依我看，是他竟然真的就睡了。

• • • •　•

　　又或许最惊人，是这个：大门口发生了一场混战。我看见赞德如铲型推土机一般闯过阻挡闲杂人等的路障。那是警方设置的，就横在车道中央。他径直撞倒了它们，犹如跨栏运动员完全忽略了本该跨越过去的栏架。有名警察叫嚷着起身追上去。赞德不肯停下，警察就从后面揪住了他的T恤衫。我看见赞德挥拳揍了那家伙，挣脱而去。另一名警员加入战团，逮住了赞德，给他戴上了手铐。

　　"可是我就住这儿。"赞德嚷道。

　　我决定不去介入。

　　"咱们先看看你的驾照，先生。"我必须得仰慕一下这位警察的克制了。在草地上，耳朵里听着他们，怪有意思的。声音从草坪表面平平地飘过来，有些像声音飘过游泳池表面——你可以躺在毯子上，听着谈话从水

225

池表面传过来，悄声耳语一般。

"你必须先把手铐解开，我才能拿给你。"赞德的口气平静了一些。警官随了他的意思，赞德揉着手腕。"你能告诉我火是怎么烧起来的吗？"他问。

"孩子玩烟火。"警官说道。

"有人受伤吗？"赞德一边问一边拽出他的钱包。

"有人被救护车带走，"那警官说，"我就知道这些。"

赞德把钱包摔在警官脸上，又逃走了。他们再次抓住他，戴上了手铐。"没有的东西我没法给你看，"他哼唧着，"我没有驾照。"

他们不再听他的，只管不无粗暴地将他推搡着带下车道，又推进了一辆警车的后座。

他们走后，我捡起了赞德的钱包。里面没有太多东西。没有驾照，不在话下。有三张皱巴巴的一美元纸币。一张公共汽车月票。一张写着一个电话号码的纸，上面还写着"萨拉的新手机"。

• • • •　•

再或者最惊人的一段应该是这个：我坐在那儿，弗兰克正枕在我大腿上睡觉，那时有一块碎片，一半是纸，一半是灰烬，飘落在我头上。在消防员控制住米米工作间的火势之前，乃至之后，碎纸屑打着旋儿，飘得到处都是。此时露水已经降下来，草地潮湿得足以熄灭纵火者留下的碎屑——它们嘶嘶作响，寿终正寝，再也无法烧起来了。

我还是不能太相信露水。为了免得头发被点燃，我抓起头上的碎片，将余烬在草地上压灭。彻底熄灭后，我看见上面的半个句子："接着爱丽丝……"

． ． ． ． ．

接着我将弗兰克的生日蛋糕放进厨房的冰箱，走进原本是米米工作间的那块地方，看看能不能找到一些那本已经完工的小说。

一切都没了。只剩下湿透的、烧焦的地毯和烧成灰烬的窗帘残留物，碎木屑，以及可怜兮兮的一块金属疙瘩，想必是她的那台打字机，再有就是成堆的泥巴状灰烬。这里一点，那里一点，周围烧成灰的碎纸上残留着一个单词或是一个短语。令人抓狂的是，一天之前还是一部小说的东西，如今竟成了猜字拼图和俳句诗。

．23．

火灾之后，米米被送进医院的72小时精神观察室。收治的医生先是问我能不能过去聊聊病情，我回他说我的弟弟，也就是弗兰克，受了惊吓，我分不开身，于是他便通过电话向我介绍了情况。他母亲还禁闭在观察室，所以我不打算带弗兰克去医院。我知道他一定会坚持要见她，我已知道米米不会让他去见她，最后搞不好我们三人都会被赶出来。我告诉孩子，他母亲太累了，他们把她安顿在床上，那是间非常私密的屋子，这样她就可以一连三天不受打搅，睡个好觉。"所以说她冬眠了，"她说，"我们所有的人都可以小小休整一下，对吗？"

"作为预警措施，我们一直把你母亲留在观察室，"我们谈话的时候医生说道，"我不想造成你不必要的紧张，但是急救人员告诉了我你故去的舅舅的情况。另外我在她的病历里也看到你母亲格外容易出事故，这一次她被送到医院是因为她的房子被烧掉了之后她变得歇斯底里。嗯。这种情况我也可能会歇斯底里的。"

我想告诉他，弗兰克，化名"危险人物"，他才是这场灾变的始作俑者，米米只是附带的受害者。但是我又没办法把弗兰克描绘成一个罪犯或是疯子。"房子只烧了一部分，"我说，"客人套房。她的工作间。只是一场事故。有可能发生在任何人身上。"

那医生顿了良久，我不知道他是不是要把我说的写下来，或是在考虑如何应对。"我想要说的是，像这样的事件是一声警钟。你舅舅那样自我破坏的倾向可能会在家庭里弥漫。那些所谓的事故——车祸、溺水、火灾——它们不仅仅是事故。你还有没有其他亲属死于某种可疑的状况？"

班宁。"我母亲的母亲，"我说，"她把车开进了一道篱笆。"

我此前已经拿着电话来到户外，所以弗兰克不会听见我们说话，但我同时也得隔着玻璃盯着他。他裹着一条被子，正在客厅地上打着滚。弗兰克找了一条被子作伴儿，而没有找我，这让我对自己"家长"的角色感到不太舒服满意。

这孩子的母亲，真正的家长，何时能回家呢？我自己的母亲说她带着婴幼儿时的我大半夜不睡觉在地板上走路的时候，经常会想到这个问题——哪一样更简单？当你背着孩子到处走而能做到不知疲倦，不会出汗；还是承受不了那一份轻飘的感觉，想要将不住颤抖的孩子扔出窗外呢？

那一刻一个可怕的想法涌上心头。米米是不是在给弗兰克挑一个监护人？她一定已经做过这事儿了，对不对？可那人是谁呢？照赞德的说法，米米除了他没别人了。赞德，还有她那泥灰墙外的万千"粉丝"。我希望她没有选赞德。就算他有男人的魅力和一副好手艺，我也不会托他照看家里的猫咪的。

・・・・ ・

　米米进医院的那天，本周的第二场大暴风雪袭击了纽约市，媒体喋喋不休地将其冠名为"暴雪巨灾"或"暴雪惊变"。瓦格斯先生也不知使了什么手段，弄到了一张飞机票。他从洛杉矶机场打来电话，说他正在取行李、租车。他会在一小时之内赶到贝尔埃尔。我对弗兰克说，我们要到大门口去迎接我和米米的老朋友，免得他找不到我们的房子。其实，我是不想让瓦格斯先生和弗兰克第一次见面就要面对一堆烧焦的残留物。这样的第一印象将会挥之不去。

　再者，院墙外的世界真美好，似乎不走出去享受一番真是遗憾了。米米街区的装饰梨树一夜之间就绽开了，而温暖和煦的轻风已经开始将花瓣摇松。花瓣飘过人行道的时候，我真想用舌头接住一片，最终却只是伸出右手，掌心朝上，等着一片花瓣落在上面。这就是二月份的南加州。怪不得默片时代的电影人抛弃了新泽西来到这里，因为此间大多数日子里都天气和暖，沙漠、大洋、雪山、香格里拉般的乐园，统统近在咫尺。但是一个普通人，比方说我，一路成长经历了寻常的四季更替，却又如何在这里确切感知时光的流逝呢？绚丽醉人的日子，一日甚过一日，一个人如何能在逆境中自处？又是什么样的心灵，才能预判：即使在这样的地方，生活也会出乱子？现在我才明白，为什么有那么多的人以为在这里可以轻轻松松功成名就，却最终失去了掌控。

　"爱丽丝，在那儿。"花瓣在他周围飘落，弗兰克看起来犹如一个雪球里的孩子，他穿着一身格伦花格子呢的克里伦斯·丹诺的套装，头戴飞行员皮帽，配着风镜，似乎在期盼着那架黄色的双翼机将他带走。"兰博基尼的车里，"他指点着，"一定就是你的朋友。"

"别用手指，弗兰克。那不是他。请抓住我的手，我不想把你弄丢了。"

弗兰克捏紧了我的手指，好紧，我不由得抽回了手。接下来，我任由他指点着每一辆意大利跑车或是英格兰豪车，不再纠正，因为我庆幸自己刚才把手抽了回来。

最后，一辆寻常的亚利桑那州牌照的轿车尖声一叫，转进了我们的街区，一听便知是一辆租来的车。我立刻就知道那是瓦格斯先生。我任凭弗兰克自由行动，挥着手，叫喊着。车头开上车道，我跑上去打开了司机一侧的车门。

瓦格斯先生摸摸索索地解着安全带，我向身后望望，示意弗兰克过来见他。糟了，弗兰克呢？等一下。好吧，弗兰克。他仰面躺在人行道上，双手捏成了拳头。

我撇开瓦格斯先生，跪在那孩子身边。"怎么不对劲儿啦，弗兰克？"我问。

"你往车前跑去的样子，好像母亲的某一个狂热'粉丝'，爱丽丝。车里的人一定会吓坏的。"

"看着我，弗兰克。"我说。这孩子努着劲儿，隔着风镜挤开了一只机警的眼睛。"车里的那个男的认识我的，记得吗？我们是朋友，所以我见了他很兴奋也没关系。"我记不得平生我见到别的什么人也这样兴奋过。

瓦格斯先生走过来，跪在我们旁边。"你一定是弗兰克，"他说，"我一直盼着见到你呢。"

弗兰克把风镜推到额头上，以便好好打量一下他。我猜他对瓦格斯先生还在观望中，因为他在审视过瓦格斯之后，再次闭上眼睛，但是没有把风镜放下来。

"瞧，我给你带了东西，弗兰克。叫你弗兰克没问题吧？"瓦格斯先生站起身，自口袋里抽出一件圆柱形的东西，然后长长地摇晃了一阵。"爱丽丝说要带手电筒。所以我给你带了一个特别的，电力来自手摇。不需要电池的。"

这下他引起了弗兰克的注意。这孩子坐起来，拿过电筒，用力摇晃，点亮了它，然后点点头。"做得好，"他说，"东西送到了，请离开吧。"

* * * * *

米米入院的第三天，弗兰克和我坐城市公交车去接她回家。瓦格斯先生提出要用他的租用车载我们，但弗兰克对租用车拒绝踏足半步，甚至也不愿让他一道乘公共汽车。"好吧，"瓦格斯先生说，"我在这儿有重要的事情做，我需要买些日用品。洗地毯的清洁剂。一根新拖把。"

"我要一份啤酒和一根拖把，"弗兰克说，"这是一副骷髅骨架走过酒吧时说的。"这笑话对我或瓦格斯先生来说是否好笑，简直是没办法说清楚。直到那一刻，只要我们在一起的时候，弗兰克一直坚持我站在他们两个中间，倒好像这男人是一副长出了胳膊和腿的橡皮僵尸面具。

一场灾变，害得我瘫软疲惫，所以一直没有清洗消防员在地上留下的泥灰脚印。"哦，瓦格斯先生，不要，"我说，"我会叫清洁工来打扫的。回家以后我会自己来搞定的。"

"别废话，"他说，"你们回来之前我不会让自己闲着的。"

于是我和弗兰克坐上公车，一路上经过的每一个洛杉矶的街角，我们都会停下来。去医院之前，弗兰克坚持要逛街对面的购物中心，去为米米买情人节糖果。我没做抵抗就依从了。即便对他说她已经等了我们太久了，也不会有作用。

往好的方面看，情人节过后的一天，爱心都成了半价。弗兰克从剩下的东西里选了一些最大的，三块巧克力二十五块，即使是打过折以后。"为什么是三块？"我问着，小心地调整了语气，免得露出挑战的意思。

"一块给我，一块给我母亲，一块给你。"他说。就在你因为他不可理喻想要掐死他的时候，他突然来这么一手，你的怒火就被抛在九霄云外了。

我们最终抵达的时候，米米已经自己办完出院手续，离去多时了。我没觉得吃惊，但弗兰克惊呆了。在他山呼海啸地发作之前，我努力劝慰，让他相信米米已经给家里打过电话了，同瓦格斯先生聊过，多年没见的老朋友，很兴奋，她已经打出租车回到贝尔埃尔了，而我们还要乘公交车穿过半个洛杉矶呢。"我们自己也可以打出租车，你知道的，然后更快地赶回家。"我补了一句。我们是在医院公交车站的长凳上谈这番话的。

"我只和母亲一道坐出租车。"弗兰克说，"如果你说的是真的，她为什么不打电话，告诉我们她已经离开了？"

因为她讨厌我。"因为她始终没有记住我的电话号码，我打赌是因为这个，"我说，"号码存在她手机里。"

"我很怀疑。"弗兰克说，"母亲对成串的数字毫无问题，她老早就该对你说过，她对数字很有感觉，但对金钱没有。我知道这个，因为在我数不清自己脚趾和手指的时候，她多次对我说过这话。也许你的手机关机了。或者你忘了带了。"

我伸手摸了手袋和所有的口袋。"你是对的。弗兰克。我忘带手机了。我是世上最笨的人了。"

"这话不对。我所在的所有班级里，总有几个孩子不如你聪明的。还有一个不聪明的老师，就是把我转去别的班的那个。"

我们来到楼里，找寻付费电话。正如弗兰克此前发现的那样，如今已经很难找到。一旦发现了一个，我却发觉我再也想不起玻璃屋的号码了，因为它只存在我的手机的自动拨号程序里。瓦格斯先生一定会对我大为失望。这个男人讨厌自动拨号。他相信把号码记在心里才是文明的标志。

　　同样，弗兰克也不知道他自家的电话号码，但他却记住了他的阿立巴马外婆女孩时代的号码，而她在他出生之前就死了。很简单。那是"7"。

· · · ·　·

　　我们回去的时候已经天黑。瓦格斯先生打开了所有的窗帘，把阳光引进了每一个房间，只米米的工作间除外，他用胶带盖住了砸破的玻璃墙面。我们可以看见他在客厅里，犹如在展览馆的展示箱里，西装外面套着围裙，巴望着我们回来。他看不见我们在暗处从车道走上来，因为房内的灯光把所有的窗户都变成了一面面单向镜。

　　我们打看房子正门的时候，弗兰克抢到我前面，用他那奇异而单调的嗓音大叫"妈妈"，反反复复，犹如捏一下就会哭喊的娃娃被压在一张摇椅下面。门厅的地毯看起来还是新的，我周围的镜子也纤尘不染，连一个手指印都没有，美味的香气从厨房飘出来。这些都不是我做的。这是种何等解脱的感觉，无法言表。直到那一刻，我一直为自己的尽职尽责而自豪，然而也是在那一刻，没有责任的生活在我听起来也挺棒的。我开始觉得，赞德不是个无赖，他是个天才。

　　瓦格斯先生一边走过来迎接我们，一边从头上摘下围裙，抚平他的头发，拉直他的领带。其实是来迎接我，真的，因为只有我一个人。"你让我吃惊了，爱丽丝，"他说，"我打电话想看看你在哪里，却听见电舌在厨房里响起来。应该说是号叫。狼嚎的彩铃声是西海岸特产吗？米米在哪里？"

　　弗兰克检查过了每一间房间，每一张床底下，每一个抽屉和储物间，伸手摸过了米米的一双鞋的里面，甚至查看过了吸尘器的软管和灰尘袋，接着他出门进了院子，拿着黄色的塑料球棒回来了。他从冰箱里拿出了蛋糕盒，拿出了他的华丽的、可怜的、完满的生日蛋糕。他把蛋糕放在台面上，开始动手将它捣成巧克力碎片。接着他将残骸推进过滤篮里，再用十指在碎片中抓挠一遍，然后宣布："好吧，就这样了，这里也没有。"

　　瓦格斯先生总算恢复了说话的能力，他大声宣布米米没有回来过，因为他离家去商店前后最多一个小时。弗兰克说米米绝对回来过，很可能是在瓦格斯先生离开买东西的时候，又或者是他在某个房间里吸尘的时候。"你凭什么这样认为？"瓦格斯先生问。

　　年轻的夏洛克·福尔摩斯陈述着线索：吸尘器里充满地毯清洗剂的粉末残余，足以证明最近有人清理过消防员留下的脚印和泥灰，那就会发出足够响的噪音，使米米溜进房里而不被察觉，也不会被人问一些难堪的问题，比如说："米米，你答应我的书稿呢？"我带到医院给米米穿的鞋，里面依然潮湿，因为米米没穿袜子就穿着它回家了。床底下有一只衣箱不见了，她的蓝、黑、灰的羊毛开衫也不见了，再有，七件T恤衫和两条牛仔裤也没了，其中一条是带刺绣的，朱利安留给她的，只有特殊场合她才会穿呢。还有我给弗兰克画的、挂在壁炉上方的水彩肖像画，天哪，我都不相信自己居然没有想到过它。一件睡袍失踪。还有两双鞋，我猜想米米会更偏爱我为她选的那双。七双袜子，那是我此前忘记放进她的行李的东西。还有她的牙刷。"她的头发刷子还在，"弗兰克嘟囔着，"可她的头发还短着呢，不需要它。"她的手袋不见了，眼镜也不见了。可是她的手机没带走。"对啊，要么是因为她不愿意同任何人说话，"他说，"要么是因为她的电脑能够定位她手机，也就顺带能找到她。"我的赌注会放在"不想同任何人说话"上。

最后他给我们看一本古老的《小王子》，此刻正放在他的枕头上。"我知道我昨晚没有读它，因为我不太懂法语。虽说我和母亲有时候会假装我们在说法语。"

这就是我和弗兰克的不同之处。我已经认出了封面画，却没有把它同"小王子"几个字联系在一起。"那你为何要选一本法语版的?"我问。

"母亲非常喜欢这本书，因为它是朱利安舅舅读高中时读的。为了他的法语课，她不得不给他做翻译，就像她不得不给我翻译一样。"他翻到扉页，给我们看"朱利安·吉莱斯皮"的名字，字体真难看，连二年级的小学生都不如。看了朱利安的丑字让我的鸡皮疙瘩都起来了。"弗兰克的心理医生说这是家族遗传的症状。"

"如果她这么喜欢它，为何不给你买一本英文的?"瓦格斯先生问。

"她喜欢它，是因为它是我朱利安舅舅的遗物。她说这书最精彩的是插图。她对这本书的简评是'等待戈多的少年版。打呼噜'。她说打呼噜，因为有时候太响的噪音，比如打呼噜，会吓到我的。"

"今晚我睡觉的时候会留意记着这件事儿的。"瓦格斯先生说。

"我把整座房子彻底勘查过后，还能发现更多蛛丝马迹，证明她最近出现在这里，"弗兰克说，"我可以现在就做深入调查，如果你们愿意。"

我告诉他没那个必要了，又催他换上了睡衣。我已经把瓦格斯先生安排在了弗兰克的小间里了，又在我卧室的红色情侣沙发上铺了床单，这样孩子就可以和我在一起。我担心今晚会比从前任何时候都更难以入睡，但我把他安顿在沙发上的时候，他说："我们所有的人都可以小小休整一下，对吗，爱丽丝？"小眼睛眨巴眨巴，然后闭上了。一旦我确信他睡着了，立刻找到瓦格斯先生。他坐在白色沙发上，拿着一只塑料马提尼酒杯。

"你在喝什么？"我问。

"还没喝呢，"他说，"找到玻璃杯以后，我倒没劲儿了。这东西好滑稽。分量好轻。"

"塑料做的。"我说。

"啊，这就难怪了。"

"玻璃杯和弗兰克在一起，最坏的组合。我担心米米，瓦格斯先生。我们要报警吗？"

"报警？为什么？"

"因为她失踪了。她也许已经遇到了可怕的事情。"

"米米没有失踪，爱丽丝。她收拾了行李，然后走了。"

他也有道理。虽然我不喜欢这个解释。"如果她不回来怎么办？"

"我猜这倒也有可能。但我觉得几率不高。她以前也做过这样的事。"

"什么样的事？"

"出走。米米不胜负荷的时候，她就会把担子卸下来。"

有其母，必有其子。也必有赞德。

"可她以前没有孩子。她不会抛弃了弗兰克，不会吧？"

"弗兰克没有被抛弃。你还在这儿。"瓦格斯先生把酒杯对着光，在手指之间旋转着它。"塑料的，啊？光线照着它的时候看起来没什么不一样啊。"

我跌坐在沙发里，与他并排，双手盖住了脸。

"试着别担心那么多，爱丽丝。我不知道米米在哪里，可我猜她在某个地方，想法子把小说重新拼凑起来。她知道她不在的时候你会照顾弗兰克的。如果她认为你不能搞定这份工作，就不会把你留下来的。"

"可我没把工作搞定，"我哭丧着说，"你派我来誊录米米的书稿。可我连一页纸也没见到。如果我真的搞定了，那我们这会儿应该已经回了纽约，在阿岗昆酒吧用真的鸡尾酒杯喝着鸡尾酒。也许连火灾也不会发生了。"

"我最喜欢你的地方，爱丽丝，"瓦格斯先生说，"你把什么好的坏的都往自己身上揽，而且没个够。听你说话让我觉得我又年轻啦。"

"这一点也不好笑。瓦格斯先生。"

"谁说它好笑了？听我说，天才，我把你派来帮助米米，给她提供一切她所需要的帮助。你做到了。"

可我几乎没听见他说了什么，因为我突然想到了什么。"等一下。"我说着，跑进了我的卧室。

等我回来的时候，我把自己的那本样子可笑的独角兽笔记本塞进了他的手里。

"这是什么？"他问。

"你让我做的笔记。晚上睡觉之前，我会把当天发生的每一件事情记下来。我真的应该把它们都为你打印出来。有些条目非常隐秘、模糊，我的手书也不是最好的。不过总算比爱因斯坦的强。"

"笔记？"瓦格斯问道，"你在说什么呀，爱丽丝？"

• • • • •

我半夜醒来，颇为确定有人正在敲我卧室的门。尽管我很想继续睡，却还是忍不住溜下床去查看。

是瓦格斯先生，攥着一支手电筒，面色尴尬。我一抬脚走进了门厅，回手关上卧室门，免得吵醒了弗兰克。"对不起，打搅了你，"瓦格斯先生说，"不过你说有没有可能是一只浣熊摸进了我卧室的储物间？有东西在里面动呢，但我认为不是打劫的，因为那声音拖泥带水的，不像是在劫掠东西。"

"米米工作间墙上的洞用防水布盖着，我猜有人能从那里找一条路进来。"我说，"但我想象中，浣熊会选择厨房而不是弗兰克的储物间。除非它知道弗兰克有可能把零食用胸口的装饰手帕裹起来藏好。你睡觉之前有没有关好卧室的门？"

"我关了。我醒来的时候门也关着。"

"咱们去看看。"我说着，故意让自己显得很勇敢的样子。此刻倒是真希望手里有那把塑料弯刀呢，可它在关键时刻却跑哪儿去了？

我们到了卧室，我发现弗兰克储物间的门缝里露出一道白光。"隔间的灯之前开着吗？"

"我没注意。"

"跟我来。"我说。

我们回到我的卧室，我打开了灯。弗兰克已经不在情侣沙发上睡了，我为他铺好的床单甩在了地上。我们找到了咱们的这位小夜游神，他在自己储物间的地毯上睡着了，灯开着，从来不嫌冷的他，把那件从来不会穿的开司米羊绒外套卷了起来，枕在脑袋下边；一件大号的粉色羊毛开衫，是我以前从未见过的，被他用作了毯子。弗兰克也许能接受粉色，可是他一定更偏爱尺寸合适的衣服，所以我猜羊毛开衫是米米的，尽管我无法想象她怎么会穿着这样喜气的颜色。这孩子在每个手肘的肘窝里各夹了一只鞋，似乎是怕有人在他睡着的时候把鞋偷走。他的双手箍着那本《小王子》。

我们退出了小隔间，重新在门厅里碰头。"弗兰克在保护他的物权，"我说，"我们最好把卧室换过来。"

· · · ·

在我们回归夜间睡眠状态之前，瓦格斯先生和我决定我们自己也来一次夜间神游。户外，四分之三的满月替我们照着路，神奇的南加州月光水银般洒在了梦幻屋的悲催废墟上。我俩站在车道上对着一片狼藉，沉思着。瓦格斯先生深吸了一口气，说道："闻见了吗？"

"烟味？消防队长说这里的气味会如同烧毁的废墟，要持续几天，一个星期最多。他让我别为这个担心。"

"不是烟味，"他说，"是夜里开花的茉莉。"

"哦，"我说，"对。是那个。"

"爱丽丝，我有没有对你说过我曾经点着过母亲的储物间？"

"你说过吗？怎么回事？"

"这个，母亲从来不让我玩火柴。所以等我好容易从厨房偷了一大盒，我就把它藏在她的储物间的衣服堆里，留着慢慢玩。我料想她永远也不会到那儿去找我。"

"她去了吗？"

"没有。我认为她不会惦记着我。也不会惦记那盒火柴。在我点着了第四十根或第五十根的时候，有一件衣服烧着了。虽然我没那么聪明，不会未卜先知，但我却足够聪明，知道要撒腿逃跑。我找到母亲的时候，她正在厨房拖地板，她拿着一桶水跑了过去。那点火还没机会对母亲构成威胁。"

"这故事不能让我自己觉得好过，瓦格斯先生，可它让我对弗兰克有了希望。"

"如果那样的话，这段你也会喜欢的。"他说，"我小时候没什么朋友。可谁能想到，一个敏感的胖小子，戴着眼镜，整天捧着书看，日后会赢得最受欢迎奖呢？"

我们转身面对房子的时候，看见弗兰克的隔间天窗里射出一道光柱。"我以为我们早把那个灯关了。"瓦格斯先生说。

"我打赌弗兰克开了灯是因为米米走了，他害怕在黑暗里睡觉，"我说，"又或者，他是要发个信号，让母亲的飞船把他接走。"

"弗兰克不会有事的，爱丽丝，"瓦格斯先生说，"他是个古怪的孩子，可聪明绝顶的孩子通常都挺怪的。他也许要花点儿时间调整，但是他一定能学会怎么在平庸的人堆里生活。"我们爬上了车道，他又补充道："弗兰克不是我要担心的人。"

"那你担心米米吗？"

他把双手插进口袋，扮着鬼脸。"我猜自己心里没有表面上做出来的那样平静，"他说，"我担心，是啊。可如果她没有弗兰克，我会担心得更厉害。她是孩子的一切，她自己也知道。"

"还有监护人呢？你有没有认为米米已经为他选了一个？"

"我自己也在琢磨这事儿。所以我让我们的律师去查查。"

"然后呢？"

"米米指定了一个监护人，是的，"他说，"弗兰克出生后很快就定了。但是她似乎没有和她选的那个人做过什么讨论。现在那个人不知该怎么打算。法律上，他没有义务做什么行动，因为米米还没有向他征求同意。"

"是谁？弗兰克的父亲？"我问，"我们现在能不能找到那人是谁？"

"不是，"他说，"不是弗兰克的父亲。毫无含糊地不是弗兰克的父亲。"

"赞德?"我问,"别对我藏着,瓦格斯先生。"

"不是赞德,"他说,"我没藏着。我只是心神有点不集中了。"他用食指戳着自己的胸骨。"艾萨克·瓦格斯,"他说,"我。她指定了我做弗兰克的监护人。

.24.

我睡着了,梦见我摇晃着一个紧挨着我耳边的纸板箱,想要弄清楚里面装了什么,同时听见弗兰克说:"爱丽丝,醒醒。"由于他上一次说这话的时候梦幻屋着火了,我猛地一个激灵从床上弹起来。因为没有完全睡醒,再加上被子裹得太紧了,我最后跌在了"新闺房"(原属弗兰克卧室)的地上。这孩子站在我的头顶上方,披着夏洛克·福尔摩斯的披肩,戴着猎鹿者的帽子,挥舞着瓦格斯先生送给他的手摇充电手电筒。他翻开我的一张眼皮,用手电对准了我的眼球。

"弗兰克!"我说,"别闹了。你知道自己在做什么?"

"我在检查你有没有脑损伤。万一你跌倒时撞了头呢。"

"我挺好,"我说着,坐起身,用手揉着脸,"有什么东西着火了?"

"你叫什么名字,爱丽丝?"弗兰克问我。

"弗兰克,谢天谢地。"

"哦,亲爱的。不好。我是弗兰克。你的名字是爱丽丝。"他再次用手电筒的光封住我的眼睛。"你的瞳孔对光线有反应,但是你有可能是脑部受损,使你记不起来,急救员说过,记不起自己的名字可能是脑部受损的症状。再有,没有东西燃烧,嗅觉幻象也可能说明脑组织受了影响。乔治·格什温死于1937年7月11日，在他因脑癌而死的前几周里总是想象着闻见了烧焦的橡胶。我们应该叫辆救护车。"

"我们不需要叫什么救护车，弗兰克。我的名字叫，爱丽丝·怀特里，行了吗？我问你有没有什么东西着火了，因为上一次你半夜里把我叫醒，就是因为着火了。你现在需要什么？"

"我需要找赞德。"

"为什么？"

"因为他丢了。"

"我不会浪费我的精力去想赞德。换了我，我会担心我母亲。"我一边说一边从被单里挣脱出来，站起身。如果你问我的话，赞德应该滚一边去。梦幻屋这场火，赞德要担的罪责和弗兰克一样多。而且，每一次提及赞德的名字，都让我不由得觉得自己是不是也得担上一份罪责。我就应该把罗马火焰筒泡在一桶水里，断掉引线，把它们带到拉斯维加斯，或者半路埋在沙漠里。

"可是，你母亲死了。我不论怎么想你也不能把她带回来。"

"不是我母亲，弗兰克。你的母亲。"

"我为什么应该担心我母亲？她没有丢。瓦格斯先生知道她在哪儿。"

瓦格斯先生知道米米在哪里？这在我可是个新闻。可那一刻我已经清醒了些，我意识到如果不想让弗兰克在躺在地上做僵尸，那还是闭上嘴，不要流露出对米米的担心为妙。"我要回去睡觉，弗兰克，"我说，"你也该去睡。"我捡起床单被罩，重新铺好床。等我钻回了被子，弗兰克猫头鹰一般栖在了床边。"你要我帮你掖被子吗，弗兰克？"我问。

"没关系。我不累。我会坐在这儿知道你休息好了可以谈话为止。"

我叹口气。"你想谈点儿什么，弗兰克？"

"找赞德。"

"你为什么觉得我们需要去找赞德？"

"我告诉你了，他丢了。"

"赞德没有丢，弗兰克。他这会儿多半正在盐湖城外，数着一大叠钞票呢。"我联想到了他钱包里那三张可怜的、皱巴巴的一元纸币，可也连这也没有了。

我猜弗兰克也想到了这个，因为他说："赞德可没有一大叠钞票给他数。他所有的钱都在他的钱包里，也就是你手袋里藏着的那个。他的公交车月票也在里面。如果他只打算在一个月没过一半就离开本镇，他就不会投下资本买一张一个月的公交车票了。他不疯不傻，你知道的。"

一个孩子再次翻了我的手袋，这让我抓狂不已，于是我狠狠咽回了一个大大的哈欠。"这事儿我们不能等到早晨吗？弗兰克？"

"可以。但是到时候我就没有借口再用一用这么棒的手电了。"他双手握拳，手肘紧绷，狠狠摇着手电筒，那架势犹如阿岗昆酒吧的侍者在调制马提尼。接着弗兰克将手电筒放在我手里，从披肩的口袋里拿出吹泡泡的管子，又拿出一张卷成一卷的纸片。他将纸片在床头柜上摊平、抓住我的手，将手电的光指向纸面。

"那，"他问，"明天早晨要什么时候给这个'萨拉'打电话，才不算太早？"

• • • •

第二天早餐时，我把弗兰克支到院子里为瓦格斯先生摘一支玫瑰，用来搭配胸口的装饰手帕。他在室外的时候，我问瓦格斯先生知不知道米米在哪里。

"当然不知道。"瓦格斯先生答道。他放下刀叉，用餐巾擦着嘴。
"你怎么会这样问？"

"因为弗兰克认为你知道。"我说。

"他又为什么这样认为？"

还等不及我向他透露昨夜弗兰克告诉我的那些话，这孩子已经带着玫瑰奔进来，将花塞给瓦格斯先生闻它的香。弗兰克冲上来的时候，我伸手抵住他的椅子背，免得瓦格斯先生翻倒。

"真可爱，"瓦格斯先生说，"我想现在我已经闻够了，谢谢你弗兰克。"

弗兰克把花塞进了瓦格斯先生胸口的口袋里，然后像神经外科医生一般仔细地整理着一片片花瓣。

"那么弗兰克，"瓦格斯先生说，"告诉我，你现在最喜欢学校里的什么东西呢？"

"不上学，"弗兰克说，"我正在间歇夹缝期。就像我母亲一样。"

"我懂了，"瓦格斯先生说，"这也好。学校并不适合每一个人，你知道的。"

"我知道。"弗兰克煞有介事地答道，接着他就开始侃侃而谈，讲起了温斯顿·丘吉尔、安塞尔·亚当斯、诺埃尔·科沃德，以及许多辍学的英杰人物。他还说要给瓦格斯先生看看米米在她床头柜抽屉里的一整张名单。

"米米回来以后我很乐意看看，"瓦格斯先生说，"一个绅士不能在未获允许的时候偷看一个女士的抽屉。"

"啊，"弗兰克点点头，"现在我怀疑你就是爱丽丝常常说起的那位绅士。"

"就是他，弗兰克，"我说，"瓦格斯先生就是那位绅士。"

．．．．　．

　　我认为没必要让瓦格斯先生也参与到找寻赞德的事情里来，因为这只是为了占据弗兰克的注意力，当然，也是我的，借以打发米米回来之前的这段神秘的"间歇夹缝期"。所以见他带着我的笔记簿把自己锁起来，我倒也挺高兴。

　　我让这孩子等到十点钟，然后给萨拉打电话。这就给了他足够的时间决定如何搭配今天的全套行头，以配合当前的调查工作，此刻他缺少防水上衣、胶底鞋，以及软呢子帽。赫顿的正装，还是克拉伦斯·丹诺的？大衣配高帽，还是不配？要不要白领带配燕尾服？早起和弗兰克纠缠，我总会精疲力尽，但是在没有母亲在身边的时候，如果试衣服能让他开开心心地静下来，我愿意陪着他玩下去。

　　我眼看他在睡衣外套上了晚间便服，从我送的圣诞礼物套装里拣了一副铅笔粗细的假胡须戴上，又拿起了一个马提尼塑料酒杯，用整个手掌握着杯脚。于是说道："《瘦子》，我猜是。"

　　"瘦子是电影《瘦子》里的那个骨头架子，所以如果我扮演的是那个角色，我会拿着啤酒和拖把。这个嘛，"弗兰克说着，晚间便服的表面上弹抖着另一只手的手指，"它是向尼克·查尔斯致敬，社区侦探，由威廉·鲍威尔扮演，他的妹妹是埃莉诺·鲍威尔。"

　　"我不认为他们真的是兄妹。"我说。

　　"也许不是，"弗兰克说，"可我愿意想象着他们就是。"

　　到了给未知者萨拉打电话的时候，我把移动座机带进了弗兰克的卧室。我们一起坐下来，弗兰克大声念着号码，我拨了号。等我按下了最后一个数字，将听筒凑近自己的耳朵，弗兰克伸出一只胳膊，绕住我的肩膀，将他的左耳贴住了我的右耳。

我挂了机。"弗兰克，"我说，"你在干什么？"

"监听。"

"真的？你不认为我的两个耳朵之间除了空气和一根导线什么都没有吗？"

"是的。你的大脑密度颇高。也许我应该用另一个移动听筒来监听。"

"行。"我把电话递给弗兰克，将写着萨拉号码的纸条放进我的口袋，到厨房去拿另一只移动听筒。我回来的时候，他正把电话贴在耳朵上，对着它说话："我的名字叫弗兰克·班宁。我正在调查赞德·戴尔文的失踪案。你二月十一日晚间在哪里，次日二月十二日早晨你又在哪里？啊，啊，啊。"

我在他身边的床上坐下，将萨拉的号码纸条从口袋里拿出来，用厨房拿来的移动听筒键入号码。等我拿起来放在耳边，只听见一个女人的声音："弗兰克，不管是谁在另一边拨号，请告诉她，你已经在用电话了。"

我抓过弗兰克的听筒，在我和他的键盘上都按下了"挂机"键。"你把萨拉的号码背下来了？"我问。

"多可笑的问题，爱丽丝。接下来你该让我把九九乘法表都背下来吧。拜托。按下'重拨'可比重新键入每个数字快多了。下回你再打给她的时候，可得试试。"

· · · · ·

没多久，我们就确定了萨拉就是那个刺青女孩，也就是给弗兰克递送赞德礼盒的那个青年女子。

"你送盒子之前赞德没告诉你里面是什么吗？"弗兰克问。

"你的生日礼物，"萨拉说，"就这些。里面是什么呢？"

"罗马火焰筒。"

"这听着是赞德的风格，"萨拉说，"请告诉我他脑子足够清楚，知道要自己过去一趟，替你把焰火放了，弗兰克。"

"他来了，"弗兰克说，"但我提前把它们放了，然后梦幻屋就一下子不可收拾，还没等他来，就着起火来。还没等我去解释，警察就把他铐起来带走了。我们自从那会儿就没听到他的消息，所以就担心他会感到愧疚，觉得是他从远处把自己家给烧了。"

"他应该感到愧疚，"我说，"是谁把焰火给了一个孩子的？"

"等一下，"萨拉说，"2月12日？这些就是上周发生的？如果你们想因为赞德送了烟火给弗兰克就起诉我们，那算是浪费时间。他什么也没有，我也一样。我连自己的车都没有。"

还没等我向她保证我们没有这个意图，弗兰克插进来："这不是真的。你有阿莱克。我不认识他，但是他看起来像个管家。"

"我有阿莱克。对。他就是管家。你说得对。"弗兰克说了这话之后，她听起来没有先前那么充满敌意了。

"告诉我，"弗兰克说，"赞德在监狱里有没有待的足够长，有没有适应牢里的连身号服？"

"他一打电话我就把结婚戒指当了，那样就可以尽快把他保释出来。赞德一向讨厌蹲监狱。听着，你说的一切对我来说都是新闻。赞德告诉我的就只有他揍了一个警察。"

我的心神依然被"结婚戒指"挂着，所以漏听了几句话。"等等，"我说，"赞德以前也进过监狱？"

过了长长的一段停顿，萨拉问道："说真的你知道多少赞德的事？"

"那个，多到足以知道他没有驾照，不过生日，还有从来没有从朱利雅的学院毕业过，还知道他在学院最后一年里曾在两个地方折断过手臂。"

"他从来没毕业就是因为折断了手臂？他有没有告诉过你他怎么折断手臂的？"

"没。"我说。

"我也觉得他不会说。"

"他怎么折断手臂的？"我问。

"那得让他自己告诉你。"她说。

• • • •

萨拉告诉我们一家精品百货商店，在那里赞德有一台临时表演的钢琴。第二天我们出发前，我来到了先前我的卧室，通知瓦格斯先生我们要出门了。我没有邀请他一道去，因为我知道瓦格斯先生绝对会反对的。

听到敲门，瓦格斯先生给我开了门，当时他穿着一件皱褶的礼服衬衫，燕尾还没有拆开，配着一条正装裤和正装袜子。这家伙头发乱糟糟的。我以前从没见他仪容不整。"你是穿着衣服睡觉了吗？瓦格斯先生？"我问道。

"我忘了带睡衣了。"他说。我见他手里拿着我的笔记簿，还看见他用黄色的不干胶标签标记了其中的一些页面。

弗兰克在旁边用胳膊肘碰我，又对瓦格斯先生说："我喜欢你把头发弄成这样。"

瓦格斯先生可算是个好学生，对弗兰克老师的风格心领神会，心知他是个不会使用讽刺修辞的人。"谢谢你，弗兰克，"他说，"我管这个发型叫'阿尔伯特·爱因斯坦'型。"

弗兰克眼睛一亮。"如果你借一件我母亲的羊毛开衫，再来一副我收藏的假胡须，你就可以拍一部爱因斯坦纪录片啦，"他说，"可以让我借给你一件羊毛衫和一副假胡须吗？"

"当然。"瓦格斯先生说。

"你还需要鞋，"弗兰克说，"但不要袜子，爱因斯坦不会穿短袜的。"他听了慌忙走开了。

瓦格斯先生坐在红色情侣沙发上脱袜子，那时我注意到他的身体留在那床蓬松的白色被子上的压痕。昨夜他连被子都没盖在身上。从他的面色看，我怀疑他根本就没睡着过。

瓦格斯先生问道："弗兰克又怎么知道爱因斯坦的袜子的事儿？"

"你指的是，他没有袜？"我问，"还是指弗兰克怎么知道的？"

瓦格斯先生把他的袜子揉成球，塞进他那只还没收拾过的衣箱的一角。他把我的笔记簿放进了书桌的抽屉。

贝尔埃尔的弗兰克先生完成了他与瓦格斯先生之间的公务，这下他真的看起来像阿尔伯特·爱因斯坦了。弗兰克对结果很满意，于是说道："我认为今天他应该和我们一道出门历险，爱丽丝，你不觉得吗？"

"我认为这主意真棒，"我说，"但你需要自己去发出邀请。要有礼貌。征求他意思的时候要使用合适的称谓。像瓦格斯先生这样的绅士都会这样做的。"

"可我不知道他的名字！"弗兰克尖叫起来，这一声太出乎意外了，我和瓦格斯先生都惊得跳起来。他用双拳的拳根捶着自己的额头。

"啊呀。弗兰克。没关系。静一静。我刚刚说了他的名字。是瓦格斯先生。"

就这样，天性欢乐的贝尔埃尔的弗兰克先生又回归了。"他可以使用赞德的公车月票，"他说，"我碰巧就把它收在我的钱包里。"弗兰克拽出钱包秀给我们看。那钱包是哑光深红皮的，看起来年头比我还老，上面嵌着"JG"的金色装饰字母，这让我怀疑它也曾经是属于朱利安的。"赞德的月票和我的月票之间的不同在于，他的是蓝色，我的是橙色，因为橙色是儿童票，蓝色是成人票。咱们三个这就走吧？"

我不打算争论要不要坐公共汽车，也不想问赞德的公车月票如何从我的手袋蹦到了他的钱包里。

"这位先生阁下，"弗兰克对瓦格斯先生说，"请允许我替您拿着这张汽车票。我不想你弄丢了它，因为这代表了赞德此刻的财富净值。"

我们出门前，我用记号笔在弗兰克手里写下了"瓦格斯先生"。

• • • •

弗兰克同瓦格斯先生坐在一起，一路聊到了百货商店。没人有闲心多看一眼弗兰克和与他同座的诺贝尔奖得主"阿尔伯特·爱因斯坦"，因为假玛丽莲·梦露和人造查理·卓别林正在前往中国戏院的路上，准备去拍旅游纪念照呢。他们就坐在同车的后排座椅上，分享着同一张报纸。等他们走了，用胳膊捅了一下瓦格斯先生，让他注意。我们望着他们俩一道走着，手牵着手。我不禁想，如果真实的玛丽莲活着的时候找到一个有幽默感的家伙，最后的结局也许会不一样吧。

但是，在购物中心，原以为应该厌倦无感的当地人却是另一种表现，他们见了小大人儿赫顿，眼窝里夹着单片眼镜，一只手还牵着爱因斯坦爷爷，大为惊悚。一边像水波浪一样在我们身前分开，一边又在我们身后盘旋不去，好像20世纪50年代华纳兄音乐剧里的群舞。

一走进商店，弗兰克突然一个急停。"嘿，等一下，"他说，"这样的店里，咱们是不是可以买一件军用防水衣？难道这里只有手袋和唇膏吗？"

"一定会有个男装部的，"瓦格斯先生说，"在那儿我还可以买睡衣呢。"

"我以为你想要的是先找到赞德，弗兰克。"我说。

"我是那样想的，但我认为我们可以挤出一小会儿时间，既来之则买之嘛。母亲讨厌百货商店。我不知道为什么。但是同样不喜欢，洛杉矶的百货商店还不如《卡萨布兰卡》里的露天市场带劲儿，不过它倒是有室内管道系统。"接着，"小私家侦探"弗兰克·班宁同学抬起一根手指，脸上凝聚起非常专注的表情。"嘘，"他让我们噤声，虽然只有他一个人在说话，"你们听见了吗？赞德在这儿。"

"我听见了。"我说。一阵狂喜，犹如一个淘金者正在掏出一只纯金的网球。

"在电梯边上，"弗兰克说，"在那儿。"他用自己的胳膊肘引导着我们的目光。比起用手指指，这动作也好不到哪里去。但是，对这种礼貌的姿态我还是感到说不出的满足。这意味着，有朝一日弗兰克也会记住吃饭时要闭着嘴咀嚼。

他是对的。赞德在那儿。穿着燕尾服，在一架小钢琴边。众多购物的人擦身而过，一秒钟也没多看一眼。但在钢琴周围的扶手椅上，却丛满了上年纪的女士。她们从玛米·艾森豪威尔的时代就对流行时尚没了兴趣，但是依然能欣赏一个弹着钢琴的英俊男子。阿莱克在琴凳上与赞德并排坐着，身穿他自己的一身小小的燕尾服，可爱萌人，无以言表。赞德的资产增值不少。我感觉这场演出下来，他就会挣到很厚一叠钞票，足够让他旅行到俄亥俄州的亚克朗。

一曲结束，他赢得了热情洋溢的掌声与喝彩。"我叫赞德·戴尔文。"他说着，挥着手掌指向站在钢琴弧线旁的萨拉。"这位是我的妹妹萨拉，她容忍了我所有的乱弹琴。"接着又把手搭在阿莱克的卷发上，"当然还有这位，本次演出的明星，我的外甥阿莱克。"

弗兰克一直隔着他的单片眼镜观看了整场演出，此时放下眼镜，对我说："啊哈！兄妹。就像威廉和埃利诺·鲍威尔。"

赞德的目光隔着钢琴锁定了我。他一跃而起，抛下了琴凳上的外甥。他迅速夺路而出，太过突兀，以至于与他擦身而过的两名女士检查着她们的手袋，生怕遭了抢劫。当然，他好英俊，可那两名女士早就不是年轻的少女了。

"赞德！"弗兰克喊着，"别跑！"接着这孩子就拔脚追上去。

"我必须……"我对瓦格斯先生说。

"……去追他吧，"他说，"是。我懂。跑吧。"

.25.

如果你问我为什么有一只鸡要穿过洛杉矶的马路，我会答那是因为鸡肉薄煎饼，它自己也想变作一张。

弗兰克顺着斜插过建筑物正面的自动扶梯往下跑，追着赞德出了购物中心。有许多拎着大包小包、足有两个人宽的购物者，来到棕榈树下，平静地抽着烟。我挤出摩肩擦踵的人群，紧紧追在赞德后面。我跑到一条街上，这里刹车的尖叫声和喇叭鸣响声混成了交响乐。赞德已经跑过马路。弗兰克困在马路中央，一辆公交车戛然而止，与他相隔太近了，以至于这孩子只消一抬手就能按得到车前架子上悬挂的自行车车铃。

我听见有人尖声叫着弗兰克的名字，接下来才意识到发声的就是我自己。不及思索，我一头冲到街心，趁他还没有躺倒在地面的时候一把抓起了他。具体细节已经想不起来，总之我把弗兰克弄到了人行道上。到了安全地带，我蹲下来，迎着他的视线正对住他的脸。"弗兰克，你在想什么呢？你也许会被撞死的。你可能会造成车祸。再也不要做这样的事情了。你听见我了吗？"

　　弗兰克用双手抓住一根电线杆，接着用额头往上撞去，在每撞一下的间隔里说着："笨蛋，笨蛋，笨蛋。"

　　"别、别、别、别，弗兰克，"我说，"嘘——停下。"我扳开他的双手，将我自己的身体隔挡在他和电线杆之间。

　　赞德，总算良心发现，已经涉险穿过了车流，跪在弗兰克身边。身上的燕尾服已是一团糟。他轻声地唱起来，弗兰克停下来。"弗兰克·罗瑟！"他叫道，"《你除夕夜在干什么？》，我外公外婆的婚礼上就是用这首曲子跳舞的。"

　　这样的法子让弗兰克镇静下来，简直好像魔法。而且让我感到惭愧。我意识到这是赞德圣诞节后回到玻璃屋弹奏的那首歌。是，多少次我都自负地认为他是为了取悦我而弹的。现在我不得不认为这是赞德向弗兰克发电报的一种形式，为的是告诉他，他的男性楷模又回来住了。瓦格斯先生对我的评语太对了。有时候，我的确是把太多东西都往身上揽。我觉得好尴尬，甚至觉得用脑袋撞电线杆也不失为一个好办法。

　　"嘿，哥们儿，"赞德说，"到这儿来。我能看看你的头吗？"

　　"别告诉母亲。"弗兰克恳求道。

　　"你的秘密在我这最保险。"赞德梳理着孩子的头发。他的额头居然没事，太令人惊讶了。不过有点红。"现在让我看看你的大拇指。"

弗兰克伸手给赞德检查。它们看起来红的更厉害。"幸好你的手挡住了你的头，"赞德说，"这回算你造化大。下回也许就没这么幸运了。你怎么了，小男人？"

"我需要找到你。已经有太多的人在我身边消失了。"

"我听到你了，"赞德说，"可现在你知道什么是我最大的长处吗？只要我还有一口气，我迟早会回来的。我没那么容易动摇的。"赞德把弗兰克的头发梳到了前面，挡住了红的地方。"这下行了。一切完好如初。谁也没伤着。"

接着赞德就消失在人群里。

还没等我反应过来，一辆出租车停在了道边，赞德从后座上跳出来。"对不起，不该这样从你身边溜走的，"他说，"你在洛杉矶可不能像纽约那样招手拦出租车。你知道的，那些出租车停车点，多半是不会有人停车的。爱丽丝、弗兰克，你们的战车在等着呢。上车吧。"

"可是弗兰克只和他母亲一起坐出租车。"我抗议道。

"那是以前，"赞德说，"今天我们长成大男人了。你先上，爱丽丝。弗兰克跟着。"

"你既然要回来和我们一起住，赞德，爱丽丝会把你的钱包还给你，"弗兰克说，"你只能睡在客厅沙发上了，因为你房子外面的住处被大火给烧了。"

我们上了车，弗兰克夹在我俩中间。出租车开出之前，这孩子从后座上跃起，喊道："停停停停停停停。"

"一切都妥了，弗兰克，"赞德说，"镇静。我和爱丽丝都在你身边呢。"

"一切还没有妥。我们把好朋友先生落下了。"弗兰克隔着赞德弯下身，摇下了车窗。只有他注意到了瓦格斯先生出现在人行道上，一只手撑着一侧的腰，喘着气。

我箍住弗兰克的膝盖，这样他就可以把整个身子都探出车窗。"爱因斯坦博士，想必是你啦！"他吆喝着，热烈地挥舞手臂打着旗语。瓦格斯先生抬眼看过来，也微笑着挥手。弗兰克一定是看到了我写在他手心里的名字，因为他接着说道："瓦格斯先生！我是说老男人。你的战车在等你！"

瓦格斯先生坐在了前排与司机并肩，我们出发前往贝尔埃尔。弗兰克用十指钩住前座椅的椅背，向他们两个回放着我们经历的险情，每个细节都叙说到了。我把自己一侧的车门锁好，软瘫着靠了上去，闭上眼睛，任凭自己在一片嗡嗡声中打起了盹儿。等我睁开眼时，我扭头望着赞德，只见他盯着他那一侧的车窗外，锁着眉头。

回到家的时候已经接近傍晚，但是感觉已经是午夜一般。弗兰克坚持让出租车司机把我们在门口放下，亲自目睹司机把车转过街角，然后才键入了进门的密码。接着他抓着瓦格斯先生的手，同他一起走上车道，还热烈地甩着胳膊，我都担心他会把咱们这位老朋友的肩膀摇脱臼了。我跟在他们身后，往坡上走去，然而刚一进大门赞德就停下了脚步。"你来，还是不来？"我问。

赞德正望着原来梦幻屋所处的那一堆残余。烧成黑色的奔驰车的骨架。米米工作间的"黑眼窝"，盖着柏油帆布的"眼罩"。我居然忘了，他还没有在日光下见过这副惨状呢。

"够好看的吧？"我问道。

"萨拉告诉我书稿也在火里烧了。我不能进去。爱丽丝。我没法面对米米。"

"好吧，你运气好，"我说，"米米走了。"

"去哪儿了？"

我耸耸肩。"没人知道。"

"这就是为什么弗兰克那么急着要找到我？"

"我猜是。"

"今天弗兰克跑到马路中央追我的样子，"他说，"他搞不好会被撞死的。"

"他没有，真是命大，"我说，"你知道弗兰克会跟着你去任何地方。你怎么能就那样从他眼前逃走？"

"孩子要跟着我不是我的错。"

"从来没什么事是你的错，是么？赞德？"我说，"你知道吗？你就是那个我们应该称为'危险人物'的人。弗兰克在你身边的时候就有危险。这孩子需要的是行为楷模，不是一起干坏事的同案犯。你该学着长大了，要不就永远消失。"

我撇下他往车道上走。"爱丽丝，等等，"他说，"听着。就一分钟，好吗？"他抓住了我的胳膊肘。"你说得对。我这么大了，不该这么蠢的。我会改的。我保证。"

"那就证明一下。"我说。

"证明？怎么证明？"

"告诉我你妹妹发生了什么事。"

• • • •

"很快就回屋里去，"我给瓦格斯先生发短信，"你和弗兰克在一起还好吧？"

"比好还要好，"他回道，"你慢慢来。"

256

"咱们有时间，"我说着，收起电话，"为什么不找个地方坐下来？"

赞德在我前面大步走上坡道，目光避开了废墟，他身上的每一根线条都像是在透露出睡意，又像是在渴望着一根香烟。我们在门前斜坡坐下，后背靠着门口蓝色的石板。午后的阳光斜照，天气是暖的，我们可以隔着泥灰墙顶一直看到远处的大海。

赞德没有拖泥带水地讲细节。"我妹妹和我一块儿经历了一场车祸，"他说，"我活下来了。她死了。你需要知道的就是这些。"

"不，还不止。你妹妹叫什么名字？"

"丽莎。"

"是谁在开车？"

"是我。"

"你当时多大？"

"二十。丽莎十五。当天正好。"

啊。怪不得他会说"我不过生日的"。

"那又是怎么出事的呢？"

"我没喝醉。"他说。

"我没说你喝醉了。"

"所有人都认为一定是我喝多了，直到检测证明我没喝。我的问题，不是睡上一觉就能消解得了的。"赞德把双手放在大腿上，隔着牛仔裤反复地揉搓着，好像是要把它搓热了，又像是要清洗掉什么。"我讨厌谈起这个事。"他说。

"没办法，"我说，"继续吧。"

"好吧。我们在去商店的路上，为了给她买生日派对的饮料。我认为那个时候把礼物给她是最合适的了。那是我在没人的停车场练习了一整个夏天的曲子。在一个佛蒙特的小镇上，如果不沾酒精和毒品，就没什么太多好玩的事可做。我总不能整天弹钢琴，不过换作今天，我倒真希望学会那首要命的范吉利斯主题，给她做生日礼物。她喜欢得要发疯呢。"

"什么要命的范吉利斯？"我问，"谁是范吉利斯？"

"我有时候会忘了你还那么年轻，"他说，"你那会儿多半还没出生呢。那年夏天，到处放的都是这首歌。是电影《火的战车》里的。"

哦。那首他一直想铭记在心里的曲子。"忘了范吉利斯吧，"我说，"我想知道丽莎怎么了。"

"我想给她做360度滑行，就是那时候出事儿了。我和丽莎都酷爱动作片里疯狂飙车的场面。她喜欢飞旋的感觉，就在我觉得她最嗨的时候，我失控了，把车撞在了一棵树上。"

赞德的父母始终没有原谅他。佛蒙特州的监狱原谅了，过失杀人罪的三年刑期过了十八个月，他获释了。等萨拉长大以后，父母也都去世了，她也原谅了他。在她眼里，他甚至成了一个绝对的楷模，于是她给儿子取名亚利赞德，是赞德的谐音。"可出事的时候萨拉还是个孩子，"他说，"她原谅了我，我猜是因为她觉得有朝一日我会成为她仅有的亲人。如今她有了自己的儿子，我肯定有时候她会嫌弃我，恨不得我从来就没出生过。我知道她丈夫也是这种感觉。所以我努力不在她身边待太久，免得让她失望。"

他只会让人失望。

"如果你认定自己总会让别人失望，那你就永远会。"我说。

"你听起来像我母亲。"他说。

"你老得足够做我父亲了。"

一段男女关系在这样的地方结束，还不算最坏，我猜，至少这是在玻璃豪宅的入口坡道上，有海景，泥灰墙外，看得到落日。伴着这些东西，痛苦就全然没有了。赞德和我一起坐了一阵子，望着天空变成粉色。"过去我们就在这儿吃午餐。"他终于开口道，"前面的大墙立起来之后，只剩下这个地方还能看见海水。"

"我们？"

"造那座墙的团队。还有，米米不能从这里看着我们。"

"米米不能看着我们——这又是什么意思？"

"我们在后院工作的时候，她通常会站在玻璃后面盯着我们。我猜她以为我们看不见她。其他哥们儿觉得她是个怪人，可在我看来她只是孤单。于是我决定应该有人跟她谈谈。我找她说话的时候，她的心神一定是游离在十万八千里外，因为她似乎根本没注意到我，直到我敲了玻璃。她几乎是惊得灵魂出窍了，好像见了鬼似的。我猜她是判定我不会伤害谁，因为此后她每天都出门来和我聊聊。再后来，我们有了共同语言。我们聊起了东海岸的事，聊聊纽约。好多事情。我帮她挑选了钢琴。她让我帮她修理东西。剩下的你都知道了。"

• • • • •

赞德走了，没有进来。他说他妹妹在等他。

"弗兰克怎么办？"我问，"他也在等你啊。"

"我需要睡觉，"他说，"告诉他明天一早我第一件事就是来帮他把东西收拾好。"

"你自己去告诉他。"

"不了，谢谢。这里的事情太多了。如果我来的话，那也是大半夜了。我需要睡觉。弗兰克会懂的。"

"走吧。"我说。弗兰克一切正常。这是令人失望的地方。弗兰克也许明白为什么赞德没有遵守承诺，重新现身，但也许他不明白。接下来谁来收拾局面呢？不是赞德。但是到了最后不该由我来劝他留下来。没有人喜欢自己的希望被人辜负，尤其是孩子——可你对赞德解释这些也没意义。但教这孩子在房子里，你就得二十四小时随叫随到，不管喜不喜欢。当你最需要睡觉，否则就要崩溃的时候，睡眠却是遥不可及的奢侈品。你以为赞德那个年纪的人应该已经了解这一切。也许等他明白了，他会更多地守在这里吧。阿莱克会教给他的。或者弗兰克，是弗兰克教给我的。弗兰克是大师。

● ● ● ●

瓦格斯先生在白色的沙发上冷冷地坐着，就像一个远古时的人，训练自己在野外随便什么坑洞里就能就地睡觉一样。弗兰克已经换上了他那套罗宾汉的行头。他已经瞄上了瓦格斯先生，一只吸盘箭已经搭在弓上，小心地对准了好朋友男人的眼球。

"弗兰克，"我说道，"私人空间。"

那一刻瓦格斯先生用一声呼噜把我们都吓了一跳，由于来得突然，他把自己也惊醒了。弗兰克和我陪着他到了床上，瓦格斯先生坚持说他其实并不累。

我给弗兰克做了些晚餐，让他在客厅的沙发上吃。这是自从我们一起坐在那里看《双重赔偿》[1]之后第一次允许他在沙发上吃东西。在我确信他的精力耗尽之前，我不想把他弄上床。否则，我估摸着他还会溜进瓦格

---

1 《双重赔偿》（*Double Indemnity*），1944年美国上映影片。

斯先生的房间，去完成他用橡胶吸盘箭头如何吸出眼球的研究项目。等他最终在沙发上睡着了的时候，我把他抱起来，抱进了他的小隔间。抱了他这么久，居然还没有汗流浃背，我还真挺佩服自己的。我猜自己比冈搬过来的时候要变强壮了许多。而且我肯定弗兰克一点儿也没变瘦。

然后我就坐在钢琴凳上，望着窗外。自从瓦格斯先生来后，我们晚可都不再把窗帘合上，这样就可以欣赏闪闪灯火勾勒出的远山轮廓。只有在这个时候你才能靠想象来感受这所房子面对的是怎样的景观。

我打算上床睡觉的时候，窸窣声响起，这说明弗兰克开始漫游了。我把钢琴的灯打开。他凭空出现在眼前，犹如格洛丽亚·斯旺森的特写镜头。

"你在做什么？"弗兰克问，"你为什么没在床上？"

"我也要问你同一个问题呢，"我一抬腿坐上了琴凳，"坐。嘿，我记得这套睡衣。"

"是的。我们认识的那天我就穿着它。"

"我们听的什么音乐你还记得吗？"

"当然。《蓝色狂想曲》。我们还讨论了格什温和查尔斯·福斯特和弗雷德·埃斯泰尔。"

"你可以播这首歌吗？不过我们得轻轻的，不会吵醒瓦格斯先生。我还是不知道怎么把这东西打开。"

弗兰克一边摆弄着自动播放的功能，一边说："在《卡萨布兰卡》里，人们在要求杜利·威尔逊弹奏《随时光流逝》的时候不能说'再弹一遍，山姆'。人们总是搞错。英格丽·褒曼最贴切。她说：'弹这个，山姆。'"

琴声一响起来，他就再次在我身边坐下来。"我想妈妈。"他说。

"我知道你想，弗兰克。"

"这么长时间她不在我身边，感觉好紧张。"

"你现在真的很勇敢，弗兰克。"

"她很快会回家的。"

"我希望是。"

"哦，我知道的，"弗兰克说，"我猜等她回来以后，你和我就没有太多的时间在一起了。我估计你和瓦格斯先生会回纽约的。"

我的双手捏成了拳头，捏得好紧，指甲都掐进了手掌。"计划是这样的。"我犹豫着，接着又说，"你知道我爱你，弗兰克。不管发生什么。不管我在哪儿。"

"我也爱你，"弗兰克说。"我们永远拥有巴黎。"他把脸贴在我肩上，我们坐在那儿听音乐，似乎就这样过了几百年。"我能问你点事儿吗，爱丽丝？"他终于说道。

"当然了，弗兰克。"

"我母亲认识你不算久，但是她给她书里唯一的女性角色起名字叫爱丽丝。书里还有一些男性人物，可是虽然她认识我十多年了，却没有一个人取名叫弗兰克的。为什么？"

.26.

弗兰克将他的储物隔间里的"东方魔毯"掀开——那是整个房子里唯一的好地毯了。他要给我看的是那道陷阱暗门。它的荷叶可以随着门板一道陷落下去，门板连接着一个铜铃，铃安置在一个铜质的壳子里。弗兰克的隔间和游艇内部用的都是这种材料，也许连泰坦尼克号用的也是这个。这里嘛，我承认，我在吸尘的时候，从来没掀开毯子打扫过那里。

杉木作衬的空洞有一道四级的梯子，引向下面的深处，里面的架子上摆满了成盒成捆的东西,以博物馆馆主一般的热情精心陈列着。"我可以借你的手电筒吗?"我问。明亮的射灯和脚灯组成的照明系统在里面亮了起来。我认出来了,那是我和瓦格斯先生那天夜里在院子里看到的那道光柱信号灯。

弗兰克和我往洞里看着,我们的头骨几乎要碰到一起了。洞内一端有一条木头矮凳,上面摆着一个稿件盒,盒上有盖子。盒顶潦草的字迹我看不太清楚。

"这是她的书,"弗兰克说,"瞧,凳子上,我站在那上面够架子上的东西的。有时候也会坐在上面,在沉思中凭吊我祖先和我自己留下的遗物。"

"我不知道要不要相信,"我说,"它究竟怎么会在这儿的?"

"你也许记得着火的那天夜里,我到处找我母亲,所以才找到了赞德的盒子。"

"是啊。"

"好吧,在那之前,我试着打开母亲的工作间,门没锁。在找她的时候我一眼看见了那个盒子。我把它夹在胳膊下面,打算以后好好审查,然后第二天还回去,可到了第二天已经没有可以还回去的那张书桌了。所以我把它妥善保存起来。"他一跃跳进洞内的空间,我跟在他身后走下了梯子。从洞内一端到另一端,共计五步的旅程,弗兰克在此期间比画着,展示着摆满物件的架子。"这是我童年的绝密储藏,"他解释着,"因为你是弗兰克·班宁的一名全科学生,我授予你全权,可以查看所有让你有兴趣的东西。"他把米米的盒子给我,上面贴着"2010年2月11日稿"的标签。"我累了。现在我要到床上去。"

"床上?哪里的床?"我们毕竟是在他的隔间地板下,在接近一人多深的洞里，隔间如今成了他的卧室，而我在用他的床睡觉。

"在你的床上。其实是我的。在你允许的情况下。有什么问题尽管来找我。"

"我会的，"我说，"谢谢。"

不到一分钟，他睡着了，而我还在凳子上，大腿上摆着盒子。我打开盖子，看见"2010年2月11日稿"的真正标题打印在封面上：《爱丽丝和朱利安》。

我翻开书稿，读道："我的智商高于99.7%的美国民众，然而在没出事故之前，我根本没法知晓这事儿。爱丽丝是个可爱的人，不怎么盯着我，而我是个聪明的孩子，却没有说话的能力。像爱丽丝那样一个对前途积极乐观的人，会说我们已经是完美的伙伴了。"

看到这儿我不看了。我拿着盒子去找瓦格斯先生。

· · · · ·

瓦格斯先生在原本是我的房间的、现在是他的房间里的情侣沙发上飞速读过开篇的几页。随后他将书稿放下，去了卫生间。回来的时候眉毛滴着水。

"你没事吧？"我问。

"我挺好。我一贯往脸上泼水的。我需要知道自己不是在做梦。"

我给瓦格斯先生煮了一壶咖啡，然后去查看弗兰克。他还沉沉睡着。洞门开着，灯也没关。我没关暗门就离开了，让我自己都吃惊。我猜我不是自己想象中那个小心谨慎的人。我是一个去精神观察室接病人却会把手机落在厨房台面上的人。一个会把罗马火焰筒留在孩子能找得到的地方的人，还会把暗门敞开着任凭任何人一跤跌进去。也许我不是个被人称作

"危险人物"的人，但或许我的不完美足以让某个人在某个时候觉得我一点儿也不可爱。

但是那个某人不会是弗兰克，或者瓦格斯先生，或是我早已去世的母亲，我知道的。

在我锁上门闩之前，我跪下去，想最后看看深邃的洞穴。

弗兰克给过我最高权限的。

接着我一跃而下，那一刻我觉得这里和梦幻屋一样，也是一处梦幻坑洞。我在迷你的走廊里漫步，看着成堆的小帽子、小鞋，那一定是弗兰克多年前就穿不下的。我从这个房间里淘汰下来的衣服，全都塞在我自己的床底下，如今都给折叠整齐了来到这里。塑料大弯刀也在那儿，弗兰克的滑板，他在操场上做的纸袋高脚帽，都在。一只拖拉小狗玩具，脸上挂着大大的微笑，眼神却含着悲伤，弹簧做的尾巴，末梢粘着一颗绿色的珠子，他看起来好像是在《毕业生》[1]里，当那个家伙搂着达斯汀·霍夫曼的肩膀，在他耳边说"塑料"的那一刻，他恰好被做出来了。

小狗的塑料耳朵是用螺丝固定在头上的，所以走起来的时候会摇摆，轮子故意做得大小不一，所以它可以左右摇摆，耳朵也就跟着脚步一道摇晃起来。我把它拿起来，翻转过来。有人在它肚子上用记号笔写了"米米"，笔迹是个女孩子的，肯定不是米米的。也许班宁吧？很难想象米米是如何把小狗和朱利安的打字机一起塞进行李，逃往纽约获得了文学成功，又没落下来的。可是这小狗就在眼前。

这里还有照相店家的信封，里面塞满了快照和底片。有一个镜框是用玻璃棒做成的，里面的照片是年轻得多的弗兰克，一样的全套行头装扮，

1《毕业生》（*The Graduate*），1967年美国上映影片。

一样的没有一丝笑容，犹如一个要上前线的美国内战的战士。在我转身返回的时候，一本巨大的弗兰克的相册出现在眼前。我坐在凳子上，再一次翻看起来。由于对参演的演员了解得多了，这本相册在我看来已经大不相同。尤其是朱利安的那些照片。在一个金色的光环里，他的头发剪去后，我没法不注意到他其实酷似青年时的赞德，当初我第一次见到这些照片时，我还没遇上咱们的修理工先生呢。怪不得米米会站在玻璃后面盯着施工队呢。他敲玻璃的时候，她的反应犹如活见鬼，那是因为她差不多真的像是见到鬼了。

我把相册放回去，和它并排的是装着报刊文章的密封塑胶袋，大捆的打印了字的纸张，鼓鼓的吕宋纸信封，文件夹。它们都整齐地排放在架子上。我用指尖滑过米米文件夹的一个个标签，蓦然停在了"捐精者"三个字上。

· · · · ·

就凭一些统计数字和一些介绍个人的文章，就选一个人与他共度一晚，着实很难想象。如今我知道，要选一个男人与她制造一个将与你永远相伴的孩子，必定是更加难以想象得多。

有四个包裹，其中三个男人的简历似乎一模一样。全都超过六英尺高，在面试时被注明为"惊人的英俊""现实中的詹姆斯·邦德"，而且"随和，有魅力，相貌佳如电影明星"。都号称有高智商，要么是大学生，或已毕业，或者是更高学历的在读生。都在自传文里自称："我喜欢动物和体育运动，亲手制作很酷的东西。""我愿意到欧洲国家或国外别的地方去旅行，因为在那里我能发现许多历史和文化和别的有意思的事。""我每开始新的一天，都因为对世界有所贡献而获得快乐。"

接着就是第四号男性。引起我注意的是他的自撰文，对应的问题是："你为什么想要成为一个精子捐献者？"

"首先，让我说明：我不需要钱。我是个航空航天工程师——外行可能管它叫'火箭科学家'……"

我的双手开始发抖。

"……我的事业令人振奋：在一间著名实验室工作，使命是将无人探测飞船送上火星乃至更远的太空。我工作时间长，回到家我喜欢坐在最喜爱的扶手椅上，一遍一遍看着我最爱的电影。我不认为自己是个'孤独者'，因为我很享受同事间的袍泽之情，一道午餐，一边吃一边分享我们在科学出版物中读到的有意思的事。但是我得承认，我对不熟悉的'美食'不太感冒，因此没有必要的话我不怎么改变我的时间表。虽说我有个大学时代的女朋友，但是在工作范畴里我不怎么遇到女性。下一个生日我就四十岁了，我知道那是捐精的上限年龄。最近从一个熟人那里了解到一些情况，我就开始琢磨我是不是应该接触一位女性，成个家，趁我的精子还很有活力的时候。另外，是单亲母亲抚养我长大的，所以我成长的过程中没有男性……"

到这里他把纸翻到背面，继续写完他的答案。

"……的人格楷模，我认为这对我来说也不成问题，所以我也确信，用一个父亲的各项标准衡量，我也不是个合格的父亲。我的体育彻底不行，缺乏'男子气概'。我可能会很没耐心，脾气会很急躁。同孩子一起生活会给我带来混乱，我不敢肯定有能力应对这些混乱。可母亲一直想要孙子孙女，我也觉得为了她要个孩子是个好主意，哪怕我自己见不到这孩子，永远。母亲已经不在世，所以，她也永远见不到我的这孩子了——这样多好啊。她是最好的。我每天每天想念她。"

有人——多半就是米米，从一侧向这段第一行画了一个红箭头。在新的一页上，顶端打印着"童年照片"——别的包裹里没有这一项。所附的一张照片上有个小男孩，光滑的红头发，大大的棕色眼睛，隔着巴迪霍利式眼镜，放大得如同狐猴的眼睛一般。他穿着一件圆领条纹T恤衫，配一条短裤，坐在草坪的椅子上，膝盖上捧着生日蛋糕，蛋糕上装饰着五支蜡烛和一枚火箭飞船。"1965年5月某日"的小字打印在照片的窄窄白边上。

　　我从头开始又读了一次这套表格。他身高五英尺八英寸，一只眼睛近视，另一只远视，对贝类和猫过敏。其他捐精者也有他们的问题：一个色盲，第二个抽烟，皮肤容易起疹子，第三位单身男有轻微痤疮疤痕，还曾一度酒精上瘾。有人的祖辈有高血压，有一位的父亲四十岁上死于车祸，一位母亲有早发型糖尿病，一位姑母自杀，有些兄弟姊妹有脊柱侧凸，或是心律失常或听觉障碍。在个人状况的末段，我发现一行字，写道："经捐精者同意，他们的联络信息将于由此诞生的孩子年满18周岁时透露给他或他们。不同意透露联络信息的捐精者将偏爱保持匿名。"

　　这一行字下面跟着两个方块选项。前三个捐精者填写的是"同意联络"。火箭科学家选择在第二个选项方块里打了勾，也就是"匿名捐精"。在那旁边，米米的笔迹写着一个字："他。"

• • • •　•

　　把它收起来之前，我久久地看了看那男孩与火箭蛋糕的快照。

　　弗兰克的睡袋在邻近的一个架子上，我把它拿到坑洞的地上，关了灯，爬了进去。那一刻天窗刚好为经过夜空的月亮构成了镜框。等它走出视野，继续旅程，经过某些欧洲国家，或是别的什么外国的地方，去见证好多历史文化的时候，我便感觉这坑里比我预想的更黑暗得多。我开始担忧暗门上的门闩，怕它历久而欠牢固，会让暗门反锁。那我可就死得惨了，孤单地死在这里，等有人想起爱丽丝，要找找她的时候，恐怕是因为他们闻见了一股可怕的味道，从弗兰克的隔间地底下飘上来。

于是我爬出睡袋，拿了弗兰克穿不下的毛线裤，夹在合页处，这样门板无论如何不会反锁。在找东西搞定门板的过程中，我还找出了几件菱形花纹小毛线衫，把它们拿回来给我做枕头用了。

.27.

第二天早餐，弗兰克想要带他的新朋友来参观他的梦幻坑洞。尽管瓦格斯先生也是我在世界上最喜爱的人，但他俩已经太过亲密了，我承认我都有点嫉妒了。

"我很渴望等你回来以后同你谈谈你在那里的发现。"我对瓦格斯先生说。我主动要求开车出去将手稿送到复印店，扫描后发往纽约，免得夜长梦多。谁知道它会不会再次消失。我能看见弗兰克踢跳着跑过门厅，向我们跑来，于是我决定就此退场。"跟我在一起一点儿也不好玩。"我说着，接过了瓦格斯先生递给我的租用车的钥匙。

很明显，我回家的时候男生们至少已经小小地开心过一回了，因为我发现他二人正穿着休闲夹克西装，打着领结，胸口戴着装饰手帕，看法兰克·辛纳屈[1]和吉恩·凯利[2]的表演，想要一天之内看着《锦城春色》[3]就

---

1 法兰克·辛纳屈（1915—1998），美国歌手、影视演员、主持人；代表作《十一罗汉》《第一死罪》等。

2 吉恩·凯利（1912—1996），美国著名男演员；代表作《雨中曲》《锦城春色》等。

3 《锦城春色》（*On the Town*），1949年美国上映影片。

把整个纽约都看遍。

"所以在纽约，你一扬手出租车就出现了？"我走进去的时候弗兰克问瓦格斯先生。

"没错儿。"

"纽约听起来像个有魔法的地方。"

"有时候真会有。"瓦格斯先生说。

"我怀念它呢，"我说，"这是件新夹克吗，弗兰克？"

"哦，这个？要不是看见他穿着这个，我都快把它忘了。"弗兰克向瓦格斯先生勾了勾大拇指，让我疑心该不该再次拿起记号笔，把弗兰克最要好的朋友的名字写在他的手上。"接着我记起母亲很久以前也给我买过一件相似的。那深橄榄的颜色真惹眼，我们都没法拒绝。可是它始终都太大，我穿不了。"

接着，我想到这些套装无论我如何钟爱，过不多久最终要被折叠整齐放在架子上，收进他的童年记忆里，心里就是一震。弗兰克会长大，穿不下它们，然后呢？他会不会象其他青春期少年一样，规规矩矩地穿上棒球运动衫，配双网球鞋？或者像赞德那样，一件T恤衫一条牛仔裤，像制服一般穿着，直到油渍褴褛为止？那样的话他的生活或许会轻松些，可是弗兰克就再也不是那个弗兰克了。一想到这个，我的心就碎了。

我把车钥匙递给瓦格斯先生，对弗兰克说："让一下。"弗兰克用绳子将三摞黄色打印纸的纸捆绑在一起，做成了一个凳子。他带着凳子一起挪动，紧紧贴了瓦格斯先生身边，就像以前依偎着我一样。我一屁股跌坐在他身边的沙发上，用脚趾抚着纸捆。"咱们这儿有什么事？"我问。

瓦格斯先生用遥控器关了电视，朝我眨巴了几下眼睛："这就是你要和我讨论的东西吗？"

"不是，"我说，"这些是什么呀？"

"这个呀，"他说，"米米多年来写过的书稿，后来决定扔掉的。"

"什么？"我问。此时我认为我在坑洞里找到了最大的炮弹片。

"我作为家庭的档案管理员，从垃圾里钓出了这些。"弗兰克说，"母亲为了它们花了太多的时间，所以我知道它们一定有价值。在我长得足够高之前，可能还会有其他书稿。我们是不会知道答案了，除非我们破译了时间旅行的密码。母亲不断把宝贝扔掉，一直不停地会让我惊喜的。例如，我收藏的碎石，我依然怀念它们呢。"

一批没有出版的书稿。所以确有这么一部，只不过米米没有把它包裹起来，打算死后再出版。赞德曾说自从认识她起，就一直听见她的打字声，现在得到佐证了。"你有没有读过这些，瓦格斯先生。"我问。

"那样会侵犯她的隐私吧，"他说，"也许米米没打算给任何人看，从未打算过。必须首先征得她的允许。不过，你今天发出去的那些是按合同要交稿的，所以另当别论。"

"我没法相信。"

"你知道我不能相信的是什么？"弗兰克问道，"母亲还要多长时间才能走出间歇夹缝期。我此刻马上就想和她说说话。假装见不到她也很勇敢，我已经受够了。我真的有问题要问她。那些问题害得我半夜睡不着觉。"

"没什么事比和米米说话更能让我开心的了，可我都不知道怎么找到她。"瓦格斯先生说，"我担心她把自己藏在一个洞里，重头开始努力完成她承诺给我的书稿。"

"这是她正在做的事吗？"弗兰克问，"她说需要单独待一个月的时候，我猜想她好好把缺的睡眠补上。三天医院观察室的时间可不够她补上这么多年半夜起来照顾我的时间。"

"弗兰克，"我说，"你和你母亲说过话吗？"

"在我脑袋之外吗？没有。"

"那她怎么告诉你她需要单独待一个月？"

"在她留的条子里。"

我双膝一荡转身面对着他，我和他的鼻子距离不到一寸："什么条子？"

"我知道那一定是她出门度过间歇夹缝期之前，等不及我回来就留给我的。就在《小王子》的书背面。我知道那个地方比我的生日蛋糕里或者她的鞋里更适合隐藏，虽说我花了太多的时间才找到。看来我是变老了。"

"弗兰克，"我说，"我需要看看那张字条。"

"为什么？她没给你留条子吗？"

我想了好几个应答方案，最后说出："我猜她是太匆忙了。"我竭力让自己的语气镇静："她一定以为你会顺便通知我的。"

那字条写道："我需要单独待一个月，猴子。你能不能自己勇敢地度过这段时间？如果有急事，艾萨克会知道在哪里找到我的。"

"爱因斯坦博士是艾萨克吗？"弗兰克问。

"我是艾萨克，是的。"瓦格斯先生说。

"我也觉得是，"弗兰克说，"但是爱丽丝坚持叫你瓦格斯先生。我就糊涂了。"

"是艾萨克·瓦格斯，弗兰克。"我说，"他的全名是艾萨克·瓦格斯。"

"那么艾萨克·瓦格斯，"弗兰克说，"告诉我们，我母亲在哪儿？"

.28.

果不其然，瓦格斯先生真的知道去哪里找得到米米。只是他自己不知道他知道。

"这个。"弗兰克把便条翻开，给我们看了好几次。经过我们检查确认没有写别的东西，连显隐药水的可能也排除后，瓦格斯先生终于说道，"上一次我来这儿的时候，我们在一个地方见过面。我当时认为和她聊聊能劝动她别同那个虚荣的笨蛋结婚，跟我回纽约去。"

"什么样的地方？"我问，"一间餐厅？"

"不是一间餐厅。"

"是座博物馆？"弗兰克问。

"不。不是博物馆。"

瓦格斯先生能记得起的，仅仅是在山谷里的某个地方。靠近哈内斯·富勒拍内景的制片厂。他在那里拍过一部演员很差的西部艺术片，差点断送了他的职业生涯。米米建议他们会面的地方是一座平房汽车旅馆，里面是一串蓝色泥灰的小屋，排成新月形，围住了一块碎石院子。每个单元都附带一个不带门的停车库。他说，这样一来客人可以开进车库，径直走进屋，不会被街上的人看见。停车场上方的霓虹招牌上有一棵棕榈树，他还记得。可他就是记不得旅店的名字了。

弗兰克热烈地想要找到米米，出发前连他的行头都顾不上换了。他把猎鹿帽勒在头上，抓起吹泡泡的管子，朝那辆租用车奔去。"阿隆斯·瓦伊！"他嚷嚷着在身后甩下这么一句。接着他的泡泡管掉了，于是他一个急停，把它捡起来。趁此机会他解释道："阿隆斯·瓦伊是法兰西海外兵团的语汇，真正的意思是'咱们快走吧，我的朋友们'！"他呼喝着再次跑出去。

瓦格斯先生冲我一咧嘴。"我喜欢这孩子。"他说。

"整队出发。"我说。

• • • •　•

我们三人在落日大道上朝东进发，接着折而向左，开上了橄榄谷大道，导游弗兰克向瓦格斯先生解释说："施瓦布的药房从前就在我们右手边的街角，后来被推倒了，给现在的迷你购物中心让出了地方。你知道，施瓦布的店，在那里，《春风秋雨》[1] 里的拉娜·特纳[2] 也许再也不会被'发现'。"在后视镜里，我看见弗兰克用手比画出双引号——对着那座冷饮店。"在《落日大道》的电影里，乔·吉利斯和他的密友们在那里闲逛，不过比利·怀尔德导演复制了一座施瓦布药房，就建在派拉蒙影业的片场里，所以电影里的场景并不是在此刻迷你购物中心的位置上拍摄的。瓦格斯先生知不知道呀，落日大道，就是我们刚刚开过去的那条街，不是电影，其实是源自18世纪的一条牛车道，沿着洛杉矶盆地的外缘，从市中心西班牙人定居地一直通到大海边？"

"我不知道这个，弗兰克，"瓦格斯先生说，"谢谢你告诉我。"

"还有一些事情或许你也不知道。"弗兰克说。我们离开洛杉矶盆地，驶向观景峰的时候，我忽略了了他的大段独白。我需要专注于司机的工作。橄榄谷大道的这个路段，窄得不可思议，出人意料的陡峭，而且车流密，只有两个车道，一路艰险，穿越了桑塔莫妮卡山脉。这是你在洛杉

---

1 《春风秋雨》（*Imitation of Life*），1959年美国上映影片。
2 拉娜·特纳（1921—1995），美国影视女演员；代表作《春风秋雨》《冷暖人间》等。

矶行车必须遭遇的。群山。车流。洪水。泥石流。山火。土狼。我一定会想这孩子的，多半是在明年二月雨季来临的时候，可我不会想念这里的路况。怪不得米米再也不开车了。

我们平安来到马尔霍兰街，总算没有翻到路沿外面，沿着海岸一路驶来，进入圣费尔南多山谷。弗兰克指引我们来到讨论中的片场，他告诉我们，那里原是默片闹剧之王麦克·森尼特的地盘，后来他的事业于1928年破产，于是就卖掉了。以这个片场为核心参照物，我们找到了穿过街区的路，穿越了不断延展的重重圈套。我要为这山谷讲句话。片场附近那些高端上档次的餐厅业主，似乎毫不在意旁边是汽车机修厂，另一边还有一家死样活气的康复中心，门口停满了救护车。我猜他们认为引导停车的服务生一定有本事把客户安心地引进来，不去理会现实中的引擎故障、毒品问题，以及即将降临的死神，不让他们被这些东西倒了消费的胃口。

弗兰克第一个看见的，当然。"霓虹棕榈树！在那！就在那儿！"他喊着，用他的一只手肘急切地指着。我在一家粉色的名为"落日"的汽车旅馆门前停下。除了它的颜色，其余与瓦格斯先生的描述完全吻合。

我们都下了车，站在人行道上，观望着。"我不记得它的名字叫'落日'，"瓦格斯先生说，"我记得以前它叫'蓝色夏威夷'，这会儿想起来了。米米之所以选择这里，应该和埃尔维斯有点关系，虽说当时猫王已经死了。"他朝车道前的拱门里探身观望着："在停车收费机里放点儿钱吧。我想也许就是这里。"

弗兰克去付停车费，我把手机调到外放，打给前台，问他们有没有一个叫米米·班宁的人入住。前台的职员说没有人用这个名字入住。"那么米米·吉莱斯皮呢？"我问。也没有。"米米·班宁呢？"我又问了一句。

"我们这里也没有人用这个名字入住过。"前台说。她听起来很年轻，也许太年轻了，还不曾听说过米米·班宁。孩子们在高中时代不再读《投手》了吗？

"你这里有没有一个身材小小的女子，已经住了一周了？中年人，小精灵的发型，穿着羊毛开衫？"我问道。

前台职员还不算太青涩，她显然是感觉不对，因为我反复多次报了假名查询。"不好意思，恐怕我不能向您透露客人的任何信息。"接着她挂断了。

我说："我认为米米就在这儿。"

"为什么？"弗兰克问，"那女人刚刚说她不在。"

"问题就在她的话里，"我说，"她没有说她不在这儿。她说的是，她不能透露客人的任何信息。"

"弦外之音！"弗兰克喊道，"以前亚布拉姆斯医生解释过的'潜台词'，现在我懂了。没有你的话我可怎么办呀，爱丽丝！你就是我最好的'华生医生'！"

• • • •

我们挤在拱门外的阴影里，努力做得不显山露水，盘算着下一步怎么行动。

"咱们不能去敲每一扇门。前台会注意到我们的，"我说，"我们得把目标范围缩小些。"

"母亲没有开车来，所以我们试试车库里没有停着车的房间。"弗兰克说。

"聪明。"我说。

"我知道，"弗兰克说，"我的智商高于99.7%的美国民众。"

276

大约有一半的车库是空的。"如果等到晚餐以后，会不会好些，那时候所有的客人都会把车停回来过夜的。"

"母亲绝不会在天黑以后给任何一个不速之客开门的。"弗兰克说。

米米任何时候都不会给不速之客开门的。"有道理，"我说，"那我们现在就试试吧。从哪一间开始？"

"十二号房，"瓦格斯先生说，"我现在还能看见门上的那些号码。我当时敲门的时候，敲一下，再敲两下。一、二，十二。会带来好运的。对我来说屡试不爽。"

弗兰克拔脚穿过停车场。我抬脚跟着他，但是瓦格斯先生抓住了我的胳膊。"她是孩子的母亲。让孩子去找到她，如果她就在那儿的话。如果她不在，我们离得也足够近，完全可以在他需要的时候把他救出来。"

我们望着这孩子敲了门，就像瓦格斯先生那样，一次，然后两次，就像瓦格斯先生组的那样。门没开，他快步逃进了窗下的草木丛中，一上一下地冒起来，再躲回去，想要透过百叶窗看到里面。接着他回到门前，拿出了他的钱包。

"他一定是在找什么可以用来写字的东西，那样他就可以留一张条子塞进门缝里，"我说，"我不知道他有没有笔？我也许有一支。"我抓着我那只《欢乐满人间》的道具包，翻找着。

瓦格斯先生也开始翻弄他的口袋，但是也没有找到。"哦，不，"他说，"他现在进展如何？"

我抬眼一瞧，只见弗兰克一手拿着橙色的公共汽车票，一手抓住了十二号房间的门把手。他把卡片插进了门板和侧柱之间的缝隙，门被捅开了。像弗兰克这样一个将沉溺于犯罪行为斥为谬误的人，居然有这么一手，看来他天赋不凡。

等我们在"犯罪现场"逮住他的时候，弗兰克高兴地转着圈。"她在这儿！"他说。"但是她不在，我检查过所有的家具了。"

很明显米米已经入住了十二号房间。写字台上有一个敞开的盒子，里面是她最喜欢的铅笔，铅笔盒边上放着两叠黄色的标准拍纸簿，一个厚而新，一个薄而褶皱。我们能看见薄的一叠的第一张纸上有她的手写笔迹。一件羊毛开衫搭在写字台前的椅背上，我圣诞节画的那幅弗兰克的水彩画像插在梳妆台前的镜子框架里。

"我有个好主意，"弗兰克说，"咱们都躲进储藏间里，等她回来了我们就跳出来大叫'惊喜'！"

"这是个糟糕的主意，弗兰克。她会心脏病发作的。"我说。

说实话，瓦格斯先生才是一副心脏病要发作的样子。他站在写字台椅子的后面。"这件毛衣，"他摸着那件开衫，"是我的。"他重重地坐在了床上。

"母亲在哪里？"弗兰克问，"我要出去找她。"还不等我阻止，他已经一跃出了门。于是我也一个跃步跟着他出了门。

我被自己的鞋带绊了一跤，跌在门外两级水泥台阶下面，直到那一刻我才发现我的跑鞋带子松了。这一跤跌得太难看，我居然替弗兰克觉得惋惜，因为如果他看到了，一定会大笑起来，那种笑法是我梦寐以求的。等我再次站起来的时候，米米正好走到庭院的中间。我起初没有认出她。她戴着一顶棒球帽，不可能是从弗兰克那里偷来的，因为他要是戴这么一顶帽子，那洋相可出大了。我猜她的裤子就是朱利安的那条刺绣的牛仔裤，因为她穿起来好大。一件白色T恤衫，没有羊毛开衫，因为山谷里一贯很热。不过这绝对是米米本人，因为她已经抛下了洗衣篓，双臂抱起了弗兰克。

"哦，弗兰克，"米米说，"我爱你，猴子。我太想你了。你在这儿干什么？一切都还好吗？"

"现在一切都好，妈妈，"弗兰克说，"你在这儿，我也在。猜猜还有谁？你永远猜不出的，所以我给你看。但是首先，咱们说说这顶帽子。它是朱利安舅舅的吗？"

"不是，"米米说，"我在街对面一家药店买的。"

"好，"弗兰克说，"那就意味着就算我命令你把它摘了，也用不着感到愧疚了，接下来我就会让你看看谁来了，给你一个惊喜！"

"是不是爱丽丝？"米米的目光终于从弗兰克身上拔出来，发现了我。

弗兰克将帽子从她头上摘掉，扔进了洗衣篓子。"我当然指的不是爱丽丝，"他说，"我说你永远都猜不出的。"

"爱丽丝，你的膝盖流血了。"米米说。她比我还先注意到。一刹那间我以为她也许会拥抱我。

"我的膝盖不会有事的。"我说。

然而米米已经把我忘了。她盯住了十二号房间门前的瓦格斯先生。"艾萨克，"米米说，"是你。哦。艾萨克，对不起，没有书稿。我又一次让你失望了。"

"你不用为这个担忧，"瓦格斯先生说，"你的书稿没有被大火烧掉。弗兰克一直留着它。他替你救了它。你会爱上那个故事的，米米，你为什么不告诉她，弗兰克？"

"因为我现在很忙，"弗兰克说，"你告诉她吧。"这是他的重大胜利的时刻，但是弗兰克似乎并不在意。他撇开了他母亲，拽出了胸口的装饰手帕，上来处理我的伤口。像个祖父，又像个小孙子。"哦，有一片碎石头闪着石英的荧光，就嵌在你的膝盖里，"他说，"在我最需要的时候，我的急救包和镊子去哪里了？"

"弗兰克，"我说，"咱们进屋去，用水龙头洗洗我的膝盖。"

我拽着孩子往室内走，好让瓦格斯先生和米米单独说话。好笑的是，他们到现在还没说话。他们俩就站在那儿，互相盯着看。我回头偷看一眼，正好听见瓦格斯先生说："你永远不会让我失望，米米。你看看你。你一直就没变过。除了这个。"他用手指尖碰了一下白色的半边眉毛。她没答话，伸出手，握住了他的手。抓着它放在了她的脸颊上。我推了孩子一把，进了房间，回手关上了门。

"我会从你手袋里拿些创可贴。"弗兰克说。现在，这孩子和我一样熟悉袋里装了什么东西了。接着他吩咐我坐在马桶盖上，替我脱下鞋和袜子。他扶着我的手踩进浴盆，自己坐在盆缘上。"仅此一回，你穿短裤是有好处的，爱丽丝，"他说，"因为如果你穿了长裤，它就会被撕得粉碎。那可就糟了。裤子可不会像皮肤那样愈合的。"

•••• •

等到弗兰克、我和我的膝盖从洗手间里出来的时候，瓦格斯先生和米米正在收拾她的东西。一大堆事情。我带着弗兰克出门去拿回米米落下的洗衣篓子。激动兴奋之下，衣物已经乱成一团，于是我不得不把衣服抖开，重新折叠，然后递给弗兰克，让他重新放回篓子里。

我们正收拾，米米已经出来了，带着她的衣箱，瓦格斯先生伸手去抢。"让我来，"他说，"你去退房吧。"

"我要是早知道你要来就好了，"她说，"他们让我预付了一周的房钱。"

好吧，我想着，这是谁的错呢？下回带好你的手机吧。别让我们像清道夫一样追踪你。

280

弗兰克把衣服篓子端给了他母亲。"你看我把它们都收回篓子里了，干得多漂亮啊，"他说，"你知道我还干了什么？我救了你的小说。咱们的好朋友瓦格斯先生有没有告诉你？"我猜以后我再也不用把这个名字用记号笔写在弗兰克掌心了。

米米放下行李箱，拥抱着他。"没有你我可怎么办，弗兰克？"她说。"这个问题我整天都在问自己。"弗兰克说。

我踌躇着，望着。既然这样，我懂了，这孩子面部几乎没有表情竟然能传递感情，实在惊人。他和巴斯特·基顿居然从未会面，实在可惜了。他们有太多共同之处。我打赌他们一定会成为朋友的，虽说那家伙比弗兰克死去的外公，也就是弗兰克医生，还要老。

米米打碎了我的幻想，斥道："你干吗光站着，爱丽丝？"她又道："干点儿有用的事，去看看床底下，确认我们没有落下什么东西。"

• • •   •

回家的路上，弗兰克与我并肩坐在前面。"赞德说我现在是个男人了，记得吗？所以我可以坐在前面。"

我太乏了，懒得争辩。米米和瓦格斯先生必须在后面坚持一下了。我猜这对他们来说也没什么。

我们穿过橄榄谷，从影视城里出来，这时弗兰克对米米说："有个事我需要问你，妈咪。自从我读了你的书，这个事儿就一直困扰我。为什么爱丽丝占了半个标题，爱丽丝、爱丽丝、爱丽丝，一路都是她，可弗兰克在哪里？你认识我的时间比认识她长十倍。"

"你读了我的书，弗兰克？"她问道。

"我当然读过。"弗兰克解开座椅的安全带，转过身，双膝跪在椅子上，正脸看着米米。"我想你，妈妈。我想听到你的声音。"

我从后视镜看着米米，想看看她会不会斥责这孩子的危险举动，但是她只是盯着窗外。我们几乎是一路上坡，距离橄榄谷与马尔霍兰道交叉的红灯很近了。

"弗兰克，"我确认米米不会责备他，于是说道，"脸朝前面坐好。把安全带系好。马上。"

弗兰克坐下，重新系好安全带。"母亲，"他坚持说，"我现在就想听听解释，拜托了。"

米米叹了口气。"好吧，弗兰克。"她说，"当时我说我已经完成了，并不是意味着百分百完工了。我还没准备好让其他人读。刚刚启动的时候，给每个人物起名字会让我觉得碍手碍脚，所以我一个字也写不出来。于是有一天我决定使用第一批在我脑子里冒着出来的名字。那天就是你和爱丽丝开车去海滩的日子。你记得吗？"

"我记得那天。"我说。

"我没跟你说话，"米米说，"无论怎样，弗兰克，我一直是打算改名字的，你知道，在任何人看到我用过的那些名字之前。"

瓦格斯先生和我在后视镜里交换了眼神。我能看出他和我在想着同一件事。那也许是，米米不肯把书稿交出来，原因是她感到难为情，其次才是因为抓狂；如此荒唐的小障碍就成了她前进的桎梏，这让她感到难为情，还有少许抓狂。尤其是要改动一时冲动而起的名字，只需要在电脑上用几个快捷键就搞定了，这就更让她难为情。哦，但是等一下。米米没有在电脑上工作。而我在。爱丽丝。每次米米叫我"潘尼"的时候，我都会说"爱丽丝"，就这样我把这个名字嵌进了她的稿子里。在米米看来，自我到来之后，一切的问题似乎都是源自我的过错。我和我愚蠢的名字。

这，或者说米米一直没有真的喜欢过我，那也是有可能的。

"我原以为我的名字会在你脑子里冒出来，排在任何人的前面。"弗兰克说。

"你的名字始终在那里，它又怎么可能突然之间冒出来？"米米反问道，"我心里一直不停地想着你，弗兰克。就连睡觉的时候也停不下来。"

"绝对言之成理，现在你给出了圆满的解释。我还有一个问题。故事结束后，你书里的那个小男孩又怎么样了？他最终的结局是怎么样的？"

我们终于穿过了红灯，离开了山谷，开上了施瓦布药店那一侧观景山的下坡路。米米望着迎面而来的洛杉矶景观，足有大约一英里的路程，然后才对弗兰克说道："我要是知道就好了。"

.29.

我承诺过米米的书一完工，我即可离开，于是我定了凌晨六点的航班离开洛杉矶，一回到玻璃房子就开始收拾行李。瓦格斯先生几天后也会跟着回来。至少他是这样告诉我的。

我提前说了晚安和再见，匆匆上床去睡了。多半是平生第一次，我很高兴地将闹钟设置在凌晨三点半。这是一次拂晓前的出发，是我定的，这样可以一刀斩去眼泪汪汪的告别。似乎弗兰克或米米也是同样的想法。对于一个多愁善感、刚刚消失的人来说，这样安排是有好处的。现在我可以安心了。

还没等我的闹钟响起，我就醒了，因为赫顿附体的某一位将他的一只手搭在我的肩膀上，说道："爱丽丝，醒醒。"

我猛地直起了身子，打开了灯："出了什么差错，弗兰克？"

"我刚刚翻了你的行李箱。"

"你当然会的。"我此前已将行李收拾好，放在前门边上。我此前不妨贴一张条子："搜查我吧。"

我在想：搜查你？为什么？你有你口袋里那张纸条的答案吗？那是不是你在笔记簿上草草记下的那种东西？

哦，弗兰克。我清了清嗓子："我忘了什么东西了吗？"

"只有这个。"弗兰克将一个我从未见过的皮革包包放在我的大腿上。它看起来大约有一百岁了，好似医生坐在马车上背着它上门行医的那种包。

"这个包是属于你外公的吗，弗兰克？"我问。

"这个包？是的。别告诉我母亲。她不知道我知道她把它藏在哪里。"他打开它，拿出当初我们去精神观察室看米米的路上买的爱心巧克力。虽然只是不到一周前的事，可是好像已经过了一辈子。

"好的。"我总算喘出了一口气。

"这颗心放在我童年记忆库的架子上，所以你忽略了它也就不足为怪了。我不敢肯定它能装进你的行李。相信我，我试过的。"

我闭上眼睛，沉沉地喘了两口气。"爱丽丝，"弗兰克说，"你还要再睡觉吗？"

我再次睁开眼睛，查看闹钟。距离闹铃响起还有四十五分钟。"不了，"我说，"拿上你的手电，咱们厨房碰头。"

我们备齐了工具，闲步走进院子。月亮依然高悬，又圆又近。所以我们也用不着手电筒。我已经换下睡衣穿好了准备上飞机穿的衣服，于是弗兰克开始了挖掘工作。他用的是厨房里的一把配菜用的大银勺，用来给巧克力心挖一个坑，就在米米工作室的原址的地上。

"我在这里住的时间也许不如利文斯顿医生在非洲那样久，"趁着弗兰克用一把三角形的蛋糕铲拨着坑里的土，再将地面拍得平平整整的，我对弗兰克说，"但是我的这颗心属于这里，和你在一起。因为你知道的，真的那一颗我还得自己用呢。"

　　弗兰克坐在了自己的脚后跟上，久久地盯着地面，我几乎担心他会酝酿着大哭起来。最后他说道："咱们得找点什么很重的东西压上去，免得浣熊把你的心挖出来。"

　　他说了这话以后，我自己的那颗心倒是可以给他拿去用了，因为它变得足有一吨重。我还在纠结着会如何想念他，弗兰克已经开始琢磨浣熊的事了。当然，这也不足为奇。

　　最后我们从最近的排水管那里搬来了铺路的蓝色石板。它是用来防止雨水冲刷山坡上的泥土的。"大雨季节到来之前你必须把石头放回去，弗兰克。"我们把东西放妥当之后我说，"下次见到赞德的时候嘱咐他。他会帮你的。"

　　"我会帮弗兰克做什么？"赞德问道。记得吗，只要招手，出租车就会出现！这家伙在最需要的当口就会出现，这简直就是魔法附体。

　　"你在这儿做什么？"我问道。

　　"弗兰克告诉我你要在凌晨四点出发。你不会认为我连再见都不说就让你这么走了吧，对不对？"他伸手要摸我的脸颊，但是我躲开了。我不想让弗兰克看见。虽说他也没有看着我们。他只记得手电筒的神奇功能，正在用它发着信号，联络着他在外太空的亲密友人。

　　"弗兰克告诉你的？"我问，"怎么告诉的？"

　　赞德一脸不解。"怎么告诉？他打电话给我了呀。"

　　"可是弗兰克是记不住数字的。这是他告诉我的。"

"谁说弗兰克记住了我的号码？他需要和我说话的时候就会把米米的手机抢过来，给我打电话。他一打过来，我就得行动。只要我能做到。"

弗兰克会没事的。

也许不会。

我叹了口气，告诉自己放下心里这块石头。担忧你无法掌控的未来，是浪费你的精力。这对任何人都没有一点儿好处。

我知道我在加利福尼亚住得太久了。我已经变成本地人了。抛弃了盲目乐观的盲目乐观者。

"当然，"我对赞德说，"米米的手机里存着你的号码。我都没想到这个。"

至于赞德的号码，到目前为止我也算是存起来了。我知道有时候我可能会依靠他，可不是始终一贯。他不会买单，因为他付不起。做任何事情，赞德都不会遭遇巨大的失败，因为他不会把一件事放在心上，执着地要做成什么。但是我们人人都有长板和短板。赞德有一颗好心，一副开心的脾气。他以为遇到的每一个人都会喜欢他，因为通常每一个的确会喜欢他。至少，起初是，直到后来他才发现，只要他在，就会带来失望。

说到他的业绩，赞德，他找到了他的人，懂他的、爱他的人，能够以唯一适合他的方式懂他、爱他。米米和弗兰克把损坏的东西给他修，让他感觉他在照顾他们。当他觉得生活里缺少什么的时候，他需要他们去填补，让它圆满。米米和弗兰克可以让赞德不至于从这世上消失，而他也以同样的方式回报。

我手表的闹钟响起来。"我必须把自己收拾利索，"我说，"我不想误了航班。"

"我们会送你去机场的。"赞德说。

"你们，啊？谁开车啊？你还是弗兰克？"

"我的意思是说我们可以陪你一起打出租车。"

"那米米呢？"我问。

"我再也用不着母亲陪着坐出租车了，"弗兰克说，"只要赞德在身边。"

"我会一直留在这儿的，哥们儿，"赞德说，"早晚会的。"

"这个，我可以自己坐出租车，我也是这么打算的。你呢，弗兰克，你一定要把外公的包包收好，免得你母亲发现它丢了。"

弗兰克转身朝屋子里跑去，好像有只狼在追他。等我和赞德回到室内，包包已经处理妥当，弗兰克已经替我打电话叫了出租。

"你已经叫出租了？"我问，"哎呀，弗兰克，谢谢。你是不是在用自己的方式说'不要在出门的时候撞上门哟'？"

"什么门？"

"敲敲门，开玩笑的。"我说。

我让两个男生各拎一件我的箱包来到大门外。

"我们陪你等到出租车来。"赞德说道。

"别。"我说。我已经费了好大力气，就为了控制好自己的情绪。"绝对不要。外面冷，回屋去吧。没得商量。"

"你说话听着开始像米米了，"赞德说，"我猜你是真的该走了。"

这话让我笑了出来。这样挺好，因为在那一刻，如果笑不出来，我会哭的。

"这个，"那一刻，弗兰克说着，将他的装饰手帕递给我，"看起来你也许很快用得上它。"

　　"逃不过你的眼睛，弗兰克，"我说，"谢谢你。我以你为骄傲。你知道的，对不对？"

　　"我知道，"他说，"你应该的。"

全书完

扫一扫

分享你的读书心得,看看同爱这本书的人都在聊什么。

关注"果麦麦的好书博物馆",每天推荐一本好书,

90秒体验阅读快感,看编辑大大各显神通,

为你定制专属书单。

和弗兰克在一起

产品经理 | 韩栋娟　　装帧设计 | 佟雪莹

产品监制 | 孙淑慧　　技术编辑 | 陈　杰

责任印制 | 刘　淼　　出品人 | 于　桐

图书在版编目（CIP）数据

　　和弗兰克在一起 /（美）朱莉娅·克莱本·约翰逊著；
王臻译. -- 天津：天津人民出版社，2019.2
　　书名原文：Be Frank With Me
　　ISBN 978-7-201-14153-4

　　Ⅰ．①和… Ⅱ．①朱… ②王… Ⅲ．①长篇小说－美
国－现代 Ⅳ．①I712.45

　　中国版本图书馆CIP数据核字(2018)第223383号

　　著作权合同登记号：图字02-2018-346

　　BE FRANK WITH ME, Copyright©2016 by Julia Claiborne Johnson
　　Published by arrangement with William Morrow, an imprint of
HarperCollins Publishers

和弗兰克在一起

HE FULANKE ZAI YIQI

出　　版	天津人民出版社
出 版 人	刘　庆
地　　址	天津市和平区西康路35号康岳大厦
邮政编码	300051
邮购电话	022-23332469
网　　址	http://www.tjrmcbs.com
电子信箱	tjrmcbs@126.com

责任编辑	赵子源
特约编辑	韩　伟
封面设计	张丽娜
装帧设计	佟雪莹
封面插图	中　鸟

制版印刷	北京文昌阁彩色印刷有限责任公司
经　　销	新华书店
发　　行	果麦文化传媒股份有限公司
开　　本	880×1230毫米　1/32
印　　张	9.25
印　　数	1-9,000
字　　数	259千字
版次印次	2019年2月第1版　2019年2月第1次印刷
定　　价	42.00元